TRAVIS BALDREE

TRADUÇÃO DE FLORA PINHEIRO

Copyright © 2022 by Travis Baldree
Publicado originalmente em 2022 por Cyptid Press e Tor, um selo da Pan Macmillan.

TÍTULO ORIGINAL
Legends & Lattes

PREPARAÇÃO
João Rodrigues

REVISÃO
Giu Alonso

IMAGENS DE MIOLO
Carson Lowmiller e © Shutterstock / Alexander_P, ArtMari, AVA Bitter, Babich Alexander, Bodor Tivadar, Croisy, mBelniak, Nikita Konashenkov, Ovchinnkov Vladimir, Sketch Master, Sonya illustration, StocKNick, Vectorgoods studio, Vlada Young, Yevheniia Lytvynovych e zotovstock

DIAGRAMAÇÃO
Julio Moreira | Equatorium Design

DESIGN DE CAPA
Peter Lutjen

ARTE DE CAPA
Carson Lowmiller

ADAPTAÇÃO DE CAPA
Lázaro Mendes

CIP-BRASIL. CATALOGAÇÃO NA PUBLICAÇÃO
SINDICATO NACIONAL DOS EDITORES DE LIVROS, RJ.

B15c
    Baldree, Travis, 1977-
    Cafés & lendas / Travis Baldree ; tradução Flora Pinheiro. - 1. ed. - Rio de Janeiro : Intrínseca, 2024.
    336 p. ; 21 cm.

    Tradução de: Legends & lattes
    ISBN 978-85-510-0682-5

    1. Ficção americana. I. Pinheiro, Flora. II. Título.

24-87626
                            CDD: 813
                            CDU: 82-3(73)

Gabriela Faray Ferreira Lopes - Bibliotecária - CRB-7/6643

[2024]
Todos os direitos desta edição reservados à
Editora Intrínseca Ltda.
Av. das Américas, 500, bloco 12, sala 303
22640-904 – Barra da Tijuca
Rio de Janeiro – RJ
Tel./Fax: (21) 3206-7400
www.intrinseca.com.br

*Para quem já se perguntou para
onde o outro caminho levava…*

PRÓLOGO

Com um ruído de carne e osso sendo rasgados, Viv enterrou a espada de duas mãos no crânio da Scalvert. A Sangue-Preto vibrou em suas palmas, e os braços musculosos da orc protestaram quando puxou a lâmina de volta, liberando um jorro de sangue. A Rainha Scalvert soltou um gemido longo e trêmulo... e então desabou com um estrondo sobre uma pilha de pedras.

Suspirando, Viv caiu de joelhos. A dor persistente em sua lombar se intensificou, e ela massageou a região com a mão enorme para aliviar a sensação. Depois de enxugar o suor e o sangue do rosto, olhou para a rainha morta. Uma comemoração barulhenta ecoava às suas costas.

Viv inclinou-se para mais perto. Ali estava o que ela buscava, logo acima do nariz. O rosto da fera tinha o dobro da largura do corpo, repleto de dentes em lugares improváveis e inúmeros olhos, com uma mandíbula enorme e protuberante — e, no meio, ficava a emenda na carne a respeito da qual Viv havia lido.

Enfiando os dedos na dobra da pele, ela a abriu. De lá, brotou uma terrível luz dourada. Viv meteu a mão inteira dentro da rainha e segurou uma pedra orgânica e facetada. Em seguida a puxou, soltando-a da fera com um som de rasgo fibroso.

Fennus se aproximou e parou atrás dela; Viv sentia seu perfume.

— Então é isso? — perguntou ele, com pouco interesse.

— Aham.

Viv soltou um gemido ao se erguer, usando a Sangue-Preto como apoio. Sem se dar ao trabalho de limpar a pedra, enfiou-a em um bolso da bandoleira, então apoiou a espada no ombro.

— E é mesmo só isso que você quer? — perguntou Fennus, estreitando os olhos.

Ele tinha uma expressão divertida no rosto comprido e bonito. Apontou para as paredes da caverna, onde a Rainha Scalvert havia sepultado uma riqueza incalculável em camadas de saliva endurecida. Carroças, baús e ossadas de cavalos e homens pendurados em meio a ouro, prata e pedras preciosas — os tesouros dos náufragos de séculos.

— Aham — repetiu ela. — A dívida está paga.

O restante do grupo se aproximou. Roon, Taivus e a pequena Gallina trouxeram consigo a conversa cansada, mas exultante, dos vitoriosos. Roon limpava a barba com um pente, Gallina embainhava as adagas e Taivus vinha atrás, alto e com uma postura vigilante. Eles eram uma boa equipe.

Viv se virou e foi até a entrada da caverna, onde a luz fraca ainda alcançava.

— Para onde você vai? — gritou Roon, em sua voz grave e afável.

— Vou embora.

— Mas… Você não vai…? — começou Gallina.

Alguém a silenciou, provavelmente Fennus.

Viv se sentiu um pouco envergonhada. Ela adorava Gallina, era sua companheira favorita, e talvez devesse ter se explicado melhor.

Mas tinha colocado um ponto-final naquilo. Então por que prolongar as coisas? Viv definitivamente não queria falar sobre o assunto e, se dissesse algo mais, talvez mudasse de ideia.

Depois de vinte e dois anos de aventuras, Viv estava farta de sangue, lama e problemas. A vida de uma orc se resumia a força, violência e um fim rápido e súbito — mas de jeito nenhum deixaria que a dela terminasse desse jeito.

Estava na hora mudar as coisas.

1

No frio da manhã, Viv estava observando o amplo vale abaixo. A cidade de Thune erguia-se em meio a uma neblina que cobria as margens do rio que a cortava. Aqui e ali, um campanário de cobre reluzia ao sol.

Ela havia levantado acampamento antes do amanhecer e, com as pernas longas, traçou os poucos quilômetros restantes até a cidade.

A Sangue-Preto pesava em suas costas, e a Pedra Scalvert estava enfiada em um dos bolsos internos do casaco. Conseguia senti-la, como uma maçã ao mesmo tempo dura e murcha, e, por reflexo, de vez em quando tocava-a por cima do pano para se certificar de que continuava ali.

Também carregava uma sacola de couro pendurada no ombro. Lá dentro, muitos papéis cheios de anotações e esboços de plantas, alguns biscoitos de água e sal, uma bolsinha com peças de platina e várias pedras preciosas, e um dispositivo pequeno e peculiar.

Viv seguiu a estrada que descia até o vale. A névoa se dissipava devagar, e um fazendeiro solitário passou com uma carroça cheia de alfafa.

Ela sentia uma alegria crescente e um tanto nervosa, uma sensação que não lhe atravessava havia *anos*, como se fosse um grito de guerra impossível de conter. Viv nunca tinha se preparado tanto para um momento. Havia lido e questionado, pesquisado e refletido, e Thune foi o local que escolhera. Quando todas as outras cidades foram riscadas de sua lista, ela teve certeza. De repente, a convicção pareceu tola e impulsiva, mas sua empolgação estava intacta.

Thune não era cercada por muralhas. O vale havia se expandido muito além de suas antigas fronteiras fortificadas, mas Viv sentiu que se aproximava dos limites de *alguma coisa*. Fazia muito tempo desde que passara mais do que poucas noites em um único lugar — o quanto duravam seus trabalhos. Mas ela estava decidida. Iria criar raízes numa cidade que tinha visitado talvez três vezes em toda a vida.

Com cautela, parou e olhou em volta, embora a estrada estivesse totalmente vazia; o fazendeiro já havia desaparecido em meio à névoa. Pegando um pedaço de pergaminho da sacola, leu as palavras que havia copiado:

Quase na linha táumica descansa
a Pedra Scalvert fulgurante,
sua boa fortuna é o elo
que impele os desejos do coração adiante.

Viv voltou a guardar a anotação com cuidado. Em seguida, pegou um artefato que comprara uma semana antes, de um estudioso taumaturgo em Arvenne — um bastão de bruxa.

A vareta de madeira fora envolvida em fios de cobre que cobriam as runas inscritas ao longo da superfície. Uma forquilha de freixo tinha sido presa em uma ranhura na ponta, para que pudesse girar livremente. Ela segurou o bastão e sentiu os fios de cobre absorverem o calor de suas palmas. O artefato deu um puxão quase imperceptível.

Pelo menos, tinha quase certeza de que se tratava de um puxão. Quando o taumaturgo demonstrou, o movimento tinha sido mais forte. Viv afastou o pensamento súbito de que tudo não havia passado de um truque. Criaturas com endereço fixo evitavam enganar orcs com o dobro de sua altura que poderiam quebrar seus ossos caso trocassem um aperto de mãos forte de mais.

Viv respirou fundo e seguiu para o vale com o bastão de bruxa empunhado.

━━◆━━

Os ruídos dos habitantes de Thune despertando aumentaram à medida que Viv foi adentrando a cidade. Nos arredores, as construções eram, em sua maioria, de madeira, e uma ou outra com alicerces de seixos. Quanto mais entrava no vale, mais frequente era o uso de alvenaria, como se a cidade tivesse se calcificado à medida que envelhecia. O chão lamacento deu lugar a ruas de pedra e, então, perto do centro da cidade, a paralelepípedos. As praças, enfeitadas com estátuas de figuras que provavelmente já tinham sido importantes, eram cercadas por templos, bares e restaurantes.

As dúvidas sobre o bastão de bruxa haviam evaporado. Viv com certeza sentia um puxão, como se fosse algo vivo — os breves espasmos se tornaram trancos insistentes. Sua pesquisa não tinha sido em vão. Com certeza havia linhas de ley traçadas sob a cidade, canais poderosos de energia taumatúrgica. Estudiosos investigavam se elas cresciam conforme seres vivos criavam raízes ou se eram as responsáveis por atrair as criaturas para aqueles pontos, como fontes de calor no inverno. O importante para Viv era que elas estavam *lá*.

Obviamente, encontrar uma linha de ley potente era apenas o começo.

A forquilha de madeira estremeceu para um lado e para o outro, depois apenas para uma direção por um momento, e em seguida mudou de ideia e puxou para outra, como um peixe no anzol. Após um tempo, Viv não precisou mais olhar para o artefato. Senti-lo era suficiente, e assim começou a prestar mais atenção às construções pelas quais passava.

O bastão a conduziu pelas ruas principais, pelos becos sinuosos que as conectavam, passando por ferreiros, albergues, mercados e pousadas. Havia poucas criaturas de sua estatura nas ruas e elas nunca se aglomeravam ao redor da orc A Sangue-Preto tinha esse efeito.

Passou por todos os diferentes aromas da cidade — pão no forno, cavalos acordando, pedra molhada, metal aquecido, perfume floral e cocô velho. Os mesmos cheiros de qualquer outra cidade, mas, no fundo, havia o cheiro do rio pela manhã. Às vezes, entre as construções, dava para ver as pás da roda-d'água do moinho de trigo.

Viv deixou o bastão levá-la. Algumas vezes a força era tanta que ela parava e inspecionava as construções por perto — mas, decepcionada, acabava seguindo em frente. O bastão resistia por um tempo, até que parecia desistir e encontrar uma nova direção pela qual seguir.

Por fim, quando deu um puxão especialmente forte, ela parou, meio atordoada, e encontrou o que precisava.

Não na rua Principal, porque isso seria pedir demais, mas na rua de trás. Havia lampiões espalhados pela via, que no momento estavam apagados, então era possível que ninguém fosse ser esfaqueado ali depois de escurecer. As construções na rua Pedra Vermelha eram antigas, mas os telhados pareciam estar em bom estado.

Com exceção de um em particular, para o qual o bastão de bruxa puxou Viv.

Considerando tudo, era um espaço pequeno. Uma placa surrada pendia do único gancho de ferro sobrevivente, com a tinta dos dizeres em relevo descascadas havia muito: ESTÁBULO DO PARKIN. Tinha dois portões de madeira grandes — do tamanho de um cavalo — e reforçados com ferro, mas estavam entreabertos, a viga mestra encostada numa parede próxima. À esquerda, uma porta menor, bem do tamanho de um orc, estava trancada com um cadeado, o que era engraçado.

Viv abaixou a cabeça e entrou para dar uma olhada. Um buraco no telhado deixava o sol penetrar no espaço, e algumas telhas de barro quebradas estavam espalhadas pelo amplo corredor que ia até as seis baias para cavalos. Uma escada de firmeza duvidosa levava a um mezanino e, à esquerda, havia um pequeno escritório com um quartinho nos fundos. Um cheiro azedo de feno mofado vinha do comedouro aos fundos. Dava para ver a poeira no ar nos feixes de luz como se nunca se assentasse.

Era tão perfeito quanto poderia esperar.

Então Viv guardou o bastão de bruxa.

Quando voltou para a rua cada vez mais movimentada, avistou uma senhora toda encarquilhada varrendo uma escadinha do outro lado da rua. Viv tinha certeza de que ela estava fazendo isso desde que havia chegado, e àquela altura o chão já estava brilhando, mas a senhora continuou a varrer com determinação, lançando a Viv um olhar disfarçado a cada dois segundos.

A orc atravessou a rua. A senhora teve a bondade de parecer surpresa, dando um sorriso que mais parecia uma careta.

— Sabe quem é o dono desse lugar? — perguntou Viv, apontando para o estábulo.

A senhorinha tinha menos da metade da altura dela e precisou levantar a cabeça para fazer contato visual. Exibia uma expressão reflexiva, e seus olhos desapareceram em meio às rugas.

— Do estábulo?

— Isso.

— Beeem... — O tom da senhora era pensativo, mas dava para ver que não havia nada de errado com sua memória. — É do velho Ansom, se bem me lembro. O homem nunca teve muita cabeça pros negócios. Nem para o casamento, pelo que a esposa dele diz.

Viv reparou no sugestivo arquear de sobrancelhas da senhora.

— Ansom? Não é do Parkin?

— Não. Ansom é mão de vaca demais e não quis mudar a placa quando comprou.

Viv deu um sorriso divertido, suas presas inferiores ficando proeminentes.

— Tem ideia de onde posso encontrá-lo? — perguntou.

— Não sei dizer. Mas acho que ele está fazendo a única coisa que faz bem — disse a senhorinha, inclinando a mão livre e levando aos lábios um copo imaginário. — Se quer mesmo encontrar o homem, vale tentar ali no Beco do Osso Descarnado. Fica a umas seis ruas pra lá.

A senhora fez um gesto indicando o caminho.

— A essa hora da manhã?

— Ah... *Esse* negócio o Ansom leva a sério.

— Obrigada, senhorita — disse Viv.

— Senhorita? — repetiu a senhora, gargalhando. — Pode me chamar de Laney. Tá planejando ser minha nova vizinha...?

Ela gesticulou, como se dissesse "me ajuda, vai!".

— Viv.

— Viv — repetiu Laney, assentindo.

— Vamos ver — respondeu ela. — Depende se ele é um homem de negócios tão ruim quanto você diz.

A senhora ainda estava dando risada quando Viv partiu rumo ao Beco do Osso Descarnado.

Não importava o que Laney dizia, Viv não esperava encontrar o infame Ansom àquela hora do dia. Imaginou que iria perguntar por ele nas lojas que estivessem abertas e, quando descobrisse os lugares que frequentava, o encontraria mais tarde.

No fim das contas, só precisou de três paradas até encontrá-lo. A orc perguntou por ele e o atendente da taverna a olhou de cima a baixo, arqueando as sobrancelhas de forma incisiva para a Sangue-Preto às costas de Viv.

— Não quero problemas, só fazer negócios — explicou Viv, em tom calmo, tentando parecer menos assustadora.

Satisfeito por ela não estar caçando briga, o taverneiro apontou para um canto com o polegar e voltou a espalhar a sujeira do balcão para diferentes pontos novos e mais interessantes.

Quando Viv se aproximou da mesa que ele apontou, teve a forte impressão de que estava adentrando na toca de alguma fera anciã da floresta. Um texugo, talvez. Não se tratava de uma sensação de perigo, mas da impressão de que estava entrando em um lugar onde aquele homem passara tanto tempo que o ambiente tinha absorvido seu cheiro e se tornado essencialmente seu.

O sujeito até mesmo parecia um texugo, com uma longa e emaranhada barba preta e oleosa com alguns fios brancos. Grande e alto, ocupava tanto espaço entre a parede e a mesa que, quando respirou fundo, o móvel balançou.

— Ansom? — perguntou Viv.

Ele assentiu.

— Se importa se eu me sentar? — indagou ela.

Em seguida, se sentou sem esperar uma resposta, apoiando a Sangue-Preto nas costas da cadeira. Verdade fosse dita, Viv não estava acostumada a pedir permissão.

Ansom a observou com seus olhos inchados. Não de um jeito hostil, mas ressabiado. Um copo estava na mesa, quase vazio. Viv trocou um olhar com o atendente da taverna e fez um gesto para o objeto, e Ansom se animou, vultuoso.

— Agradecido — murmurou.

— Ouvi dizer que você é o dono daquele estábulo antigo lá na Pedra Vermelha. É verdade? — questionou Viv.

Ansom assentiu.

— Quero comprá-lo — declarou ela. — E tenho a sensação de que você talvez queira vendê-lo.

Por um instante, Ansom pareceu surpreso. Em seguida, apertou os olhos. Embora aparentemente o homem não levasse jeito para negócios, Viv tinha certeza de que o mesmo não se aplicava a regateio.

— Talvez — respondeu ele. — Mas é um imóvel de primeira linha. De primeira! Já recebi várias ofertas, mas a maioria delas não enxerga além da construção. É necessário considerar também o valor da *localização*. Ou seja, as propostas são bem abaixo do esperado.

Nesse ponto, o taverneiro chegou com um novo copo de cerveja, e ficou evidente que Ansom se entusiasmou com aquilo.

— Ah, sim, tantas ofertas vergonhosas... — continuou. — Devo avisar que sei muito bem o quanto vale aquela propriedade. Não consigo me imaginar vendendo-a para ninguém que não um homem de negócios sério. Hum... Ou uma *mulher* de negócios.

Viv abriu um sorriso grande e divertido, pensando em Laney.

— Bem, Ansom, há vários tipos de negócio — disse ela, muito consciente de que a Sangue-Preto estava às suas costas, e pensou em como seu trabalho (seu antigo trabalho) teria facilitado essa negociação. — Mas posso afirmar que, quando quero fazer negócios, eu *sempre* falo sério.

Ela pegou a sacola de couro, tirou a bolsinha de peças de platina e a ergueu. Retirando apenas uma, a segurou entre o polegar e o indicador, inspecionando-a e deixando a luz refletir no metal. Quase nunca se via moedas de platina em um lugar como aquele, e em breve Viv precisaria trocá-las por outras de valor mais baixo, mas queria ter algumas à mão para momentos como aquele.

Ansom arregalou os olhos.

— Ah, hum. Sério. Sim! Sério mesmo! — exclamou ele, tomando um longo gole da cerveja para disfarçar a surpresa.

Espertinho, pensou Viv, tentando não sorrir.

— De uma pessoa de negócios para outra, não quero desperdiçar seu tempo — declarou Viv, se apoiando em um dos cotovelos e deslizando oito peças de platina pela mesa. — Isso deve dar uns oitenta soberanos de ouro. Acho que cobre o valor da propriedade. Tenho certeza de que podemos concordar que a construção em si é perda total, e acho que as chances de outra… *mulher de negócios* procurar você e querer pagar em dinheiro vivo estão diminuindo.

Ela sustentou o olhar do homem.

Ansom ainda estava com o copo junto da boca, mas não estava bebendo.

Viv começou a recolher as fichas, mas o homem estendeu o braço, parando antes de encostar na mão dela, que era muito maior que a sua. Viv ergueu as sobrancelhas.

— Dá pra ver que você tem bom olho — comentou Ansom, piscando depressa.

— Tenho mesmo. Se quiser dar um pulinho lá para pegar a escritura e passá-la para mim, esperarei aqui. Mas só vou ficar até o meio-dia.

Por fim, Viv descobriu que o velho texugo era muito mais ágil do que parecia.

Viv assinou a escritura e pegou as chaves do lugar.

Ansom guardou o pagamento no bolso, aliviado com o fato de que o negócio estivesse concluído.

— Então... Não imaginei que você tivesse interesse em trabalhar num estábulo — comentou ele.

Todo mundo sabia que cavalos não gostavam muito de orcs.

— Não tenho — explicou Viv. — Na verdade, vou abrir uma cafeteria.

Ansom ficou perplexo.

— Mas então por que você compraria um estábulo? — perguntou ele.

Viv hesitou por um momento, e depois lançou-lhe um olhar intenso.

— As coisas não precisam continuar iguais para sempre.

Ela dobrou a escritura e a enfiou na sacola. Quando saiu, Ansom gritou:

— Ah, ei! O que, nos oito infernos, é uma *cafeteria*?

◄━┼━►

Viv tinha que parar em mais três lugares antes de voltar para o estábulo.

Depois de passar na loja de câmbio do centro comercial da cidade, sua bolsinha ficou recheada de peças de cobre, prata e ouro.

Em seguida, Viv foi até o ateneu na pequena universidade de taumaturgia que ficava à margem do rio. De qualquer maneira, já estava em seus planos descobrir onde ficava o lugar, para o caso de precisar pesquisar alguma coisa.

Além disso, em geral os correios ligavam os ateneus e as bibliotecas espalhadas na maioria das grandes cidades, e era um serviço confiável. Os campanários de cobre que tinha visto a ajudaram a localizá-lo.

Sentada a uma das grandes mesas dos correios, Viv usou algumas folhas de pergaminho para escrever duas cartas. O cheiro de papel, poeira e coisas velhas a fez se lembrar de todas as vezes, nos últimos tempos, em que passara horas lendo em lugares como aquele.

Uma vida inteira exercitando os músculos, os reflexos e as estratégias trocada por leituras, planejamento e observação de detalhes. Com pesar, ela sorriu enquanto escrevia.

A gnoma no balcão carimbou as cartas com cera sem conseguir tirar os olhos de Viv. Ela teve que pedir os endereços duas vezes, de tão nervosa que estava por ver uma orc ali.

— Estou procurando um chaveiro. Você conhece alguém de confiança?

A gnoma ficou de boca aberta por mais um momento, mas então se recuperou e folheou uma pasta atrás do balcão.

— Markev e Filhos — respondeu. — Na ruela Pedreiro, número 827.

Em seguida deu algumas instruções vagas. Viv agradeceu e saiu.

O chaveiro estava no endereço, como esperado. Por uma peça de prata e três cobres, Viv saiu com um cofre enorme e bem pesado debaixo do braço musculoso.

Quando voltou ao estábulo, por volta do pôr do sol, Viv tirou o cadeado da porta menor, reforçou os portões do estábulo e escondeu o cofre atrás de um balcão em L no escritório. Guardou a escritura e seu dinheiro lá dentro, trancou e usou a chave como um pingente da corrente que usava no pescoço.

Depois de testar alguns pontos do assoalho com os pés e a ponta dos dedos, encontrou um paralelepípedo meio solto no corredor das baias e, usando toda a sua força, conseguiu tirá-lo do lugar. Viv cavou a terra embaixo do piso e, com todo o cuidado, enterrou a Pedra Scalvert ali. Depois teve o cuidado de cobrir o artefato de novo, colocar o paralelepípedo no lugar e passar uma vassoura velha de palha na área para que parecesse tão suja quanto o restante.

Analisou a área por um tempo, todas as suas esperanças depositadas naquela pequena Pedra Scalvert, enterrada como um coração secreto no estábulo do Parkin.

Não, não era mais um estábulo.

Era algo dela.

Viv olhou em volta. O lugar era *dela*. Não era um hotel ou um espaço para abrir seu saco de dormir. Um lugar para chamar de seu.

O ar noturno fresco entrava pelo buraco do telhado, então, pelo menos por mais um dia, talvez fosse parecido com qualquer outra noite sob as estrelas. Viv olhou para o mezanino e a escada que levava até lá. Tentou pisar em um dos degraus, que se despedaçou. A orc bufou, soltou a Sangue-Preto e, com as duas mãos, jogou a espada no mezanino, assustando um bando de pombos que saíram voando pelo telhado. Olhou para cima por um tempo, e acabou esticando o saco de dormir em uma das baias. Com certeza não haveria uma fogueira, e nem sequer uma lamparina por ali, mas tudo bem.

Na luz fraca, em meio à poeira e aos excrementos de cavalo secos, Viv examinou o seu entorno. Não sabia muito sobre construção civil, mas dava para ver que o lugar precisava de uma boa reforma.

Mas, no fim de toda essa trabalheira... haveria algo que ela teria construído, em vez de destruído.

Era ridículo, com certeza. Abrir uma cafeteria numa cidade em que ninguém sabia o que era café? Até seis meses atrás, nem *ela* tinha ouvido falar na bebida, nunca tinha experimentado seu sabor ou sentido seu aroma. À primeira vista, o plano era ridículo.

No escuro, Viv sorriu.

Quando por fim se deitou em seu saco de dormir, começou a listar as tarefas para o dia seguinte, mas não passou do terceiro item.

Dormiu feito pedra.

2

Viv acordou antes do amanhecer. O céu estava índigo, e a cidade aos poucos começava a despertar, com os murmúrios da atividade crescente. Os pombos arrulhavam no mezanino, de volta a seus ninhos. A orc se levantou e conferiu o paralelepípedo que escondia a Pedra Scalvert. Estava intocado, obviamente. Juntando algumas poucas coisas, saiu para a rua, mastigando os últimos biscoitos de água e sal e inspirando o cheiro úmido da manhã, o aroma das sombras que davam lugar ao sol. Sentia-se ágil e animada, como se estivesse na ponta dos pés, pronta para começar a correr.

Do outro lado da rua, Laney não varria a calçada. Em vez disso, estava sentada em um banquinho de três pernas, com uma tigela no colo, debulhando ervilhas. As duas trocaram acenos de cabeça amigáveis, então Viv trancou a porta e saiu em direção ao rio.

Enquanto caminhava, pegou-se cantarolando.

Em meio à névoa espessa da manhã, Viv foi até os estaleiros à margem do rio. Por lá, ribombava o barulho de martelos e serras, junto de gritos abafados pela neblina. A orc sabia muito bem o que queria, mas não esperava encontrar de imediato. Sabia ser paciente. Em seu antigo ramo de trabalho, era preciso ter essa qualidade. Depois de longas horas explorando ou ficando à espreita no covil de uma fera, Viv fizera as pazes com a passagem do tempo.

Comprou algumas maçãs de um moleque ratoide que as vendia num saco de pano. Ali por perto, encontrou uma pilha de caixotes e se acomodou para observar.

Os barcos daquela região não eram grandes — em geral, tratava-se de barcos de quilha e de pesca menores, mais apropriados para circular pelo rio. Havia mais ou menos dez no cais comprido, sob os cuidados de carpinteiros navais que estavam raspando, pintando ou consertando as embarcações. A orc ficou observando o movimento dos trabalhadores, atenta ao que queria. Eles iam e vinham, às vezes mais ou menos ocupados, conforme a manhã avançava.

Ela estava na última maçã quando encontrou o que estivera procurando.

A maioria dos grupos vinha em dois ou três, sempre homens altos e fortes com vozes graves, escalando os cascos e gritando uns com os outros durante o trabalho.

Algumas horas depois, porém, um homem de estatura menor apareceu, carregando uma caixa de ferramentas de madeira que tinha quase metade de seu tamanho. Suas orelhas eram grandes; o corpo, magro e teso; a pele grossa; uma boina escondia a testa.

Hobs não eram vistos com frequência nas cidades. Os humanos os xingavam e os evitavam, então eram um povo que preferia ficar na sua.

Viv entendia bem. Mas definitivamente era mais difícil de ser intimidada.

———◀ 24 ▶———

Ele trabalhava sozinho num pequeno bote, e tanto os carpinteiros navais quanto os estivadores não se aproximavam. Viv ficou ali observando o trabalho diligente e cuidadoso do homem. Não era marceneira, mas apreciava a profissão. As ferramentas dele eram organizadas com meticulosidade, afiadas e bem-cuidadas. Ele usava movimentos contidos para dar forma a uma nova amurada, usando a faca de tanoeiro, o talhador e outros utensílios que Viv não reconheceu.

Ela terminou de comer a maçã e ficou observando-o trabalhar, tentando não chamar muita atenção. Afinal, ficar de tocaia era uma atividade a que a orc já estava acostumada.

Era meio-dia quando o hob guardou as ferramentas com cuidado e tirou uma marmita embrulhada da caixa de ferramentas. Viv se aproximou.

Por baixo da boina, a criatura estreitou os olhos para ela, mas nada disse quando a orc parou ao seu lado.

— Belo trabalho — comentou Viv.

— Hum...

— É o que eu acho, pelo menos. Não entendo muito sobre barcos — admitiu.

— Imagino que isso tire um pouco a força do elogio, então — respondeu ele, a voz seca e mais grave do que o esperado.

Ela riu, depois olhou para o cais.

— Não tem muita gente aqui trabalhando sozinho — observou Viv.

— Verdade.

— Você trabalha muito?

— O suficiente — respondeu o hob, dando de ombros.

— O suficiente para não querer trabalhar mais?

Ele tirou a boina, e seu olhar ficou mais interessado.

— Pra alguém que não entende muito de barcos, é estranho que você tenha tanto trabalho naval para oferecer.

Viv se agachou, cansada de olhar para baixo.

— Bem, você está certo — admitiu. — Essa não é a proposta. Mas madeira é madeira e trabalho é trabalho. Eu estava te observando... Quando a gente chega a uma certa idade, percebe que algumas criaturas são capazes de resolver qualquer problema se tiverem as ferramentas apropriadas. E eu nunca penso duas vezes antes de contratar esse tipo de sujeito.

Viv refletiu por um momento, e as ferramentas e os sujeitos de seu passado eram muito maiores e mais sangrentos.

— Hum — repetiu ele.

— Meu nome é Viv.

Ela estendeu a mão. A palma calejada dele foi engolida pela dela.

— Calamidade — disse ele.

Viv arregalou os olhos.

— Nome de hob — explicou. — Pode me chamar de Cal.

— Como preferir. Não preciso que use outro nome só para me agradar.

— Pode ser Cal mesmo. O nome inteiro é muito longo.

Ele voltou a cobrir o almoço, então a orc sentiu que tinha toda a atenção dele.

— Então, esse... trabalho. É uma oportunidade para aqui e agora ou...? — perguntou ele, gesticulando para sinalizar uma possibilidade futura.

— Aqui e agora, bem pago e com o material que você quiser, não os que eu escolher.

A orc pegou a bolsinha de dinheiro, abriu-a e retirou um soberano de ouro. Cal estendeu as mãos como se ela fosse lhe jogar a moeda, mas Viv a colocou em sua palma de forma cuidadosa e deliberada. O hob franziu os lábios e fez a moeda quicar na mão aberta.

— Então... Por que eu, exatamente?

Ele tentou devolver a moeda, que foi recusada.

— Como falei, fiquei vendo você trabalhar. Ferramentas afiadas. Área de trabalho limpa. E você se concentra na tarefa. — Ela olhou em volta, indicando a ausência de outros trabalhadores por perto. — E faz isso mesmo quando alguns ousam dizer que seria mais sensato ficar de fora.

— Hum. Então você me escolheu pela minha falta de sensatez, é? E não são barcos que você quer construir. O que exatamente tem em mente?

— Acho que preciso te mostrar.

◄━◆━►

— *Escombros e estorvos* — xingou Cal, baixinho.

Ele tirou a boina e a enfiou no cós da calça.

Estavam parados do lado de fora do estábulo do Parkin, com os portões do lugar escancarados. Viv sentiu uma inquietação repentina.

— Não entendo muito de telhado — informou ele, olhando para o buraco.

— Mas pode aprender?

— Hum.

Viv já tinha entendido que aquilo valia como um "sim".

Cal caminhou devagar pelo lugar, chutando os painéis das baias e pisando forte nos paralelepípedos do piso. Viv ficou tensa quando o sujeito passou por cima da Pedra Scalvert.

Ele olhou por cima do ombro para ela.

— Quantos você planeja contratar? — perguntou.

— Se tiver alguém com quem você gosta de trabalhar, não me oponho. Fora isso, estou à disposição e não me canso fácil. — Para demonstrar, ela ergueu as mãos. — Mas não é um estábulo o que eu quero.

— Não?

— Sabe o que é uma cafeteria?

Ele balançou a cabeça.

— Bem, preciso de um... um restaurante, acho. Só que para bebidas. Ah!

Ela foi até a sacola de couro e pegou alguns rascunhos e anotações. De repente, estava nervosa e não sabia explicar por quê. Viv nunca tinha se importado muito com as opiniões dos outros. Era fácil ignorar julgamentos alheios, já que era um metro mais alta e quarenta quilos mais forte do que a maioria das criaturas que encontrava. Mas, naquele instante, Viv temia que aquele hob achasse que era uma tola.

Cal estava esperando Viv continuar.

— Conheci café em Azimute, uma cidade gnômica no Território Leste — disse ela. — Eu estava lá por causa de um... Bem, não vem ao caso. Mas primeiro senti o cheiro, depois encontrei a loja, e eles faziam... Bem, é parecido com chá, mas diferente. O cheiro é como... — Ela hesitou. — Não importa, porque, de qualquer maneira, não vou conseguir descrever. Enfim, é como se eu quisesse abrir um bar, mas sem torneiras, barris nem cerveja. Só mesas, um balcão e um espaço nos fundos. Aqui, fiz alguns esboços do lugar que vi.

Viv mostrou os papéis e sentiu as bochechas começarem a corar. Patética!

Cal analisou os esboços, prestando muita atenção em cada traço, como se estivesse gravando cada linha na memória.

Depois de vários minutos agonizantes, ele devolveu os papéis.

— Os desenhos são seus? Nada maus.

Viv corou ainda mais.

— E você está planejando morar aqui também? — perguntou ele, apontando para o mezanino. — Pelo jeito, ali parece apropriado.

— Eu... pretendo, sim.

O hob colocou as mãos nos quadris e olhou para as baias. Antes, Viv desconfiou que ele fosse dar as costas e ir embora, mas estava começando a pensar que talvez tivesse feito a escolha perfeita.

— Bem... — começou Cal, dando mais uma volta no espaço. — Acho que você pode manter as baias. Cortar algumas delas. Arrancar as portas, acoplar nas paredes pra fazer bancos. Pegar algumas tábuas compridas e montar uns cavaletes no meio. Aí já teria alguns sofás e mesas nas laterais. Depois dá pra derrubar a parede do escritório. O balcão talvez sirva, se não estiver podre.

Cal chutou a madeira quebrada da escada e arqueou as sobrancelhas.

— Vai precisar de uma escada nova. Alguns sacos de pregos. Reboco. Telhas. Seixos. Cal. Talvez seja bom abrir mais algumas janelas. E... *muita* madeira.

— Então você topa?

Ele lhe lançou outro de seus longos olhares interessados.

— O que você disse mesmo? Que faço coisas quando parece mais sensato ficar de fora? Bem, se você vai ajudar, então sim. Me passa um pouco desse pergaminho e, se tiver, um carvão pra escrever. Vamos precisar fazer uma lista. Uma lista das *grandes*. Amanhã a gente pode ver se começa a fazer os pedidos e esvaziar essa sua carteira. — Pela primeira vez desde que se conheceram, Cal abriu um pequeno sorriso. — Não vai perguntar quanto vai custar?

— Você acha que já sabe?

— Acho que não.

— Bem, então pronto.

Viv puxou um caixote velho da parede, soprou a poeira e entregou a ele uma vareta de carvão.

Os dois se debruçaram sobre o pergaminho e Cal começou a escrever.

O hob foi embora no fim da tarde para terminar o trabalho no cais e prometeu voltar na manhã seguinte. Viv guardou a lista de materiais e ficou parada na quietude do estábulo, onde o suave ruído da rua mal parecia penetrar. Ela olhou para a varanda de Laney do outro lado da rua, mas a senhorinha não estava lá.

De repente, se sentiu muito sozinha, o que era estranho para Viv. Tinha se acostumado a passar muito tempo sem companhia, em longas caminhadas, acampamentos solitários, tendas frias e cavernas gotejantes. Mas, quando estava em cidades, quase nunca ficava sozinha. Tinha sempre alguém de seu grupo para fazer companhia.

Mas *naquela cidade*, cheia de criaturas de todas as espécies e antecedentes, a solidão era terrível. Viv conhecia apenas três pessoas pelo nome. Não eram mais do que conhecidos, embora Laney pelo menos parecesse amigável e Cal tivesse uma presença curiosamente calmante.

Ela trancou a porta e foi para o centro, na direção *contrária* do Beco do Osso Descarnado.

Acha que precisa de companhia? Bem, então tudo bem, aqui estamos. Um novo lugar. Um novo lar... desta vez para sempre.

Viv entrou no estabelecimento mais iluminado e barulhento que conseguiu encontrar, um restaurante e bar que parecia promissor, sem bêbados cambaleantes em frente nem poças de mijo na rua. Precisou se abaixar para entrar e, por um instante, o barulho do lugar diminuiu um pouco, mas Thune era bem cosmopolita e orcs não eram novidade ali, apenas um pouco incomuns. Em poucos instantes, as pessoas voltaram a conversar normalmente.

Ela respirou fundo e tentou relaxar o rosto numa expressão que não fosse ameaçadora, algo que andava praticando. Torcia para que o fato de estar sem a espada nas costas e com roupas comuns ajudasse nisso.

Havia um balcão de bar longo e bem limpo, com algumas criaturas sentadas aqui e ali, e um espelho na parede dos fundos. Lamparinas cintilavam por todo o lugar. Não estava frio o suficiente para uma lareira, mas o ambiente estava caloroso mesmo assim. As mesas estavam quase todas ocupadas. Viv puxou uma banqueta no balcão e tentou não ficar muito nervosa. Estava sem jeito — afinal, havia gente de mais, perto de mais. Além disso, pela primeira vez, não estava apenas de passagem. De repente, parecia que qualquer passo em falso ou tropeço naquele recinto poderia ficar marcado e envergonhá-la para sempre, antes mesmo que se instalasse direito naquela cidade, por mais irracional que fosse o pensamento.

Um homem de rosto redondo, bochechas vermelhas e orelhas um pouco pontudas se aproximou. Devia ser parte elfo, embora sua barriga indicasse um metabolismo bastante humano.

— Boa noite, senhora — disse ele, deslizando uma lousa de giz pequena com o cardápio para ela. — Vai comer ou beber?

— Vou comer — respondeu ela, sorrindo, tentando não mostrar muito as presas inferiores.

Ele não mudou a expressão. Apenas bateu um dedo no cardápio.

— A bisteca é ótima! — sugeriu o atendente. — Vou deixar você pensar um pouco. — E se afastou.

Quando o atendente voltou, minutos depois, a orc fez o pedido (a bisteca) e, enquanto esperava pela refeição, ficou olhando ao redor, refletindo um pouco. Viv não tinha ousado pensar tão grande antes, apenas de uma maneira bem abstrata, mas depois de ter contratado Cal... se permitiu sonhar um pouco.

A cafeteria que visitara em Azimute era a própria definição de arquitetura gnômica — azulejos perfeitos nas paredes, formas geométricas por todo canto, até o piso do lugar era feito de bloquetes em padronagens intrincadas. A mobília, obviamente, era do tamanho certo para gnomos, então Viv precisou ficar de pé.

Ela sabia que sua cafeteria seria diferente, mas tentou fazer o exercício de torná-la real na cabeça. Observou a decoração do restaurante; uma pintura a óleo numa moldura dourada antiga aqui, um enorme vaso de cerâmica com samambaias para refrescar o ar ali. Um lustre simples, com três velas grandes, claramente trocadas com frequência, sem deixar pingos de cera.

Viv começou a imaginar a própria cafeteria. *Mais clara*, pensou, *com aquele teto alto de celeiro. Luz entrando pelas janelas altas.* Ela entendia a ideia de Cal de transformar as baias em sofás, mas talvez pudessem colocar outra mesa comprida no meio, com bancos, uma espécie de espaço comunitário.

Imaginou o lugar com os portões escancarados, talvez algumas mesas na entrada para pegar a brisa e o sol. Os paralelepípedos do chão brilhando. Paredes caiadas e limpas…

Seus pensamentos foram interrompidos pela refeição, o cheiro delicioso chegando primeiro. Foi quando descobriu que estava morrendo de fome.

— Antes de você ir, eu queria perguntar… — disse ela para o meio-elfo. — Você é o dono do lugar?

Surpreso, o meio-elfo arregalou os olhos. Em seguida, abriu um sorriso um pouco mais largo do que sua simpatia profissional de sempre.

— Sou, sim! Faz quatro anos agora.

— Se não se importa que eu pergunte… Como começou?

— Bem — falou ele, se apoiando no balcão —, não é um negócio de família, se é isso que está perguntando. E no começo com certeza não tinha esse ponto aqui na rua Principal — explicou, dando uma risadinha.

— E no começo o movimento era devagar? Ou veio todo mundo de uma vez? — perguntou, acenando para o ambiente.

— Ah, nossa, devagar. Muito devagar. Dá para dizer que perdi mais dinheiro do que podia... e depois um pouco mais. Mas, hoje em dia, perco apenas o *suficiente* para sobreviver. Está planejando abrir um bar por aqui? Não posso dizer que é algo que aconselho — brincou ele, dando uma piscadinha.

— Não exatamente, mas talvez algo parecido.

Ele pareceu surpreso, mas logo se recuperou.

— Bem, boa sorte para a senhora — falou por trás da mão, num falso sussurro. — Agradeço se não roubar meus clientes, viu?

— Acho que não há muita chance de isso acontecer.

— Bem, então tudo bem. Agora coma, ou vai esfriar.

Viv comeu a refeição em silêncio e não falou com mais ninguém. Ela saiu do bar pensativa. Encontrou uma loja ainda aberta, então comprou uma lamparina e voltou para o estábulo. Lá, deitou-se e ficou acordada, olhando para a chama. As visões do que aquele lugar um dia poderia ser estavam bem distantes do estábulo frio e abandonado em que dormia.

No dia seguinte, porém, o trabalho de verdade iria começar.

3

Cumprindo sua palavra, Cal chegou cedo. Viv havia colocado o caixote do estábulo na entrada e estava sentada ali, observando as sombras tomarem forma com o nascer do sol e refletindo sobre como uma xícara de café cairia maravilhosamente bem.

O hob chegou arrastando a caixa de ferramentas e a colocou do lado de dentro dos portões.

— Bom dia — disse Viv.

— Hum — respondeu Cal, assentindo de um jeito minimamente cordial. Então tirou do bolso sua cópia da lista de materiais e a desdobrou. — Muito a fazer. Algumas coisas vamos conseguir logo, outras vão levar um tempo.

Viv pegou a bolsinha de dinheiro. As moedas de platina e a maioria dos soberanos estavam no cofre, mas imaginava que houvesse verba suficiente ali para cobrir o que fosse necessário. Ela a jogou para Cal.

— Acho que, se estiver disposto, posso confiar em você para fazer os pedidos.

Cal ficou surpreso. Pensativo, fez uma careta por um momento antes de dizer:

— Acho que você não vai conseguir preços muito bons se for eu negociando.

— Acha que eu me sairia melhor? — perguntou Viv, com um sorriso zombeteiro.

— Bem. Talvez seja trocar seis por meia dúzia. E você vai mesmo confiar em mim com isso tudo? Não tem medo de que eu dê no pé com o dinheiro? — indagou ele, jogando a bolsinha para o alto.

Ela lhe lançou um olhar demorado, sem deixar a expressão vacilar.

— Não... — concluiu ele, observando o tamanho e a força dela. — É, imagino que não tenha medo.

Viv suspirou.

— Eu passei muitos anos sabendo que sou uma ameaça ambulante. Preferiria que você não me enxergasse dessa maneira.

Cal assentiu e guardou a bolsinha.

— Vou precisar de algumas horas — explicou.

Ela se levantou e se espreguiçou, massageando um ponto dolorido na lombar. Sua coluna sempre ficava travada no frio.

— Preciso alugar uma carroça — disse ela. — Para carregar os entulhos. E algum lugar para onde levá-los.

— A carroça você consegue no moinho — falou Cal. — Imagino que deve conseguir achar onde fica. Quanto ao resto, tem um monturo mais a oeste, fora da estrada principal. A trilha da carroça fica pro sul.

— Obrigada.

— Vou nessa, então.

Cal tirou a boina e voltou para a rua.

◄─✦─►

Ele tinha razão. O moinho alugou mesmo uma carroça para ela — sem os cavalos — por uma prata, o que sem dúvida era um preço bem inflacionado. O moleiro sorriu presunçoso depois de ser pago, com certeza imaginando a dificuldade que uma orc teria para arriar um cavalo, mas ela agarrou os arreios, puxou-os e, usando apenas sua força, fez a carroça se mover com facilidade.

O moleiro coçou a parte de trás da careca e a observou se afastar, perplexo.

Viv suou bastante e aqueceu os músculos na viagem de volta. No caminho, fez um negócio com um pedreiro que tinha várias escadas na área onde trabalhava. Então, por dez cobres a mais do que valia, jogou uma delas na parte de trás da carroça e foi embora.

———◆———

Laney estava de volta à varanda, com a vassoura em mãos, varrendo o que Viv imaginou serem os degraus mais limpos de todo o Território. Acenou, simpática, para a senhora e começou a árdua tarefa de limpar a antiga construção.

Logo deu para ver quanto lixo acumulado havia no local: madeira podre, ferraduras, forcados enferrujados e tortos, uma pilha de sacos de grãos, caixotes caindo aos pedaços, inúmeros cobertores de sela mofados e diversos objetos pesados e decrépitos. O escritório também estava cheio de tralhas: livros de contabilidade puídos pelas traças, tinteiros quebrados e um conjunto inexplicável de ceroulas térmicas, tão empoeiradas que era impossível saber a cor.

Viv destruiu a escada quebrada, jogou os pedaços na carroça, posicionou a nova no lugar e subiu até o mezanino. Por sorte, havia apenas um pouco de feno velho, os ninhos dos pombos e alguns restos. A Sangue-Preto estava lá, em meio à bagunça, já começando a acumular um pouco de pó. A orc pegou a espada, ergueu-a com as mãos estendidas por um segundo e, enfim, a encostou com todo o cuidado na parede inclinada do telhado.

Ao meio-dia, a carroça já estava com uma pilha alta de lixo.

Viv estava suja da cabeça aos pés, e o interior do estábulo parecia ter sido atingido por uma tempestade de areia, com montinhos de terra e pó assentando-se por todo o lado após a confusão. Com divertimento, pensou que deveria contratar Laney para varrer o lugar, mas, quando olhou para o outro lado da rua, a senhorinha não estava lá.

No entanto, havia mais alguém parado à porta do estábulo.

Viv sentiu um formigamento nas costas, uma sensação em que confiava implicitamente. Afinal, aquele fora o motivo pelo qual ela ainda estava viva, de pé e respirando.

— Posso ajudar? — perguntou, batendo a poeira das mãos e pensando na Sangue-Preto no mezanino, fora de alcance.

O homem estava vestido com elegância: uma camisa com babados, um colete e um chapéu de abas largas. Olhando com mais atenção, no entanto, Viv percebeu que as roupas dele estavam gastas, com manchas de suor e um pouco puídas. A pele tinha o tom acinzentado de um dos feéricos de pedra, e as feições tinham traços bem definidos.

— Ah, não preciso de ajuda — respondeu ele. — Sempre que possível, nós gostamos de dar as boas-vindas a novos empreendedores da cidade, e estou muito curioso a respeito do novo empreendimento que você vai trazer para o distrito — explicou, com uma voz suave, quase distinta.

A nebulosa palavra "nós" não passou despercebida por Viv.

— Ah, então você é funcionário da cidade?

Viv sorriu sem se preocupar com quanto suas presas inferiores ficavam proeminentes e aproximou-se para que a diferença de altura entre os dois ficasse mais evidente. Tinha quase certeza de que sabia bem quem aquele homem era e, até pouco tempo atrás, ela já o teria agarrado pelo pescoço e o levantado do chão.

Ele permaneceu imóvel e sorriu de volta.

— Na verdade, não — disse. — Apenas considero ser meu dever cívico dar boas-vindas aos recém-chegados e me interessar por seu bem-estar.

— Boas-vindas recebidas, então.

— Desculpe, não ouvi o seu nome.

— Não precisa se desculpar. Me parece justo, já que também não ouvi o seu.

— Tem razão. Por acaso, se importaria de me dar uma amostrinha de seu novo... — Ele olhou ao redor, em direção à carroça, e apontou com a mão enluvada. — ... empreendimento?

— Prefiro evitar espionagem industrial — retrucou Viv.

— Ah, bem, não era minha intenção me intrometer.

— Bom saber.

A orc voltou para dentro, agarrou os arreios e puxou, os bíceps se flexionando quando começou a arrastar a carroça. Estava bem mais pesada do que naquela manhã, e a lombar ardeu de dor. Ao se aproximar dos portões do estábulo, não diminuiu o passo, lançando um olhar sombrio para o visitante que, no último segundo, teve que sair do caminho com menos elegância do que teria preferido.

— Conversamos mais tarde! — exclamou ele por cima do estrondo das rodas da carroça, que Viv puxava pelos paralelepípedos com o rosto sério e respiração pesada.

No céu, as nuvens estavam mais pesadas e escuras, ameaçando chover.

Todas as outras pessoas na rua se certificaram de fugir da tempestade que se aproximava.

<hr />

Quando Cal voltou, o céu estava ainda mais escuro. Viv estava sentada no caixote em frente ao estábulo, e a carroça já tinha sido devolvida. As mangas de sua blusa estavam arregaçadas e o suor deixara listras na poeira nos braços dela.

Quando o hob se aproximou, ela reparou no embrulho que carregava debaixo do braço. Cal parou e estendeu uma ponta do tecido para Viv.

— É uma lona impermeável. Tá com cara de que vai chover. É melhor a gente proteger a madeira nova.

Ele então jogou a bolsinha de volta para Viv, que a guardou sem se dar ao trabalho de examinar o conteúdo.

A orc pegou a escada e catou algumas pedras de um beco. Os dois subiram no telhado e, com as pedras, cobriram o buraco com a lona. No instante em que terminaram, as gotas de chuva começavam a salpicar as telhas de um laranja empoeirado.

Quando desceram e voltaram para dentro, ouvindo as gotas baterem de leve lá em cima, Cal comentou:

— Bem, talvez não entreguem nada por hoje, a não ser que a chuva diminua. — Ele olhou em volta, para o interior vazio. — Bom trabalho, hein? Tá parecendo bem maior agora.

Viv inspecionou o lugar e sorriu com pesar. O vazio de alguma forma tornava o trabalho por vir mais assustador.

— Acha que sou boba?

Cal deu de ombros.

— Hum… Não sou de oferecer pensamentos pouco positivos pra alguém como você.

— Alguém como eu? — perguntou ela, suspirando. — Quer dizer…?

— Quero dizer um chefe — explicou, dando um de seus sorrisos discretos.

— Bem, como sua chefe, não vejo motivo para você esperar aqui enquanto…

No entanto, Viv foi interrompida pela chegada de uma carroça com três caixotes pequenos na traseira.

— Isso, sim, é agilidade — comentou Cal.

Viv saiu para a chuva. Já tinha sentido o cheiro, então gritou, por cima do ombro:

— Não são os materiais de construção.

Depois de assinar o recebimento da mercadoria, Viv pagou ao entregador e recusou sua ajuda para transportar os caixotes para dentro do estábulo. Eram caixas cuidadosamente montadas, com os lados e a base encaixados e apenas a tampa pregada. Estênceis gnômicos estampavam a madeira.

Curioso, o hob observou Viv colocar o último caixote no chão com gentileza. Em seguida, a orc gesticulou para as ferramentas de Cal, pedindo permissão com o olhar.

— Fica à vontade — declarou ele.

Viv pegou um pé de cabra e levantou a tampa. No interior havia alguns sacos de musselina. O aroma ficou ainda mais forte, e Viv estremeceu com ansiedade. Desamarrou um dos sacos, enfiou a mão lá dentro e deixou os grãos marrons torrados escorrerem pelos dedos. Adorava o barulhinho que faziam quando voltavam a cair no saco.

— Hum. Você tinha razão. Não é lá muito parecido com chá.

Saindo de seu devaneio, Viv olhou para ele.

— Mas você está sentindo o cheiro, não está? Parece com nozes torradas e frutas.

Cal olhou para ela, confuso.

— Achei que você tinha dito que era de beber.

Viv mordiscou um grão, provando o sabor rico, amargo e escuro que tomava sua língua. Sentiu que precisava dar alguma explicação.

— Você tritura os grãos até ficar um pó e depois joga água quente por cima. Mas não é só isso. Quando a máquina chegar, eu te mostro. Nossa, o cheiro, Cal. Isso aqui é só uma provinha.

Ela se sentou no chão e analisou um grão entre o polegar e o indicador.

— Eu te disse que descobri isso em Azimute, e me lembro de seguir o cheiro até a loja. Eles chamam de café. Todos ficavam sentados, bebendo em xicrinhas de porcelana, e eu precisei experimentar e... foi como beber a sensação de estar em paz. Estar com a mente em paz. Bem, não se você tomar demais, porque aí é outra história.

— Muita gente diz que se sente em paz depois de uma cerveja.

— É diferente. Não sei se consigo explicar.

— Certo, tudo bem então — disse ele, com um olhar que não era cruel. — Pro bem do seu novo negócio, suponho que vou ficar torcendo pros seus fregueses sentirem o mesmo que você.

— Eu também.

Então ela deu um nó no saco, pegou a marreta de Cal e começou a pregar a tampa do caixote de volta.

Quando levantou a cabeça, o hob estava saindo da área do escritório. Ele parou à frente dela e olhou para o chão, refletindo por um momento. Viv não se importou em esperar até que ele dissesse o que queria.

— Imagino que vá precisar de uma cozinha lá atrás — falou ele. — Com um fogão. Talvez um barril de água e canos de cobre. Ganchos pras panelas e frigideiras.

— O barril não é má ideia. Deveria ter pensado nisso, já que vou precisar de água. Mas uma cozinha? Pra quê?

— Bem — começou ele, num tom incerto. — Se ninguém quiser essa água de grãos, pelo menos você pode oferecer comida.

◄┼►

No decorrer do dia, a chuva parou e a cidade ficou com um cheiro, se não fresco, mais limpo. Ainda não tinha escurecido, mas Viv levou a lamparina e suas anotações para o caixote, que já havia assumido o papel de banco na varanda. Antes que pudesse se preparar para examinar os esboços mais uma vez, viu Laney do outro lado da rua, enrolada em um xale e assoprando uma xícara de chá.

Viv colocou a lamparina no caixote, guardou as anotações e passou por cima das poças quase secas para se juntar à mulher.

— Boa noite.

— Boa. — Laney apontou com a cabeça para o estábulo. — Parece que você tem andado bem ocupada, *senhorita* — disse ela, dando um sorriso travesso.

— Ah, sim. Tenho mesmo.

— Tá dormindo aí, né? Espero que esteja trancando tudo à noite, querida. Aqui é perto da rua Principal, mas eu não ia gostar de ver você correndo perigo depois de escurecer.

Viv não conseguiu esconder a surpresa. Em geral, ninguém pensava muito em seu bem-estar físico, nem ela própria. Ficou emocionada.

— Não se preocupe. Eu tranco tudo. Mas falando em perigo... — Viv tentou organizar o que queria perguntar. — Recebi uma visita hoje. Ele estava com um chapéu grande... — Ela estendeu as mãos bem longe da cabeça. — Camisa chique. Feérico de pedra, acho. Conhece?

Laney bufou e bebericou o chá. Ficou em silêncio por um longo momento, mas depois suspirou.

— Deve ser um dos homens de Madrigal, imagino.

— Madrigal, hein? É um chefão daqui?

— São um bando de vira-latas — cuspiu Laney. — E Madrigal é que segura a coleira. — Laney fez um bico, e as rugas se apertaram ao redor da boca. — Mas é melhor não ignorar esse pessoal. Quando te pedirem pra pagar, e eles *vão* pedir, é melhor você dar seu jeito e obedecer.

Ela lançou um olhar incisivo para Viv.

— Não tenho certeza de que consigo fazer isso — respondeu, sem se abalar.

Laney deu um tapinha no braço musculoso de Viv.

— Sei que você não deve ter pensado nisso até agora... Mas, pra mim, me parece que não veio pra cá pra fazer o que sempre fez. Estou errada?

A senhora a havia surpreendido de novo.

— Bem, é verdade — confirmou Viv. — Mesmo assim, quando se trata dessas coisas, não sei se vou dar o braço a torcer para um homenzinho com um chapéu grande e uma camisa idiota.

Laney deu uma risadinha vaga.

— O homem de chapéu não importa. É com Madrigal que você deve se preocupar, e de idiota ali não tem nada.

— Vou tomar cuidado — garantiu Viv.

As duas ficaram em um silêncio confortável por alguns minutos.

Viv deu uma olhadinha na xícara de chá de Laney.

— Me diz uma coisa, você já tomou café? — perguntou ela.

Surpresa, Laney pestanejou, parecendo ofendida.

— Ora, nunca. E eu fui criada que nem uma dama, então nunca falo dessas coisas — disse, em um tom afetado.

Para a irritação da senhora, Viv soltou uma gargalhada.

<hr />

A orc levou o saco de dormir e a lamparina para o mezanino, na parte com o teto inclinado. O cheiro dos grãos de café passava por entre os vãos do assoalho e ela respirou fundo, em uma lembrança cálida e terrosa. A lona batucava como um tambor distante com as rajadas de vento esporádicas.

À luz da lamparina, a Sangue-Preto brilhava em seu lugar, encostada na parede. Viv a observou por um longo tempo e pensou no homem de chapéu e em Madrigal. Sentiu um súbito impulso de dormir com a espada ao lado, como já tinha feito em centenas de acampamentos e bivaques.

Virou-se para o outro lado, decidida, e apagou a lamparina. Em seguida, encheu os pulmões com o cheiro dos grãos lá embaixo.

Houve um baque surdo no telhado, seguido por batidas ritmadas e pesadas e um rangido nas telhas, mas Viv já começava a pegar no sono e se perdeu em meio ao barulho da lona.

Então adormeceu.

4

A madeira, as telhas e outros materiais de construção foram chegando aos poucos nos dias que se seguiram. A chuva ia e vinha, e por fim o céu abriu. Quando o tempo estabilizou, Viv e Cal consertaram o buraco no telhado, jogando as telhas velhas pela abertura e deixando-as se estilhaçarem no chão. Ficou surpresa com a quantidade de madeira que foi necessário usar para consertar o telhado por completo.

Cal trabalhava de forma tão metódica e cuidadosa quanto Viv tinha imaginado. Foram dois dias de muito esforço para os dois, mas o telhado ficou completamente impermeável.

Em seguida, o hob examinou o interior do estábulo, batendo nas tábuas com os dedos e parando várias vezes para arrancar um pedaço de madeira carcomida, o que o fazia balançar a cabeça em descontentamento. Depois de quatro dias arrancando madeira velha e pregando novas tábuas, Viv começou a se perguntar se não teria sido melhor ter reconstruído aquela porcaria do zero. E, mais uma vez, alugou a carroça do moleiro para transportar o entulho.

Eles construíram uma escada permanente e mais resistente até o mezanino. Viv aprendia rápido e era boa com pregos e martelo. Bater com precisão uma ferramenta de metal em um pequeno alvo fazia parte de seu leque de habilidades.

Quando Cal subiu até o mezanino pela primeira vez e viu a Sangue-Preto no canto, com seu brilho sombrio, não teceu qualquer comentário a respeito.

Em vez disso, apenas disse:

— Confortável. Imagino que você vá querer uma cama e uma cômoda, com certeza.

— Não precisa — recusou Viv. — Estou acostumada a dormir em qualquer lugar.

— Costume não quer dizer que tem que continuar assim.

Mas ele não insistiu, e ficou por isso mesmo.

Na área principal do estábulo, fizeram como Cal havia sugerido e cortaram as paredes das baias, convertendo-as em cabines com bancos. Do lado de dentro de cada uma, o hob montou assentos em U. Em seguida, os dois fizeram os tampos para as mesas, e Viv usou sua força de orc para colocá-los sobre cavaletes.

Nas paredes mais ensolaradas, Viv abriu duas janelas altas, que deixavam o sol da manhã se espalhar do mezanino até o chão.

Eles lixaram o balcão do escritório e adicionaram uma extensão com dobradiças na ponta para aumentar o espaço de trabalho. Cal reaproveitou algumas prateleiras antigas do estábulo e as passou para a parede que dava para o que Viv agora via como a fachada da loja. Ele também deu um jeito de substituir algumas vidraças rachadas da janela da frente, ao lado da porta menor.

— Bem, não parece mais um estábulo — comentou Viv.

O hob encaixava o último pedaço de vidro.

— Hum. Até que estou feliz de ter parado de feder que nem um também.

Certa tarde, Viv voltou do tanoeiro com um barril de água em um dos ombros e alguns baldes na mão. Deixou o barril em um canto atrás do balcão e foi buscar água do poço a poucos quarteirões dali. Enquanto enchia os baldes, Cal verificou se havia algum vazamento.

Converteram o cômodo nos fundos do escritório em uma despensa com mais prateleiras. Então Viv consultou as anotações e cavou uma vala, isolada com argila para armazenar coisas geladas. Cal instalou uma porta bem direitinha.

Viv usou a escada para caiar a fachada e o hob passou argamassa nas frestas entre os seixos na base das paredes.

Quando voltou para dentro, limpando o suor da testa com o braço e trazendo o balde de cal branco, encontrou o hob inspecionando com cuidado os paralelepípedos do corredor, verificando a areia entre eles. Os olhos de Viv foram para o esconderijo da Pedra Scalvert, e ela teve que se conter para não sair correndo e interrompê-lo.

— Alguma coisa que precisa ser feita aí? — perguntou ela, tentando parecer direta e natural.

E se ele encontrasse a pedra? Será que saberia o que era? E se soubesse? Era justo dizer que confiava em Cal.

No entanto...

Ele olhou para cima.

— Hum. Acho que tem que colocar um pouco mais de areia. Essa parte aqui está solta. Talvez a gente precise tirar e forrar um pouco melhor.

O hob pisou com força no bloco sob o qual a Pedra Scalvert estava enterrada, e o coração da orc disparou.

— Pode deixar isso comigo — disse ela, sorrindo de um jeito completamente forçado.

Cal pareceu não notar.

— Hum — falou.

E ficou por isso mesmo.

Mais tarde, depois de olhar para os dois lados da rua, certificando-se de que o homem de chapéu não estava por perto, observando, Viv tirou o paralelepípedo do lugar. Em seguida, pegou a Pedra Scalvert e a segurou. Quente, ela quase parecia ter um brilho amarelo cintilante mesmo sem a luz da lamparina. Recolocando-a com cuidado, Viv juntou alguns punhados de terra para nivelar o chão de novo e mais uma vez enfiou areia nas frestas.

À noite, sonhou com a Rainha Scalvert, mas, ao enfiar a mão em seu crânio para pegar a pedra, a carne da criatura se apertou ao redor do pulso de Viv. Quando ela tentou puxar a mão de volta, não conseguiu, a carne se enrijeceu e os muitos olhos da Scalvert se iluminaram, um por vez, como fogueiras de sinalização no escuro. Viv se esforçava cada vez mais para se soltar, até que acordou com um sobressalto. Os nervos do braço direito estavam em chamas e a mão formigava.

Depois de passar um tempo acordada, Viv voltou a pegar no sono. Pela manhã, havia se esquecido do pesadelo.

◄•►

Dias se passaram em meio a uma confusão de trabalho pesado, músculos doloridos, farpas, poeira e os cheiros de suor, cal branco e madeira recém-cortada.

Depois de duas semanas, o lugar parecia bastante respeitável. Viv se via na rua algumas vezes por dia, com as mãos nos quadris, examinando a cafeteria com uma agradável sensação de triunfo.

Em uma dessas vezes, levou um susto ao encontrar Laney ao seu lado. A mulher estava usando a vassoura como bengala, apoiando o peso do corpo no objeto. Viv não fazia ideia de como a senhora tinha se aproximado tão silenciosamente.

— Olha só! É o estábulo mais chique que já vi — comentou Laney, assentindo e voltando para sua varanda.

Sem saber por que não tinha feito isso antes, Viv pegou a escada e arrancou a velha placa que dizia ESTÁBULO DO PARKIN, jogando-a com muita satisfação na pilha de lixo.

—◄+►—

— Vai precisar de uma placa nova — declarou Cal.

Os polegares dele estavam enganchados no cós das calças, e olhava para o gancho de ferro vazio.

— Sabe, fiz muitas anotações — disse Viv. — Achei que tinha incluído a maioria dos detalhes. Mas não pensei em uma placa. Nem em um nome. — Ela olhou para Cal. — Simplesmente nunca passou pela minha cabeça.

Os dois ficaram quietos por um instante.

Cal pigarreou e, com o tom mais hesitante que ela já tinha ouvido dele, arriscou:

— Viv's?

— Acho que é bom — respondeu ela. — Não pensei em nada melhor.

Ele não pareceu satisfeito.

— Hum. Talvez... talvez... "Cafeteria da Viv"?

— Para ser sincera, é estranho ter meu nome. É como colocar o próprio rosto na placa.

Uma pausa.

— Acho que poderia ser só "Café". Não acho que vai ter muita confusão.

Viv estreitou os olhos e encarou o hob. Ela achou que Cal aguentaria mais tempo, mas por fim ele deu um leve sorriso.

— Acho que vou deixar isso pra lá por enquanto — declarou. — Quem sabe? Talvez eu escolha o nome em sua homenagem. "Cafeteria Calamidade" até que soa bem.

Cal olhou para ela, fungou com desdém e então disse, em tom solene:

— Olha, errada você não está.

——◆——

No fim daquela semana, o grosso da reforma já estava terminado. Eles construíram uma grande mesa de cavalete com bancos no corredor entre as baias, envernizaram e lustraram tudo, varreram o chão e instalaram os vidros das novas janelas altas.

Viv içou um candelabro e prendeu as cordas em uma placa que Cal aparafusara na parede. À medida que a noite caía, acenderam as velas com um acendedor comprido e ficaram satisfeitos com a iluminação, a sombra circular pulsando no chão.

À mesa, com as anotações entre eles, Viv e Cal discutiram alguns detalhes sobre móveis, tapetes e talvez alguns juncos para deixar o ar mais fresco.

De repente, os dois pararam de conversar.

No vão da porta estava o homem de chapéu, que dessa vez viera acompanhado, ainda por cima. Os outros homens estavam menos bem-vestidos, e eram bem diferentes uns dos outros — dois humanos e um anão com barba curta e cabelo penteado para trás. Viv percebeu pelo menos duas espadas curtas e apostaria que havia pelo menos seis adagas no total, escondidas em uma manga ou outra.

— Estava me perguntando quando você voltaria — comentou Viv, sem se dar ao trabalho de se levantar.

— Fico lisonjeado por ter ocupado seus pensamentos — retrucou o feérico de pedra, entrando na cafeteria e analisando a reforma, assentindo. — Você tem uma excelente mão! Esse lugar nunca esteve melhor. Pelo visto você não vai trabalhar com cavalos.

Viv deu de ombros.

Era como se o sorriso que ele abrira na última visita não tivesse se movido durante todos os dias que se passaram.

— Olha, eu gosto de um toma lá dá cá tanto quanto qualquer pessoa, mas sinto que você prefere uma abordagem mais direta. Sou apenas um representante. Meus amigos me chamam de Lack. Você também pode me chamar assim. Esta rua, todo o quadrante sul, na verdade... Está sob a supervisão atenta e caridosa do Madrigal.

Em seguida, o homem fez uma pequena reverência, como se o tal Madrigal estivesse ali em carne e osso para ver.

— Acha que preciso de supervisão? — perguntou Viv, curiosa.

— *Todos* nós precisamos de alguém olhando por nós — rebateu Lack.

— Esta é a parte em que você me conta sobre a doação mensal nada voluntária para... Como foi que você chamou mesmo? Essa "supervisão caridosa"?

Lack apontou o dedo para ela e deu um sorriso ainda maior.

— Bem, você já passou seu recado — declarou Viv.

Então, despreocupada, a orc voltou a olhar para suas anotações, dispensando o homem. Cal, com o rosto tenso, não tinha se movido um centímetro durante toda a conversa.

— Espero sua contribuição ao final do mês — disse Lack com um quê de irritação na voz. — Um soberano e duas peças de prata é o preço atual.

— O que você espera ou deixa de esperar não é problema meu — retrucou Viv, tranquila.

Pelo canto do olho, viu os brutamontes atrás de Lack fazerem menção de se aproximarem, o que teria sido um grande erro. Mas o homem os deteve com um gesto.

Viv esperava por uma resposta, mas houve somente um silêncio carregado.

Então Lack e seu bando foram embora.

Cal soltou um longo suspiro e lançou um olhar preocupado para Viv.

— Escuta, você não quer arranjar problemas com Madrigal — aconselhou ele, baixinho.

Quando o hob falava, em geral era em um tom uniforme e sólido, como se estivesse assentando tijolos. Por isso a mudança fez Viv olhar para ele com a expressão séria.

— Laney também falou isso. — Ela espalmou uma das mãos em cima da mesa. — Mas, Cal, acho que você tem uma boa noção do que essas mãos já fizeram. Acha mesmo que vou me curvar para um bando de homens burros demais para saberem o risco que estão correndo se decidirem entrar numa briga comigo?

— Hum. Não duvido que você daria uma bela de uma surra naqueles quatro com facilidade. Mas olha... Tem muito mais do que quatro deles por aí, e Madrigal é do tipo que gosta de dar uma lição em quem se atreve a bater de frente.

— Já ouvi muitas histórias e lendas, e elas sempre são piores do que a realidade. Eu sei tomar conta de mim.

— Pode até ser. Mas e este lugar? — indagou ele, batendo na mesa com os dedos. — Não é à prova de fogo. Então, beleza, você pode cuidar de si mesma, mas acho que tem mais coisas em risco. Coisas que importam para você. Estou errado?

Viv franziu o cenho e olhou para ele, sem palavras.

Cal se levantou, ergueu um dedo e disse:

— Espera aí.

Ele vasculhou os materiais de construção que tinham sobrado e pegou um martelo e pregos. Ficando na ponta dos pés junto à parede atrás do balcão, prendeu alguns suportes na madeira — um, dois, três.

— Pelo menos coloca essa sua espada aí em cima — disse.
— Se vai dar a cara a tapa, pelo menos esteja pronta pra revidar.
Hum?

—◆—

Quando Viv foi dormir, a Sangue-Preto estava apoiada naqueles suportes, uma exposição mortal.

Ela preferia que a espada ainda estivesse escondida no canto.

—◆—

Viv não achou que Cal viria no dia seguinte, mas por volta do meio-dia ele apareceu na parte de trás de uma carroça. Ao seu lado, tinha um grande fogão preto e vários tubos de chaminé.

O hob desceu da carroça sob o olhar desconfiado da orc.

— O que é tudo isso? — perguntou ela.

Ele deu de ombros.

— Hum. Eu falei que você precisava de uma cozinha. E nem precisa dizer nada: já tá pago.

A orc ergueu as mãos, de um jeito ao mesmo tempo divertido e exasperado. Os cavalos recuaram, nervosos.

— Onde você conseguiu isso? — indagou Viv. — Não sou padeira.

Ele apontou para o mezanino.

— Faz frio no inverno aqui na cidade, e não tem nem sinal de lareira nesse lugar. Quer congelar, deitada no chão, com o telhado cheio de neve? Me dá uma mãozinha.

Viv mordeu a língua e tirou o fogão do fundo da carroça com cuidado. Mesmo para ela, aquele troço de ferro era pesado e difícil de carregar. Por fim, conseguiu tirá-lo da carroça e o moveu aos poucos, levantando uma ponta, então a outra, e entrou com ele pelos portões. Cal carregou a chaminé, peça por peça, e depois pagou o entregador impaciente.

Viv ficou surpresa ao perceber que estava um pouco sem fôlego. Se jogou em um dos bancos, as costas incomodando de novo.

— Não posso deixar que você pague por isso, Cal.

— Hum. Que pena. Você já me pagou demais. Pensei que se fosse pra torrar em alguma coisa idiota, podia muito bem ser isso.

— Aquecimento para o inverno, hein?

Cal assentiu.

— E se a água de grão não der certo, você já sabe...

Viv riu.

— Por falar nisso... — disse ela, apontando para o balcão.

Havia um moedor e um pilão ao lado de algumas chaleiras, um pedaço de pano e algumas xícaras de cerâmica.

— Vai abrir um boticário também, é?

— Eu vou te mostrar. Mas primeiro vamos tirar essa coisa da passagem.

Com algumas orientações de Cal, ela posicionou o fogão na parede dos fundos e, depois de alguns cálculos, tentativas e xingamentos, o hob conseguiu prender a chaminé. Com a ajuda do arco de pua e uma serra — e alguns comentários de Viv —, ele passou o tubo através do flange na junção com a parede. Algumas horas depois, a ponta da chaminé passava pelo beiral e estava coberta com uma proteção contra a chuva.

Improvisaram com alguns gravetos e acenderam uma pequena chama. A fumaça subiu com facilidade.

— Muito bem — disse Viv. — Enche uma daquelas chaleiras de água e põe no fogo.

Cal arqueou as sobrancelhas, confuso.

— Água de grão? — perguntou ele.

— Quer testar o fogão ou não?

Ele deu de ombros e encheu a chaleira com a água do barril.

Viv pegou um punhado de grãos de café de um dos sacos, esmagou-os no moedor e despejou o pó em um retalho de linho, que serviria de coador improvisado. Posicionou o coador acima de uma das xícaras de cerâmica e, quando a chaleira começou a assoviar, derramou a água fervente sem pressa, um pouco de cada vez.

— Isso aí é uma meia-calça? — perguntou Cal.

Viv olhou para ele.

— Está limpa. Não uso essas coisas.

— Só estou perguntando — respondeu, gentil.

— Hum — disse ela.

Pelo jeito, os dois andavam passando muito tempo juntos.

— Como é que você estava planejando usar a chaleira sem um fogão? — indagou ele, em tom significativo.

— Huuum, eu precisava dela para encher a máquina que está chegando. Não passa de uma ótima coincidência.

Viv despejou a água uma última vez, fazendo uma espiral, e esperou até que o pó se assentasse. Tirando o coador e girando a xícara, a orc fechou os olhos, levou-a ao nariz e inalou com tudo.

Então tomou um gole para provar... e sorriu, assentindo.

— Nada mau.

Cal franziu a testa.

— Então — disse Viv, na defensiva —, não está tão bom quanto vai ficar quando eu puder preparar direito. Mas...

Ela lhe entregou a xícara.

O hob cheirou o líquido de um jeito dramático. Pareceu surpreso e assentiu de leve. Muito devagar e com toda a delicadeza, tomou um gole. Então, ficou parado, segurando a xícara.

Depois do que Viv considerou alguns momentos longos demais, não conseguiu se conter.

— E aí? — perguntou.

— Hum. Tenho que admitir... na verdade, não é tão ruim assim.

Mais tarde, estavam sentados à mesa maior, cada um com uma xícara. Cal fingia ignorar a dele, mas vez ou outra, quando achava que ela não estava olhando, Viv o flagrava tomando goles cautelosos. A orc segurava a dela com ambas as mãos, pensando, absorvendo o calor e o cheiro. Sentia uma completude, como se ouvisse o clique satisfatório de uma tranca se fechando.

— Então... — começou ela. — Também dá para tomar com leite. Talvez você goste.

— Leite?

Cal fez uma careta.

— É melhor do que parece. Você precisa experimentar, assim que a máquina chegar. Os gnomos chamam de latte.

— Latte? O que significa?

— Acho que a bebida foi batizada em homenagem ao nome do gnomo barista que a inventou... Latte Diâmetro.

Cal lhe lançou um olhar sofrido.

— Não dá pra explicar o que algo significa com outra coisa que ninguém conhece. O que é barista?

— Cal, eu não *inventei* essas palavras.

— O povo vai precisar estudar só pra comprar uma água de... quer dizer, um café.

— Não sei. Eu até que gosto. É mais exótico assim.

— Água exótica de grão filtrada em meia-calça. Que os deuses nos ajudem.

5

Havia classificados de empregos pendurados em uma das ruas que circundavam a maior praça de Thune. Ficavam num quadro de avisos comprido e baixo, em camadas sedimentares de pedaços de pergaminho ou folhas de almaço mais recentes sobre várias centenas de papéis antigos. Viv examinava os anúncios e foi tomada por uma avalanche cansativa de lembranças — caçadas, recompensas e batalhas. Em uma cidade ou outra, já rasgara várias dessas folhas com os dedos ensanguentados para reivindicar o pagamento por um trabalho finalizado.

No passado, até já tinha colocado alguns anúncios, quando precisou de um mercenário ou alguém para completar um grupo de caça.

Mas daquela vez era diferente.

Ela prendeu seu pedaço de papel em um dos muitos pinos de ferro e leu o que havia escrito.

PRECISA-SE DE ASSISTENTE: É PRECISO TER DISPOSIÇÃO
PARA APRENDER
DESEJÁVEL EXPERIÊNCIA COM GERÊNCIA E NO RAMO ALIMENTÍCIO

OPORTUNIDADE DE CRESCIMENTO

PACIÊNCIA É UM DIFERENCIAL

SALÁRIO COMPATÍVEL COM A FUNÇÃO

COMPARECER AO ANTIGO ESTÁBULO NA PEDRA VERMELHA,

DA TARDE AO ANOITECER

Era um tiro no escuro, mas a Pedra Scalvert ainda não a havia decepcionado.

———◆———

Viv voltou para a cafeteria, mas estava inquieta, andando de um lado para outro. Assim que chegara na cidade, havia mandado uma correspondência a respeito da sua entrega mais importante. Embora o café tivesse sido entregue com pontualidade, Viv ainda esperava pela outra encomenda. Com a loja pronta e limpa, não havia nada com que gastar seu nervosismo. Então sentia-se frustrada.

Depois de semanas de trabalho constante, e com a ausência de Cal, a orc sentia suas mãos coçarem em busca de ocupação. Por fim, exasperada, juntou suas anotações na sacola de couro e foi até o restaurante que visitara na sua primeira noite em Thune.

Sentou-se a uma mesa nos fundos, pediu um prato e começou a fazer listas cada vez mais irrelevantes. Quando o meio-dia chegou, sua refeição continuava pela metade e sua organização nervosa não estava indo muito bem, então ela se levantou, pagou e voltou para a cafeteria. E lá ficou esperando.

Obviamente, a ideia de que um candidato fosse aparecer no primeiro dia parecia ridícula. Mas a Pedra Scalvert... Bem. Ou Viv confiava em seu poder ou não. E se confiava...

a Pedra Scalvert fulgurante,
sua boa fortuna é o elo

Viv acendeu o fogão, ferveu um pouco de água, moeu alguns grãos e fez uma xícara de café, que foi bebida rápido demais. Depois fez outra. E outra. Por fim, acabou ainda mais nervosa e desejou ter escrito outras instruções no anúncio. E pensou que sua fé talvez equivocada no poder da pedra não a estivesse mantendo encurralada ali. Ela realmente acreditava que teria resultados tão cedo?

Ameaçadora, a Sangue-Preto pendia da parede, e a orc quis tirá-la de lá para se perder na ação repetitiva e familiar de afiá--la, mas se forçou a desviar o olhar. Ficou irritada com Cal por tê-la obrigado a pendurar a espada e depois ficou com raiva de si mesma por culpá-lo, já que aquele era um pensamento idiota. Viv poderia jogar o homem do outro lado da rua com uma só mão. Ele não a *obrigara* a fazer nada.

E então, no meio da tarde, alguém bateu à porta, que logo se abriu.

Uma mulher entrou e olhou ao redor de uma maneira ao mesmo tempo cautelosa e confiante. Era alta, embora obviamente não tanto quanto Viv, com cabelo preto brilhante na altura do queixo. Usava calças e o que parecia ser um suéter, escuro e folgado, com uma gola alta que lhe cobria o pescoço. Tinha feições aristocráticas e olhos escuros. Com surpresa, Viv também reparou nos toquinhos de chifres que dividiam seu cabelo, um toque de magenta na pele e um rabo de chicote. Dava para ver que era uma súcubo.

A cabeça de Viv já estava agitada por conta das quatro xícaras de café, então se levantou do assento em um pulo.

Devagar, a mulher a olhou de cima a baixo, mas sua expressão continuou a mesma. Olhou para a Sangue-Preto na parede e depois voltou a encarar Viv.

— Precisa-se de assistente — disse ela. Não era uma pergunta. Sua voz era rouca, mas falava com um tom preciso.

— Há, isso mesmo — respondeu Viv, parada ali.

A mulher pareceu notar que Viv estava sem jeito e fechou a porta depois de entrar.

— Tandri — disse, estendendo a mão.

— Viv.

Atrapalhada, a orc apertou a mão dela, amaldiçoando-se por ter bebido tanto café.

— Sinto muito, não achei que alguém fosse aparecer no primeiro dia — explicou.

Era uma completa mentira, mas parecia uma boa desculpa para sua postura distraída.

— Gosto de agilidade — comentou Tandri.

— Ótimo. Ótimo!

Viv tentou se controlar. Já havia contratado ajudantes outras vezes. Óbvio, tinham sido mercenários e batedores de carteira, mas a ideia era a mesma. Explicar o trabalho, definir os termos, avaliar se a criatura daria para trás e fugiria em um momento inconveniente e, em seguida, tomar a decisão. Moleza.

— Então, estou procurando um assistente — disse Viv. — Mas acho que isso deu pra ver pelo anúncio. O trabalho... há, é meio que... hum. Já ouviu falar em café?

A súcubo balançou a cabeça, o cabelo brilhante se movendo.

— Não.

— Ah, tudo bem, não importa. Mas e chá? Você sabe o que é chá. Vou abrir uma loja em breve, e é como se fosse uma casa de chá... Mas só que de café... E não consigo administrar tudo sozinha. Preciso de alguém disposto a aprender, atender os clientes, ajudar no que for preciso. É provável que vá precisar limpar um pouco também. E fazer café, sabe, conforme for necessário, depois de aprender... comigo. Há... Escrevi "experiência no ramo alimentício" no anúncio. Você tem experiência?

A expressão de Tandri não vacilou nem por um segundo.

— Não.

— Hum.

A súcubo inclinou a cabeça.

— E você? — perguntou.

Viv ficou de boca aberta por um momento, até que enfim conseguiu dizer:

— Eu... não.

— Estou *disposta* a aprender. Isso estava em destaque no anúncio — pontuou a mulher.

— É verdade.

Viv coçou a nuca. Nossa, aquilo era tão constrangedor.

— Também falava de oportunidade de crescimento — lembrou Tandri. — Que tipo de oportunidade?

— Eu escrevi mesmo isso, né? Bem... Quer dizer, se as coisas correrem bem... Acho que dependeria de quais seriam os seus interesses...

Houve uma pausa bem constrangedora.

Em seguida, Viv tentou pensar no que queria dizer. Nunca fora muito habilidosa em conversas delicadas. Até aquele momento, isso nunca tinha sido muito importante. Mas súcubos eram conhecidos por terem certos... imperativos biológicos. Será que sequer podiam escolher suas necessidades e predileções?

— Você é uma... súcubo. Certo? — perguntou.

Com as implicações que se seguiriam a essa pergunta, Tandri mudou de expressão pela primeira vez — contraiu os lábios e apertou os olhos. Sua cauda chicoteou.

— Sou. E você é uma orc. Administrando uma loja de alguma coisa que não é chá.

— Não estou julgando! Só perguntei porque... — balbuciou Viv, sentindo-se à beira de cometer um grande erro, e mesmo assim tropeçando para a frente.

— Não, eu não tenho nenhum interesse em *seduzir* seus clientes, se essa é a sua pergunta — retrucou Tandri, com uma voz gélida.

— Não era isso que... eu pretendia dizer — falou Viv. — Jamais presumiria uma coisa dessas. É só que nunca trabalhei com alguém como... como você... e não conheço direito suas... bem... suas necessidades.

Nossa, que tortura. As bochechas da orc estavam em chamas.

Tandri fechou os olhos e cruzou os braços. Suas bochechas também estavam coradas.

Viv tinha certeza de que a mulher estava prestes a dar meia-volta e ir embora.

— Peço desculpas — disse, soltando um suspiro. — Olha, eu sou *muito* ruim nisso. Não sei direito o que estou fazendo.

— Então Viv tocou de leve a espada na parede. — É só isso que sei fazer, o que sempre soube. Mas agora quero aprender a fazer outra coisa. A *ser* outra coisa. Tudo o que falei foi idiotice. Eu, mais do que todo mundo, não deveria partir de estereótipos. Antes que vá embora, se importa se eu começar de novo?

Tandri respirou devagar, inspirando pelo nariz e expirando pela boca.

— Não há necessidade.

— Ah! — exclamou Viv, decepcionada. — Entendo.

— Por que perder tempo? Já tratamos da maioria dos detalhes — completou a súcubo, depressa. — Então, *salário compatível com a função?*

A orc olhou para ela por um momento.

— T-três peças de prata e oito tostões por semana, para começar? — gaguejou Viv.

— Quatro peças de prata.

— Eu... Sim, tudo bem.

— Ótimo.

— E, então, você quer o emprego?

— Quero — disse Tandri, estendendo a mão de novo.

Sem compreender direito o que estava acontecendo, Viv a apertou.

— Bem, então... bem-vinda a bordo. Eu... Obrigada.

Ela pretendia contratar uma assistente, mas tinha a forte sensação de que, sem ter a intenção, acabara de adquirir uma sócia. Não pôde deixar de se perguntar quem havia entrevistado quem.

— Está resolvido então — declarou Tandri. — Prazer em conhecê-la, Viv.

Então se virou e saiu, fechando a porta sem fazer barulho.

— *Paciência é um diferencial* — murmurou Viv.

Passaram-se muitos minutos até que a orc percebesse que não havia especificado quando o trabalho começaria. Mas, de alguma forma, não estava preocupada com isso.

<hr />

Viv foi até a praça e arrancou o anúncio, que não ficara pendurado mais do que sete horas. Dobrou o pedaço de pergaminho e o enfiou no bolso, depois voltou para a loja e limpou os utensílios que tinha usado para fazer o café.

Em seguida, saiu e comeu uma refeição com bastante sustância. Aquecida e satisfeita, voltou para casa. Enquanto brincava com o bastão de bruxa no salão, ela não parava de olhar para onde a Pedra Scalvert estava escondida.

Mais tarde, deitada no saco de dormir e olhando para o teto, pensou na entrega pendente e na sensação de um potencial avanço crescendo dentro de si. Só faltava aquele último empecilho ser chutado para longe.

Ouviu um estrépito nas telhas. Passos pesados ressoaram, fazendo barulho à medida que algo grande caminhava margeando uma das paredes da construção. Houve uma pausa cheia de significado... e depois um baque.

Em silêncio, Viv saiu do saco de dormir e desceu a escada. Caminhou para um lado e para o outro na rua escura e silenciosa, verificando o telhado e uma ruela próxima, mas não encontrou nada.

6

Tandri de fato apareceu na manhã seguinte, e a despreocupação de Viv se mostrou justificada. A orc estava torcendo o cabelo molhado na rua, com um balde pela metade ao lado. Tinha voltado a tomar banhos assim depois de descobrir que não gostava de visitar a casa de banho mais próxima.

Enrolou e prendeu o cabelo, então se endireitou, enxugando o rosto com a palma da mão.

— Eu deveria ter dito quando começaríamos — falou ela. — Ainda não tenho como abrir a loja. Estou esperando uma entrega.

— Parecia já haver muito a fazer — comentou Tandri.

A mulher continuava tão séria e direta quanto no dia anterior, sem um traço do molejo sensual que Viv havia notado em outros súcubos que conhecera. Embora, verdade fosse dita, não tinham sido muito. Só o brilho do cabelo de Tandri e sua cauda sinuosa sugeriam qualquer coisa que não eficiência resoluta.

— Ah, é? — perguntou Viv.

— Preciso saber o que vou fazer. Não há momento melhor do que o presente.

— Certo. Bem, não dá para mostrar em detalhes até o equipamento chegar, mas o plano para hoje era escolher algumas louças e móveis. Não levo muito jeito para decoração, mas tenho algumas ideias. Eu ia procurar um ceramista, e em seguida buscar mesas para a rua, algumas cadeiras, e talvez... — Ela deu um aceno vago para as paredes. — Algumas... pinturas, acho? Achei que essa seria a parte mais fácil, mas é bem complicada.

— Se eu puder dar uma sugestão... — começou Tandri, mas não parecia uma pergunta.

Viv fez um gesto de "fique à vontade".

— A feira semanal de Thune acontece hoje e amanhã. Se quiser economizar e evitar ficar perambulando por aí à toa, eu recomendaria que fizesse uma visita.

— Você me levaria até lá?

— A prata é sua — disse Tandri.

Embora o tom da súcubo fosse o mesmo de sempre, Viv pensou ter visto um pequeno sorriso.

Para a orc, a maioria dos civis que tinha conhecido agiam com exagerada cautela em sua presença, como se estivessem se preparando para um golpe que nunca viria. Viv gostava do jeito direto da súcubo. Cal tinha um tipo diferente da mesma franqueza. Ela voltou a pensar na Pedra Scalvert e no que a pedra prometia atrair para sua vida.

Viv trancou o café e seguiu Tandri até a rua Principal, e dali foram para uma via longa e sinuosa onde muitos dos ambulantes obviamente também tinham lojas ou oficinas fixas. Ficou surpresa ao perceber que o lugar ficava perto do chaveiro que visitara quando tinha recém-chegado na cidade. A maioria dos vendedores tinha mesas, toldos e expositores montados na rua, e já havia uma multidão de clientes perambulando por ali.

As duas olharam os produtos por algumas horas, até depois do meio-dia. Viv se ateve aos itens da lista, e Tandri a salvou de algumas compras ruins, reparando em rachaduras sutis nas cerâmicas ou soldas malfeitas em utensílios. Sem pedido ou permissão, a súcubo assumiu a frente nas negociações, e Viv percebeu que, apesar das roupas e da postura neutras — e Tandri não usava sua boa aparência para barganhar, de forma alguma —, os mercadores reagiam a... *alguma coisa*.

No fim, Viv adquiriu um conjunto completo de pratos e xícaras de cerâmica e um par de chaleiras de cobre bem maiores. Também comprou uma caixa pesada de colheres de estanho e talheres, um suporte de utensílios, um tapete, duas mesas de ferro com cadeiras combinando, cinco lamparinas de parede, materiais de limpeza diversos e uma série de pinturas pastorais que Viv achou que pareciam meio borradas, mas que Tandri insistiu serem *evocativas*. Na maioria das compras, a súcubo conseguiu incluir a entrega no preço, mas Viv foi embora com a caixa de talheres e o suporte de utensílios debaixo do braço.

Depois de deixar as coisas na cafeteria, Viv insistiu em agradecer a Tandri com uma refeição.

Havia um restaurante feérico na rua Principal que só funcionava durante o dia e que, de algum modo, parecia apropriado para o momento. O ar estava quente e pesado com o cheiro do rio. Elas se sentaram a uma das mesas na rua.

A culinária feérica era conhecida por seus pães amanteigados e pratos artísticos, e, embora Viv em geral não fosse muito exigente com sua alimentação, precisava admitir que tinha passado a gostar daquela comida.

— Então... — começou, enquanto esperavam o pedido. — Você sempre morou em Thune?

— Não — respondeu Tandri, empertigada em seu assento. — Já morei em muitos lugares. — Então, com habilidade, a súcubo redirecionou a conversa: — E dá para ver que você não é muito cosmopolita. Por que Thune?

Viv pensou nas linhas de ley, o verdadeiro motivo pelo qual escolhera a cidade, e percebeu que era difícil explicar. Optou por uma resposta verdadeira, mas menos complicada.

— Pesquisa — replicou, e olhou com tristeza para o próprio corpo. — Você não imaginaria só de olhar para mim, mas eu leio muito. Enfim, depois que decidi que queria fazer isso, passei muito tempo em ateneus, conversei com bastante gente, e este pareceu o melhor lugar por vários motivos.

— Café — disse Tandri, esboçando um sorrisinho. — Que não é chá. É um sonho antigo ou apenas uma mudança de ritmo?

Com um pouco mais de eloquência do que tivera na conversa com Cal, Viv contou sua primeira experiência com café em Azimute. Tandri ficou pensativa.

— Suponho então que seja bem diferente do que você fazia antes.

— Hum, e em qual ramo você acha que eu trabalhava? — perguntou Viv, curiosa.

Tandri pareceu mortificada de vergonha.

— Você tem razão — disse ela. — Foi uma idiotice dizer isso, ainda mais...

Viv bufou, achando graça.

— Só estou implicando com você. Não sou tão sensível assim. E, aliás, você tem razão. É impossível conseguir essas cicatrizes todas trabalhando numa fazenda.

Tandri examinou a expressão dela e pareceu relaxar.

A comida chegou e, quando a atendente feérica se afastou, Tandri ergueu o copo de cerveja.

— Bem... Um brinde aos nossos equívocos.

Viv levantou a própria bebida e brindou.

— Saúde.

Enquanto comiam, Viv continuou:

— Acho que passei anos procurando outro caminho. Aventuras, lutas, trabalhos por recompensas... Nesse meio, ou as criaturas sentem o sangue se esvair aos poucos por causa das várias feridas ou só ficam à espera de um golpe letal. E acabamos não percebendo que existem alternativas. Essa foi a primeira vez que senti algo que eu queria *continuar* sentindo. Então, aqui estou, ainda com um pouco de sangue nas veias.

Tandri assentiu, mas não disse nada.

Viv esperou, pensando que a mulher poderia ter algo pessoal para compartilhar, mas a súcubo apenas continuou a comer em silêncio.

Talvez outro dia.

Mesmo assim, foi uma refeição muito agradável.

Quando voltaram para a cafeteria, havia um caixote gnômico enorme em frente à entrada e, sentado em cima dele, com as pernas balançando, estava um anão robusto que Viv conhecia muito bem.

— Roon! — exclamou ela. — O que raios você está fazendo aqui?

Ele saltou do caixote e se aproximou, cofiando o bigode trançado em um gesto nervoso.

— Só vim fazer uma entrega pra uma velha amiga — explicou ele.

— Venha aqui, tampinha — disse a orc, abrindo bem os braços.

Ele pareceu aliviado e foi abraçá-la.

— Olha — começou ou —, vou te falar, não sabia bem se você ia gostar de me ver. Do jeito que foi embora...

Viv se apoiou em um dos joelhos para que ficasse na mesma altura do amigo.

— Me desculpa. Se eu tivesse explicado, tentado colocar tudo pra fora... acho que desistiria. Não foi justo com você ou com os outros, mas...

Viv deu de ombros, sem saber como explicar.

O anão examinou seu rosto, assentiu e deu um tapinha no ombro dela.

— Bem, você pode me contar, já que agora não corre mais perigo de desistir. Certo?

— Aham, posso, sim. — Então olhou para o caixote. — Mas... e a entrega?

— Ah! Bem, meu irmão, Canna, comanda as entregas de carruagem de Azimute. Viu seu nome, ficou curioso e me avisou. Eu me ofereci pra fazer a segurança. Já fiz isso antes. E, tenho que dizer: depois de ver o caixote, estou doido pra saber o que você anda aprontando.

O anão olhou de relance para um ponto atrás da orc.

— Ah! Esta é Tandri, que está trabalhando comigo. — Viv se levantou e fez as apresentações. — Tandri, este é Roon. Trabalhamos juntos por, ah... anos, acho.

— Até beeeem recentemente. É um prazer — disse Roon.

— Igualmente.

— Bem, não podemos ficar parados na rua assim — comentou Viv. — Roon, me ajuda a trazer essa coisa para dentro.

A orc destrancou a cafeteria, depois destravou e abriu os portões. Juntos, levaram o caixote até a mesa comprida. Tandri os seguiu, intrigada.

— Beleza — disse Viv. — Já que você está curioso, quer fazer as honras?

— Quero, sim — respondeu Roon.

O anão pegou a ponta da machadinha que levava na cintura e ergueu os cantos da tampa com delicadeza. Juntos, abriram o caixote.

70

Aninhada entre aparas de madeira havia uma grande caixa prateada, cheia de canos ornamentados, medidores por trás de um vidro grosso, um conjunto de botões e mostradores e um par de engenhocas de cabos compridos na parte da frente.

— Viv, eu não tenho ideia do que é essa porcaria — declarou Roon, que estava de pé no banco para espiar dentro do caixote.

— É uma máquina de café — adivinhou Tandri. — Não é?

— Exato — confirmou Viv, satisfeita.

— Café? — perguntou Roon. — Era disso que você ficava falando lá em Azimute? — Ele lançou um olhar para Tandri. — Ela só falava disso.

— Aham — disse Viv, abrindo um sorriso.

— Bem, o que raios você pretende fazer com essa coisa? — quis saber Roon.

— Me ajuda a tirar da caixa que eu te conto.

<hr />

Em pouco tempo, tinham colocado a máquina em cima do balcão e deixado o caixote na rua. Viv voltou a fechar os portões porque não queria outra visita inesperada de Lack, muito menos naquele momento. Com Roon ali, a orc poderia ter mais dificuldade em controlar o desejo de acabar com ele.

Um livreto estava no caixote com a máquina. Tandri pegou o papel, e Viv e Roon conversavam à mesa grande.

Depois que Viv explicou seus planos e o que tinha feito com o lugar, Roon lançou um olhar demorado e elogioso ao redor.

— Uau — disse. — Bem, Viv, quando você se dedica a alguma coisa, não faz de qualquer jeito. Não sei quais são os seus planos para esse lugar dar certo, mas você nunca entrou numa briga sem saber como ia acabar. Acho que confio mais no seu instinto do que no meu.

— Não sei se é bem assim — retrucou Viv. — Mas fiz o possível para não dar chance ao azar.

Roon olhou para a orc de um jeito curioso e parecia prestes a pedir mais explicações.

— Então, como está Gallina? — perguntou Viv, atropelando o possível desconforto do outro assunto.

— Não dá pra negar: ela ficou chateada. Mas você sabe como ela é dura na queda. Talvez ainda esteja um pouco ressentida, mas vai melhorar. Aliás, se você quiser, eu posso dizer alguma coisa, levar uma carta, talvez?

— Eu deveria escrever para ela, mas acho que vou tirar um tempinho para pensar primeiro. Vocês ainda passam por Varian?

— Claro. É a rota mais fácil para a maioria dos lugares.

— Vou mandar algo para ela lá, depois que souber o que dizer. Diga que… Bem, diga que sinto muito por ter ido embora daquele jeito.

Roon assentiu e tamborilou os dedos na mesa.

— E, por falar em ir embora, tenho que ir andando. O dia está quase no fim, e amanhã minha agenda vai ser cheia. Mas antes disso…

O anão mexeu em uma bolsinha no cinto e pegou uma pedra cinza com três listras onduladas gravadas na lateral.

— Uma Pedra Mensageira? — perguntou Viv.

— Aham — confirmou Roon. — A outra está comigo. Sei que você está bem acomodada aqui e não espera se meter em confusão. Mas, se algo acontecer, se as coisas não correrem como deveriam… Joga isso aí no fogo e eu vou receber o sinal. Agora que sei onde você está, venho te encontrar.

— Vai ficar tudo bem, Roon.

— É óbvio que sim. Mas… vai que um dia você precisa voltar — disse ele, erguendo as mãos antes que ela pudesse protestar. — Não estou dizendo que isso vai acontecer! Nem insinuando que seja provável. Mas é melhor se prevenir, né?

Ela pegou a pedra.

— Melhor se prevenir. Claro.

Era a última coisa que queria, mas Roon estava lhe fazendo uma gentileza, e isso depois de ela ter deixado o grupo para trás sem dar explicações. O mínimo que podia fazer era aceitar o gesto amigável.

— Então vou indo nessa — falou ele depressa, se levantando e a abraçando de novo. Em seguida, fez uma breve reverência para Tandri. — Foi um prazer, madame.

Viv o acompanhou até a porta.

— Foi bom ver você, Roon. De verdade. Diga a Gallina e Taivus que peço desculpas. E Fennus...

Roon sorriu para ela.

— Um belo de um chute na bunda?

— Hum — disse ela.

— A gente se vê. Se cuida, Viv.

E assim o anão partiu noite adentro.

Viv se virou e encontrou Tandri ainda folheando o livreto gnômico.

— Sério, você não precisa ficar até tarde. Perdi a noção do tempo, deveria ter liberado você uma hora atrás.

A súcubo levantou a cabeça.

— Depois de tudo isso? Acho que preciso saber como esse negócio funciona. Não sei se vou aguentar a curiosidade até amanhã quando essa coisa está bem aqui.

Tandri tocou a máquina por um breve momento.

Ali no balcão, ela parecia muito moderna e brilhosa. A engenharia gnômica era mesmo uma maravilha. Não era exatamente igual à que Viv tinha visto em Azimute, mas era parecida. E, agora que Roon tinha ido embora, a empolgação dela aumentou, assim como uma apreensão inquietante.

— Você já sabe como funciona? — perguntou Tandri.

— Tenho uma boa noção — disse Viv, e passou os olhos pela máquina, percorrendo os tubos curvos e placas de vidro polido.

— Bem — falou Tandri, parecendo mais animada. — Não me deixe curiosa.

— Certo! Então, precisamos de fogo.

Viv encontrou a portinhola na parte da frente e a abriu. Um reservatório de óleo e um pavio estavam visíveis, mas por pouco. Encontrou um longo fósforo de enxofre, riscou-o e acendeu o pavio, fechando o compartimento em seguida.

— E água...

Ela encheu uma chaleira no barril, abriu outra portinhola na parte de cima e despejou a água no lugar certo com todo o cuidado.

Enquanto pegava um saco de grãos na despensa, ouviu um silvo suave crescente e, quando voltou, os medidores na parte da frente haviam começado a se mover.

Em uma das extremidades havia um mecanismo de moagem engenhoso, e ela despejou uma porção de grãos em um terceiro compartimento da máquina. Em seguida, destravou um dos cabos compridos da frente e o encaixou embaixo do moedor. Quando a agulha do medidor direito chegou até a parte azul do mostrador à frente, Viv virou a alavanca, e um rangido estrondoso soou enquanto os grãos eram moídos e compactados no pequeno compartimento na ponta da alavanca.

— Você pode me passar uma dessas xícaras? — pediu Viv.

Tandri obedeceu, observando todo o processo com interesse.

— Agora, a última parte — disse Viv, colocando o compartimento em sua posição original.

A orc posicionou a xícara logo embaixo e ativou outra alavanca. Um assobio mais alto e agudo, um gorgolejo, e a máquina vibrou enquanto a água subia pelos tubos de prata. Depois de vários segundos de ruído, um gotejar constante de líquido marrom caiu na xícara.

Viv levou alguns segundos a mais do que deveria para desligar o interruptor, mas percebeu que, na maior parte do processo, tinha preparado o café do jeito certo. O cheiro que saía da xícara era forte, quente, amendoado... perfeito.

Aproximou-a do nariz, fechou os olhos e então inspirou profundamente.

— Nossa. Sim, é isso aí.

Viv sentiu uma onda de alívio e euforia.

— Eu gosto desse jeito mesmo — declarou —, mas para alguém experimentando pela primeira vez...

A orc colocou a xícara debaixo do outro bico e apertou uma pequena alavanca acima dele; em seguida, a água quente borbulhou até a xícara ficar quase cheia.

Virou-se com cuidado para Tandri e estendeu-lhe a bebida.

— Aqui, pode tomar. Mas cuidado, está quente.

Tandri pegou a xícara com uma expressão séria e a segurou com as duas mãos, cheirando-a com hesitação.

Ela levou a xícara até os lábios, soprou por alguns segundos e então deu uma bebericada cautelosa.

Houve uma longa pausa.

— Ah! — exclamou Tandri. — Minha nossa.

Viv abriu um sorriso largo. Isso podia dar certo.

7

Quando Cal apareceu com as ferramentas, Viv exibiu com orgulho a cafeteira gnômica. O hob a inspecionou com interesse, os polegares enfiados por dentro do cinto.

Tandri surgiu, e Viv fez as apresentações.

— Encantado — falou Cal, fazendo uma profunda reverência diante delas.

— Um trabalho bem-feito — elogiou Tandri, apontando para a loja. — Eu me lembro de como era antes.

O hob se empertigou um pouco ao ouvir isso, e Viv tinha certeza de que ele estava lutando para não sorrir, mas Cal só assentiu.

— Hum — disse, inevitavelmente.

As compras da feira começaram a chegar e foram entregues aos poucos no decorrer do dia.

Cal pendurou as lamparinas nas paredes, e Tandri e Viv desempacotaram e guardaram a louça, desenrolaram o tapete e arrumaram as mesas e cadeiras diante das janelas da frente.

No meio da tarde, o hob pediu licença para ir "resolver uma coisinha". Quando voltou mais tarde, vinha carregando com dificuldade uma placa grossa. Com a respiração pesada, colocou-a com a frente virada para o chão e, ansioso, tamborilou os dedos na madeira.

— Então — começou ele —, eu devia ter perguntado, mas... você parecia meio indecisa. E *ainda* não tem nenhuma placa pendurada. Depois de pensar um pouco, achei que... Bem.

Viv poderia jurar que as bochechas dele estavam ficando bem vermelhas.

— Ai, deuses — resmungou ele, bufando e girando a placa para a orc ver.

A placa de madeira tinha o formato de um escudo pipa, e a superfície fora entalhada com duas palavras, divididas por uma espada cuja silhueta Viv reconheceu.

— Você não precisa usar, claro. Foi só uma ideia, e eu tinha um tempo livre, e pensei... Bem, você precisa de uma placa. Não pode deixar o povo achando que isso aqui ainda é um estábulo — argumentou, com a voz tensa.

A placa dizia:

CAFÉS
&
LENDAS

— Cal... — Viv percebeu que sua voz estava um pouco embargada. — É perfeita.

— Bem...

Ele empurrou a placa para a orc com as duas mãos.

Tandri assentiu, pensativa.

— Bem memorável. O que é um latte? — perguntou ela.

— Água de grão com leite — respondeu Cal, em um falso sussurro, espiando pela borda da placa.

A súcubo fez uma careta.

Viv riu e pegou a placa, segurando-a no alto para admirá-la.

— Só por isso, vou fazer um latte de verdade e vocês vão beber. Tem uma jarra de leite fresco no gelador e eu estava praticando hoje mais cedo.

— Hum. Primeiro, vamos pendurar essa placa.

Viv era alta o suficiente para alcançar o gancho de ferro e alinhar a placa no lugar só ficando de pé em uma cadeira. Deu para ver que Cal tinha tirado as medidas com antecedência.

Todos se afastaram um pouco e a admiraram.

— Uma boa ação se paga com outra. Vamos tomar a água de grão com leite? — perguntou Viv, sorrindo para Cal.

O hob fez questão de resmungar, mas assistiu com muito interesse à demonstração de Viv de todo o processo, que transformou o leite em espuma sob um bico prateado que soprava vapor. Quando a orc despejou a espuma na xícara e a colocou diante do hob, Cal olhou para a bebida, depois para Viv e, após assoprar com cuidado, tomou um gole.

Seus olhos se arregalaram.

— Minha nossa! Água de grão com leite, hein? Caramba. Não acredito.

Cal tomou um gole mais demorado e queimou a língua.

— Tenho que experimentar isso aí — disse Tandri.

O hob passou a xícara, soprando ar pela boca escaldada.

Depois de um gole cauteloso e uma avaliação de olhos fechados, Tandri declarou que era excelente.

— Há gnomos aqui em Thune. Por que eles não servem essa bebida? — perguntou, admirada.

— Vai saber? Mas, para ser sincera, prefiro que não comecem agora — respondeu Viv. — Pelo menos esperem até eu criar uma clientela!

— Um brinde a isso — disse Tandri, tomando um gole demorado, e sua cauda chicoteou o ar com satisfação.

— Vou querer a xícara de volta, muito agradecido — falou Cal, balançando a mão para a bebida. — Aliás, não era pra você estar aprendendo a fazer isso aqui?

— Eu li o livreto que veio junto, mas tem certa *arte* nisso — respondeu Tandri, entregando a xícara.

— Vem aqui, vou te mostrar — chamou Viv.

A orc estava sorrindo e pela primeira vez sentiu que a cafeteria, a cidade, aquele *lugar*... eram seus. Ela ainda estaria ali no dia seguinte, na semana seguinte, na próxima estação, no próximo ano...

Seu verdadeiro lar.

◄─◆─►

— Então, você disse que vai abrir amanhã, certo? — perguntou Tandri.

Os três estavam sentados juntos a uma das mesas ao ar livre, tomando suas respectivas bebidas.

— É a ideia — disse Viv. — Mas não sei direito como vai ser. Para ser sincera, estou nervosa. Sinto que há algo mais que eu deveria estar fazendo para me preparar, mas não sei o que é, então decidi que devo começar logo de uma vez, dar meu sangue, e conforme as coisas forem acontecendo eu resolvo... *nós* resolvemos.

— Bem, de preferência não vai ter sangue nenhum — comentou Tandri, com um sorriso irônico. — Mas você acha mesmo que as pessoas vão só aparecer aqui na sua porta? Não vai anunciar?

— Anunciar?

— Fazer a notícia circular. Espalhar placas pela cidade. Contratar alguém para ficar gritando e avisando as pessoas que a cafeteria está aberta.

— Não tinha pensado nisso — confessou Viv, desconcertada.

— Considerando que você planejou tudo tão bem, estou um pouco surpresa — observou Tandri.

Viv se sentiu ao mesmo tempo elogiada e criticada.

— Eu encontrei a cafeteria em Azimute por acaso. Achei que poderia acontecer o mesmo por aqui.

— Mas havia clientes, não?

— Aham.

— Isso por si só é publicidade. Você viu pessoas comprando, clientes fiéis, o que fez com que percebesse que valia a pena conhecer o lugar.

— Há... Você parece entender muito mais disso do que eu. Bem... o que sugere?

Tandri pensou um pouco antes de responder. Viv gostava disso nela.

— Não há problema em abrir — disse a súcubo. — Assim vamos pegando o jeito. O problema é que, mesmo que você diga à cidade o que está vendendo, ninguém, assim como Cal e eu, sabe o que é café de fato.

O hob assentiu.

— Então — continuou Tandri —, talvez a gente precise mostrar. Hummm. Vou precisar pensar um pouco. Amanhã a gente faz um teste, mas, para ser sincera, eu não criaria muita expectativa. Não quero que se decepcione.

Viv franziu a testa, confusa.

— Depois da reação de vocês, acho que não imaginei que isso seria um obstáculo tão grande.

— Não acho que você precise se preocupar por enquanto — consolou Tandri, tocando sua mão por um momento. — Só acho que devemos manter as expectativas baixas.

Viv estava pensativa quando foi surpreendida por outra voz:

— Bem, senhorita, parece que está com tudo ajeitado!

Laney abriu um largo sorriso para os três, o rosto parecendo uma maçã murcha.

— Laney! — exclamou Viv. — Há, é, acho que sim.

— Não tenho a menor ideia do que pretende vender, mas o lugar está com uma cara ótima. — Ela estreitou os olhos para a placa. — É... Não. Tenho. Ideia.

A expressão da senhorinha se iluminou, e em seguida ela pôs um prato na mesa com um bolo escuro.

— Mas parece que você está comemorando, não é mesmo? — continuou Laney. — E hoje é o dia que sempre faço uma fornada.

— Ah, há, obrigada — gaguejou Viv.

A orc apresentou Cal e Tandri, e Laney assentiu e os cumprimentou com tchauzinhos.

— Posso oferecer uma cadeira e uma bebida para você? — perguntou Viv, erguendo a xícara. — Posso mostrar o que estou aprontando por aqui.

Laney olhou para a xícara e respirou fundo, mas voltou a abanar as mãos.

— Ah, imagina! Não precisa. Hoje em dia meu estômago não gosta de nada novo. Espero que gostem, e vê se me devolve o prato amanhã.

A senhorinha voltou para o outro lado da rua.

Viv buscou os talheres e partiu o que concluíram ser um bolo de figo. Todos pegaram um pedaço e ficaram mastigando por um longuíssimo tempo, engolindo com dificuldade, murmurando elogios vagos... e depois de trocarem um olhar, os três caíram na gargalhada, concordando que era intragável.

Ficaram lá sentados e conversaram mais um pouco, até que Cal terminou a bebida.

— Hum. Como está tudo pronto, e eu já fui pago... — disse ele, olhando para a mesa. — O meu trabalho está feito. Tenho muita coisa pra fazer lá nas docas.

— Bem, venha nos visitar — sugeriu Viv, mas era difícil esconder a decepção em sua voz. Tinha se acostumado a tê-lo por perto. — Pode tomar café de graça aqui sempre que quiser. Espero que venha.

— Talvez eu faça isso, se surgir a necessidade — respondeu.

— Vê se não some, Cal — disse Viv, estendendo a mão.

O hob aceitou o gesto, sua mão sendo engolida pela dela.

— Você também, Viv. Foi um bom trabalho.

De alguma forma, vindo dele, aquelas palavras foram muito emocionantes.

— Foi um prazer te conhecer, Cal — falou Tandri.

Então, com um aceno de cabeça e outra pequena reverência para as duas, ele se afastou.

O coração de Viv doeu um pouco ao vê-lo partir.

Tandri arregaçou as mangas para lavar as xícaras no balde e depois colocou tudo para secar. Enquanto isso, Viv foi até a despensa buscar uma guirlanda de azevinho comprida que havia comprado quando saíra para buscar jarras de leite naquela manhã.

Por um longo momento, olhou para a Sangue-Preto em seu lugar na parede. Em seguida, enrolou a guirlanda de uma ponta à outra da espada e depois se afastou um pouco para avaliar seu trabalho.

— Ficou bom — elogiou Tandri, secando as mãos.

Viv despertou de seus devaneios com um sobressalto.

— Eu só pensei que... Não sei o que pensei.

— Antes, você podia pegar a espada e usá-la a qualquer momento. Era uma arma — disse Tandri, lançando um olhar pensativo para Viv.

— Agora é uma relíquia. Uma decoração. Uma lembrança.

— É, você tem razão — respondeu Viv, assentindo.

Tandri abriu um sorrisinho quase malicioso.

— Em geral eu tenho mesmo. É um fato da vida que uma hora ou outra você vai acabar aceitando.

— Bem, me desculpa, mas espero que você esteja errada sobre amanhã.

— Se eu estiver certa, não leva para o coração.

— Vou tentar — falou, rindo. Mas a verdade é que ainda estava preocupada.

Tandri voltou a arrumar a cafeteria, e Viv foi até o salão, onde a Pedra Scalvert estava escondida. Bateu com o pé na pedra três vezes, para dar sorte, e então tirou do bolso um pedaço de pergaminho bastante manuseado.

Quase na linha táumica descansa
a Pedra Scalvert fulgurante,
sua boa fortuna é o elo
que impele os desejos do coração adiante.

— Estou encerrando por hoje — avisou Tandri, que entrou e a assustou de novo.

Às pressas, Viv enfiou o pedaço de pergaminho nas calças enquanto a mulher lhe lançava um olhar intrigado.

— Ah, ótimo! Sim, sim, claro. A gente se vê amanhã, então. Acho que eu deveria tentar dormir, mas para ser sincera não sei se consigo.

— Tenho certeza de que...

Ao ouvirem passos repentinos seguidos de um baque, as duas se viraram para a frente da cafeteria.

Viv abaixou a cabeça pela vão da porta.

O prato de Laney ainda estava em cima da mesa de ferro, mas o bolo de figo deixado de lado, quase inteiro, tinha sumido.

Tandri se juntou a ela na porta.

— Pelos oito infernos, o que foi isso? — indagou Viv.

— Bem, não sei quem deu no pé com aquilo, mas tenho muita, muita pena dessa criatura.

8

Tandri não estava errada.

No dia seguinte, a Cafés & Lendas abriu as portas pela primeira vez.

Viv escancarou os portões enormes de estábulo, pendurou uma placa que dizia ABERTO na parede ao lado da janela e, nervosa, esperou atrás do balcão.

Nem um único cliente apareceu.

A orc precisava admitir que aquilo não era tão surpreendente, no fim das contas.

Depois de tanto planejamento cuidadoso, tanta pesquisa e preparação, não tinha levado em consideração o mais importante. Quem apareceria para comprar algo que não sabia de que precisava?

Tandri havia pensado no problema logo de cara.

Por que ela não percebera?

A súcubo chegou com uma pasta de couro debaixo do braço, mas não comentou nada a respeito e a guardou embaixo do balcão. Depois foi até a máquina e preparou dois cafés.

— Um momento de calmaria é uma boa oportunidade para praticar — comentou ela.

Deu para ver que Tandri havia prestado atenção à demonstração de Viv. Sua primeira tentativa resultou em um café um pouco amargo, e o segundo acabou ficando um tantinho aguado. Mesmo assim, estavam bem razoáveis, e Viv achou o aroma tranquilizador.

A brisa que entrava pela porta estava úmida e fria, e um vapor convidativo subia das xícaras. Tudo estava no lugar, mais próximo do planejado do que poderia imaginar.

Só que não havia absolutamente nada para fazer.

Viv passou as primeiras horas andando de um lado para outro, como um predador encurralado.

Cal deu uma passadinha, bebeu um café e elogiou o sabor em voz alta, como se houvesse alguém ali para ouvir, até que por fim se despediu com um sorriso de pena.

No entanto, elas receberam uma visita inesperada.

No meio da manhã, Laney veio bamboleando pela rua.

— Bom dia, queridas. Achei que devia conhecer o motivo de tanto alvoroço — disse ela, alegre, embora o nível de *alvoroço* estivesse negativo. — Me vê um desses. Quanto é?

Laney apontou para a cafeteira.

A orc lembrou do cardápio em forma de lousa do restaurante que tinha visitado e se amaldiçoou por não ter pensado em algo parecido.

— Há, meio cobre por um café. Isso é... um básico. Um cobre por um latte, que é, há... um com leite. Achei que o seu estômago não... — falou Viv, esfregando a própria barriga.

Laney remexeu o bolso do vestido volumoso e deslizou um cobre pelo balcão. De maneira profissional, Tandri guardou-o na gaveta de dinheiro e se pôs a trabalhar.

A senhora riu e soltou um gritinho quando a máquina assobiou, triturou e gorgolejou. Com um aceno de cabeça, enfim recebeu sua xícara com espuma de leite.

— Muito bom. Muito bom — elogiou ela. — Obrigada, queridas. Ah! E já que estou aqui, ia ser bom pegar aquele prato de volta, hein?

Viv o entregou e agradeceu.

— Muito obrigada! — exclamou Laney. — Bem, tenho que voltar pras minhas tarefas. Vê se aparece, vocês duas, viu?

Então voltou para o outro lado da rua, com o prato em mãos, e deixou a bebida esfriando no balcão sem dar nem um gole.

Viv suspirou fundo.

Tandri bebeu o latte.

—◄+►—

— Então… — começou Tandri, segurando a pasta. — Mencionei algumas ideias ontem à noite e, antes de dormir, fiquei pensando um pouco.

Até aquele momento, Viv achou que a súcubo não era *capaz* de parecer nervosa. Mas estava enganada.

— Ah, é?

No balcão, Tandri abriu a pasta e tirou um maço de folhas cobertas por esboços e textos, as quais organizou com ansiedade.

— É… Bem, espero que você não esteja *muito* desanimada. Se a gente… se *você* fizer as pessoas entenderem o que estão perdendo, acho que pode dar certo — disse ela, trocando olhares com Viv. — Porque é boa. A ideia é boa. É, *sim*.

— Eu torcia para que fosse — murmurou Viv, surpresa.

Tandri estivera muito confiante na noite anterior, mas naquele momento falava depressa, como se tivesse medo de que a orc fosse interrompê-la. Viv olhou para as anotações.

— De qualquer forma, são só algumas ideias. Pensei que, se você… a gente encontrasse uma maneira de conquistar uma clientela fiel, então essas pessoas fariam uma divulgação boca a boca. Além disso, ter clientes na loja vai atrair outros. Então... Proponho uma espécie de evento.

A súcubo virou um papel para Viv. O trabalho de Tandri era muito interessante, na verdade, e dava para ver as linhas fracas do esboço por baixo, uma combinação de caligrafia cursiva e de imprensa.

GRANDE INAUGURAÇÃO
CAFÉS & LENDAS
EXPERIMENTE A SENSACIONAL E **EXÓTICA** BEBIDA GNÔMICA

DEGUSTAÇÃO **GRATUITA**

VAGAS LIMITADAS!

— Você que fez isso? — perguntou Viv, impressionada.

Tandri colocou uma mecha de cabelo atrás da orelha, e o rabo chicoteou às costas.

— Aham. Mas enfim... Podemos encomendar alguns cartazes. E podemos prender no quadro de classificados e em placas na rua. Assim, olha.

A súcubo mostrou outro desenho, parecido, no qual uma grande seta apontava, supostamente, na direção da cafeteria.

— É incrível, Tandri — elogiou Viv, e achou que a súcubo corou um pouco. — Eu estou... Não sei o que dizer. Estou... impressionada.

— Bem, se você não tiver clientela, eu também não tenho emprego — retrucou ela, sorrindo.

— É verdade.

— O segredo é oferecer vagas limitadas. Queremos muitos clientes, mas não em excesso, ou então não vamos conseguir atendê-los com rapidez. Sendo assim, a gente começa só com as placas de rua. E, sim, você vai perder uma grana com a degustação gratuita, mas a ideia é nós conquistarmos clientes.

Viv notou que Tandri havia dito "nós" e sorriu.

— Por onde começamos, então?

A orc percebeu que Tandri tinha planejado tudo.

— Só preciso do dinheiro, então vou atrás dos materiais — explicou a súcubo. — Amanhã começamos com as placas. Posso fazê-las hoje à tarde e colocá-las na rua à noite, *depois* que fecharmos. Aí, a gente vê no que dá.

Viv pegou do cofre a bolsinha com moedas e a deslizou pelo balcão até Tandri.

— Você tem a minha bênção.

Tandri abriu um sorriso largo — pela primeira vez — e pegou a bolsinha e a pasta. Quando saiu pela porta a passos rápidos, gritou:

— Volto em breve!

━━◆━━

O otimismo de Viv murchara durante a manhã, transformara-se em desespero, mas com isso seu humor melhorara. Ainda assim, o sucesso continuava longe de certo. Depois de olhar a rua para ter certeza de que nenhum cliente estava se aproximando, bufou com tristeza e balançou a cabeça, fechando e trancando as grandes portas por um tempo.

Em seguida, empurrou a extensa mesa para o lado, levantou o paralelepípedo com cuidado e acariciou a Pedra Scalvert em seu ninho na terra.

— Vamos lá, mocinha — sussurrou. — Não me faça de boba.

━━◆━━

Tandri voltou andando com dificuldade, carregando duas placas cavaletes que batiam na cintura dela, a pasta presa desajeitadamente embaixo do braço e uma bolsa de pano pendurada no ombro.

— Eu não pensei nessa parte direito — comentou ela, ofegante.

Viv correu para pegar as placas e Tandri largou o restante das coisas.

A mulher não perguntou se o movimento havia melhorado. Dava para ver que não. Tandri começou a tirar as compras da sacola de pano: tinteiros fechados com rolha, pincéis e algumas madeiras curvas estranhas.

A súcubo entregou a bolsa para Viv e começou a trabalhar.

Sentou-se no chão com as pernas cruzadas, arregaçou as mangas, colocou os esboços ao lado e começou a pintar. Tinha a mão firme e dava pinceladas confiantes, mas sua boca não demonstrava qualquer tensão. Os pedaços de madeira, Viv descobriu, eram estênceis que Tandri usou como guia para algumas das curvas mais longas e elaboradas. De vez em quando, a súcubo olhava para seus desenhos como referência, embora, aos olhos da orc, ela mal precisasse deles.

Menos de uma hora havia se passado quando pincelou uma última linha na parte de baixo. Em seguida, limpou o pincel em um pano e tampou o tinteiro, depois se espreguiçou e massageou as costas, examinando o trabalho.

Viv achou que parecia bastante profissional.

— Você era cartazista ou algo assim? — indagou.

— Não. Só sempre tive uma… veia artística — disse Tandri, se virando para encará-la. — Acho que a gente pode fechar agora e colocar as placas lá fora enquanto ainda está claro.

— Você que é a especialista — declarou Viv, sorrindo. — Vou colocá-las onde você disser.

Tandri foi para a rua e indicou:

— A primeira na frente, bem aqui.

A súcubo apontou para um ponto a poucos metros da porta. Viv carregou as duas placas, encostou uma na parede e as analisou. Depois, colocou a placa em um ângulo em que a seta apontasse para a entrada da cafeteria.

— E a outra? — perguntou Viv.

— Estava pensando no cruzamento que dá para a rua Principal. Por aqui — chamou.

Tandri conduziu a orc ao longo da Pedra Vermelha até a esquina. Depois que Viv colocou a placa no chão, a súcubo conferiu o ângulo de diferentes direções e mexeu na inclinação da placa até ficar satisfeita.

As duas voltaram para a cafeteria no momento em que o acendedor de lampiões começava a abrasar as lamparinas da rua.

— Então, você acha que isso vai mesmo funcionar? — perguntou Viv, se apoiando no batente da porta.

Tandri juntava suas coisas.

— Pior do que está não fica — replicou, saindo com a pasta na mão.

Os olhos de Viv se estreitaram.

— Não sei, não — murmurou, em tom sombrio.

Por cima do ombro de Tandri, ela tinha visto alguém na rua. Reconheceria aquele chapéu em qualquer lugar.

— O que foi? — perguntou Tandri, seguindo o olhar da orc.

Era Lack, acompanhado por um homem grande com uma lamparina no cinto e um distintivo no peito.

O feérico de pedra pousou a mão amigavelmente no ombro do Guardião de Portões. Sorriu e murmurou alguma coisa, e o homem do distintivo soltou uma risada bem-humorada em resposta.

— Nada, não — disse Viv.

Lack parou a alguns passos de distância e olhou para a orc, surpreso. Depois deu uma olhada na cafeteria. O Guardião de Portões pareceu intrigado com a interrupção.

O feérico de pedra se aproximou, espiando pela janela.

— Uma espada e tanto, Viv. Espero que não esteja mostrando seus dentes — falou ele, apontando para dentro.

O outro homem olhou para a mesma direção.

— Ah, realmente — concordou, dando um tapinha no cabo de sua própria espada curta.

— Tem valor sentimental — comentou Viv, rosnando mais do que pretendia.

Tandri olhou dos homens para Viv, segurando a pasta com força.

— Eu deveria ficar preocupada? — perguntou, baixinho.

Viv não sabia muito bem como responder, porque havia acabado de se dar conta de que tinha mais a perder do que a cafeteria em si.

Lack assentiu, os babados da camisa balançando no peito.

— Duas semanas — alertou. — É só um lembrete amigável. Não seria bom você se esquecer de guardar uma parcela.

O Guardião de Portões nem sequer piscou ao ouvir a ameaça, então qualquer vontade que Viv poderia ter de pedir ajuda às autoridades da cidade desapareceu.

Ela cerrou os punhos, depois se forçou a relaxar.

— Acho que é melhor a gente torcer para que as coisas melhorem até lá — retrucou ela. — Não consigo tirar sangue de pedra.

— Bem, tenho certeza de que você sabe tirar sangue das coisas. Ou extrair sangue de... outras maneiras. Imagino que seja bem engenhosa. Mas fica tranquila, temos talentos parecidos.

Lack olhou de relance para Tandri e se curvou, sem qualquer traço de zombaria. Inclusive, para a confusão de Viv, a expressão dele era bem humilde.

— Vamos continuar? — perguntou o Guardião de Portões.

Viv e Tandri os observaram partir.

— Que história foi essa? — quis saber a súcubo depois que os dois sumiram de vista.

— Nada que eu não possa resolver. Não se preocupe.

Tandri fez uma careta cética, mas não discutiu.

— Você deveria ir para casa — sugeriu Viv, forçando um sorriso. — As placas estão incríveis, e já te segurei aqui até tarde.

— Tem certeza?

— Sim.

Relutante, Tandri assentiu e saiu, a pasta enfiada debaixo do braço.

Quando a súcubo virou na esquina, Viv tirou a placa de ABERTO da vidraça e entrou.

Ao fechar a porta, fez o possível para ser cuidadosa, mas ainda assim a madeira balançou nas dobradiças.

——◆——

Deitada em seu saco de dormir, pegou a Pedra Mensageira que Roon lhe dera. Virou-a várias vezes nas mãos, pensando em como a divisão entre sucesso e fracasso costumara ser bem distinta. No entanto, nunca fora tão difícil de definir quanto naquele momento.

A orc guardou a pedra e demorou um bom tempo para dormir.

9

Viv sem dúvida nutria *alguma* esperança, mas se assustou quando, ao pendurar a placa de ABERTO, avistou três criaturas fazendo fila do lado de fora. Eram um estivador corpulento, uma lavadeira de bochechas vermelhas e um ratoide que usava um grande avental de couro polvilhado de farinha.

O estivador a olhou de cima a baixo, surpreso.

— Degustação grátis? — rosnou, apontando o dedo enorme para a placa na rua.

— Isso mesmo — respondeu Viv, colocando uma pedra para manter a porta aberta.

O céu ainda estava escuro, e o ar da manhã trazia o frio cortante da primavera.

Os três se apressaram para entrar, e Viv acendeu o fogão para aquecer o lugar. As lamparinas nas paredes lançavam um brilho amanteigado sobre o interior.

A lavadeira se aproximou do balcão e examinou o pergaminho que Viv tinha prendido com algumas pedras lisas. Não tivera tempo de providenciar uma lousa, então fizera um cardápio à mão, consciente de como sua letra era amadora comparada à caligrafia de Tandri. Era melhor do que nada, mas ainda pediria à súcubo para refazer mais tarde, caso estivesse disposta.

Viv não se dera ao trabalho de informar preços naquela lista simples. Não queria espantar os clientes. E, de qualquer maneira, naquele dia tudo sairia de graça mesmo.

~ CARDÁPIO ~

CAFÉ ~ BEBIDA ENCORPADA FEITA COM GRÃOS GNÔMICOS TORRADOS
LATTE ~ CAFÉ COM LEITE (CREMOSO E DELICIOSO)

— Não conheço nada disso, não — disse a lavadeira, batendo na lista com seu dedo vermelho. — Qual é o melhor?

Viv parou e pensou um pouco.

— Você coloca leite no chá?

— Não, não — respondeu a mulher. — Gosto quente e forte. Então, é parecido com chá, é?

Viv balançou a mão.

— Não. Não muito — disse, e olhou para os outros dois clientes. — E vocês?

— O mesmo que ela — declarou o estivador, cruzando os braços.

O ratoide se aproximou, ficou na ponta dos pés para ver o cardápio e, após um momento, ainda em silêncio, deu uma batidinha no latte.

— Certo — falou Viv, começando a preparar as bebidas.

Quando a máquina começou a assobiar, triturar e borbulhar, os primeiros clientes se aproximaram, curiosos. Surpreso, o ratoide guinchou quando a bebida começou a jorrar em uma xícara, os olhos escuros brilhando.

Viv entregou a primeira para a mulher, que a pegou com todo o cuidado, inspirou fundo e soprou com força para esfriar a bebida, então tomou um grande gole. Por um momento, fez uma careta... e assentiu.

— Hum. Nada mau, sabe — admitiu. — Não é chá, com certeza. Não estou dizendo que pagaria por uma xícara, mas...

A lavadeira foi até uma mesa e se sentou, envolvendo a xícara com as mãos. Então inclinou-se sobre a bebida e respirou fundo.

O estivador pegou o café, deu uma fungada incerta e, de alguma maneira, bebeu tudo em quatro goladas. Viv fez uma careta e, involuntariamente, colocou a mão na própria garganta. O homem olhou para baixo, deu de ombros, devolveu a xícara e saiu sem dizer nada.

A decepção de Viv foi grande, mas ainda conseguiu exclamar um "Há, obrigada!", em sua melhor imitação de alguém que sabia o que estava fazendo.

Em silêncio, Tandri entrou pela porta e contornou o balcão enquanto Viv preparava o latte do ratoide, que esperava com as mãos unidas com delicadeza, os bigodes se agitando e o focinho tremendo.

Ele aceitou a xícara com entusiasmo e enfiou o nariz no vapor que subia do creme dourado na superfície. Depois de um gole delicado, fechou os olhos, e dava para ver que estava saboreando a bebida. Viv apoiou os cotovelos no balcão para observá-lo.

Os olhos do ratoide se abriram e ele acenou com a cabeça em agradecimento. Em silêncio, levou sua xícara até uma das cabines, onde bebeu o latte aos golinhos enquanto as patas dependuradas chutavam o ar.

— Um começo promissor — comentou Tandri. — Isso foi tudo até agora?

— Até agora, sim.

A lavadeira saiu da cafeteria, deixando a xícara na mesa e, depois de um tempo, o ratoide também terminou a bebida e deixou a caneca vazia no balcão. Em seguida, fez uma mesura educada e saiu apressado pela porta, deixando um pouco de farinha em seu rastro.

Tandri esquentou a chaleira no fogão, encheu a pia e colocou as xícaras de molho.

— Foi uma boa ideia — disse a súcubo, indicando o cardápio no balcão. — Bem útil.

Viv lhe deu um olhar de soslaio.

— É, mas você faria melhor.

— Bem, *melhor* não é a palavra que eu usaria.

— Mais tarde vou comprar uma lousa e um pouco de giz. Vi algo parecido em um restaurante na rua Principal. Podemos pendurá-la aqui atrás, e aí você pode fazer a mesma mágica daquelas placas. Tudo bem por você?

— Vai ser um prazer.

Os clientes da madrugada, o tipo de gente que acorda bem antes do amanhecer para ir trabalhar, foram chegando aos poucos. Viv e Tandri trabalharam juntas, explicando o cardápio da melhor maneira possível e se alternando entre fazer as bebidas e limpar. A cafeteria estava agradável e aconchegante, e o cheiro de grãos torrados impregnava o ar, espalhando-se pela rua.

Várias pessoas com certeza seguiram o aroma porta adentro.

Viv ousou ter esperanças.

◄─✦─►

Depois de algumas horas, a onda de clientes da manhã acabou, e a cafeteria ficou deserta, embora o movimento do lado de fora da loja aumentasse.

— E agora está parecendo ontem de novo — murmurou Viv.

— Não vamos nos preocupar ainda — respondeu Tandri.

Mas Viv percebeu que a mulher estava esfregando xícaras que já havia lavado. Em pouco tempo, Tandri começou a limpar com agressividade a superfície da máquina, polindo-a pela quinta vez.

Para dizer a verdade, as horas seguintes foram torturantes.

Por fim, por volta do meio-dia, o primeiro visitante depois do movimento da manhã apareceu.

Era um jovem alto e bonito, de um jeito subnutrido e aristocrático. Sua aparência era um tanto prejudicada por uma barba rala e irregular. Como se procurasse por alguém, olhou ao redor. Uma bolsa de livros pesava em seus braços, e ele não parava de olhar para a palma de uma das mãos, com os dedos em concha. Usava uma capa aberta no meio, e o broche no lado esquerdo do peito se parecia muito com a cabeça de um cervo.

Ele não se aproximou do balcão. Em vez disso, foi para a área das mesas.

Viv o observou, franzindo a testa.

— Aluno da Ackers — murmurou Tandri.

— Ackers?

— A Academia Táumica.

— Ah. Fui lá no meu primeiro dia na cidade, mas não sabia o nome. Ele parece bem de vida. Talvez a gente até consiga algum boca a boca. Estudantes falam dessas coisas, certo?

— Ah, se falam... — sussurrou Tandri.

Mas havia um traço de veneno no tom da súcubo, que fez Viv olhar para ela de canto de olho.

O jovem circulou a grande mesa e os bancos duas vezes, e por fim se acomodou em uma das cabines perto da parede, pegou alguns livros e começou a consultá-los.

Viv lançou à Tandri um olhar confuso, mas a súcubo deu de ombros. As duas continuaram a observá-lo.

Ao longo dos vinte minutos seguintes, a orc foi ficando cada vez mais perplexa, então decidiu se aproximar do homem.

— Posso ajudá-lo em alguma coisa? — perguntou Viv.

Ele olhou para cima e abriu um sorriso brilhante.

— Não, obrigado!

— Você está aqui para a degustação gratuita? — insistiu ela.

— Degustação? Ah, não. Não quero nada, não, obrigado! — replicou ele, voltando para os estudos.

Perplexa, Viv retornou ao balcão, balançando a cabeça em descrença.

O jovem ficou lá por três horas, examinando várias vezes os livros e de vez em quando rabiscando em um pergaminho, consultando a mão em concha e falando sozinho, baixinho. Depois arrumou suas coisas, levantou-se e se aproximou do balcão.

— Muitíssimo obrigado — disse ele e, com um aceno cordial, saiu.

✦

Depois de ficar andando de um lado para outro, Viv de repente decidiu que precisava fazer alguma coisa. Então deixou Tandri na cafeteria e seguiu para o centro da cidade, em direção ao distrito do mercado. Não era dia de feira, mas mesmo assim encontrou uma artesã que tinha uma lousa de ardósia grande e alguns pedaços de giz. Havia até cores variadas disponíveis, e Viv decidiu que seria bom se Tandri tivesse uma paleta com a qual trabalhar.

Pelo menos era bom estar *fazendo* algo. A correria da manhã havia elevado suas expectativas em relação ao restante do dia, mas na caminhada de volta se convenceu a não alimentar esperanças irracionais. Diferentes estabelecimentos tinham diferentes horários de movimento. Um restaurante ficava cheio na hora das refeições e uma cafeteria ficava mais cheia durante a… Bem, Viv imaginava que ia descobrir quando exatamente isso aconteceria.

— Ah, sim, vai ficar ótimo — disse Tandri toda feliz, pegando o giz e a lousa das mãos de Viv.

Em seguida, pegou seus estênceis de madeira na despensa, colocou-os na grande mesa e se pôs a trabalhar.

Enquanto a súcubo desenhava, Viv ficou à porta, olhando a rua. Laney estava na varanda, varrendo como sempre, e lhe deu um aceno alegre.

Será que a parte da manhã era *mesmo* a única hora em que haveria clientes? Sem dúvida não parecia ser esse o caso em Azimute — as cafeterias de lá passavam o dia inteiro cheias. Talvez o cenário mudasse se gostassem da ideia. Viv supôs que o dia seguinte lhe daria uma noção melhor.

Ao voltar para a cafeteria, encontrou Tandri examinando o cardápio terminado que estava apoiado na parede. Mais uma vez, a caligrafia dela se mostrou muito melhor do que as empreitadas artísticas de Viv, e Tandri usara as cores com excelência. A letra parecia chanfrada, quase saltando da lousa. Também havia tomado algumas liberdades criativas com o texto.

CAFÉS & LENDAS
~ CARDÁPIO ~

Café ~ aroma exótico e torrefação saborosa e encorpada — ½ tostão
Latte ~ uma variação sofisticada e cremosa — 1 tostão

❖

SABORES FINOS PARA
~ DAMAS E CAVALHEIROS TRABALHADORES ~

Tandri até mesmo havia ilustrado um par de grãos de café e uma xícara com uma fumaça muito bem desenhada.

— Gostei. Você é uma verdadeira artista — disse Viv, assentindo. — Só um instante, tem um martelo nos fundos.

Tandri segurou a lousa enquanto Viv prendia alguns pregos enfileirados na parede, como uma espécie de prateleira.

— A lousa foi uma boa ideia — comentou a súcubo. — Podemos mudar ou acrescentar itens com facilidade.

— Mudar?

— Caso você decida ampliar o cardápio. Nunca se sabe.

Viv olhou ao redor e suspirou.

— Esperava que fosse aparecer mais gente depois do meio-dia — comentou a orc. — Talvez perto da hora do jantar? Mas acho que não. Não sei se ampliar o cardápio vai se tornar uma preocupação tão cedo.

Tandri comprimiu os lábios e levou um dedo até a boca.

— Vamos esperar e ver o que a próxima manhã nos traz.

— Acha melhor continuarmos com a degustação gratuita? — indagou Viv.

— Isso. Primeiro vamos ver se conseguimos fazer os clientes voltarem. — A expressão dela se tornou travessa por um momento. — Vamos jogar a isca e ver se eles fisgam a linha.

— Nunca fui boa em pescaria.

— Mas agora você mora em uma cidade ribeirinha. Vai aprender.

Viv torcia para que a súcubo estivesse certa.

10

De *fato*, alguns clientes voltaram, embora, supunha Viv, chamá-los de "clientes" fosse um exagero quando as bebidas eram de graça. Quando abriu a loja, o ratoide e a lavadeira estavam esperando, a última acompanhada por uma amiga. Além deles, havia mais quatro criaturas aguardando.

O ratoide foi o primeiro a correr para dentro, deixando uma nuvem de farinha, e apontou para o latte no cardápio sem dizer nada. Tandri preparou os cafés para a primeira leva de clientes e Viv ficou olhando a rua, assentindo para si mesma enquanto alguns fregueses se juntavam à fila curta.

O movimento seguiu estável, com apenas alguns momentos em que uma delas não estava tirando um novo café da máquina.

— Parece que hoje a cafeteria está para peixe — murmurou Tandri, passando por Viv com algumas xícaras vazias.

— Você é a pescadora aqui — retrucou Viv, sorrindo. — Então acho que saberia dizer melhor.

A orc se inclinou para espiar a área das mesas, onde alguns clientes sonolentos conversavam baixinho.

Viv olhou para trás e encontrou Tandri em cima de um banquinho, com o giz na mão, acrescentando uma nova linha na parte inferior da lousa.

Degustação gratuita somente hoje!

Quando desceu, notou o olhar curioso de Viv.

— Vamos ver se o anzol fisgou mesmo — explicou.

—◄+►—

Ainda entravam alguns clientes vez ou outra quando, perto do meio-dia, o mesmo estudante da Ackers do dia anterior deu as caras. Ele entrou depressa, ficou surpreso com as pessoas tomando suas bebidas às mesas e, com apenas um olhar distraído para Viv e Tandri, foi para uma cabine que estava vazia. Em seguida, mais uma vez colocou a bolsa com livros sobre a mesa e retomou as anotações e as consultas enigmáticas à palma da mão.

Durante uma hora, o sujeito não fez nada além de ficar sentado, e Viv foi se sentindo cada vez mais irritada.

— O que ele está fazendo? — perguntou ela para Tandri, em um sussurro alto.

A súcubo deu de ombros.

— Trabalhos? Pesquisas? Mas não tenho ideia do porquê ele está fazendo isso *aqui*.

— Ontem eu estava quase feliz com a presença dele, só para ter gente nas mesas, mas... se ele só vai ficar ocupando espaço...

— Isso é fácil de descobrir — declarou Tandri, contornando o balcão.

Ela se aproximou, e o jovem lhe lançou um olhar distraído, fechando bem a mão.

— Posso ajudar? — perguntou ele, um pouco ríspido.

— Você tirou as palavras da minha boca — disse Tandri.

— Muito obrigada pela visita, ainda mais dois dias seguidos. Só vim conferir se você gostaria de uma degustação gratuita do nosso café. Imagino que seja por isso que está aqui, não?

Viv havia se aproximado para entreouvir.

— Degustação gratuita? — repetiu ele.

O jovem olhou dos chifres ao rabo da súcubo, confuso, como se a mesma pergunta não lhe tivesse sido feita no dia anterior.

— Gostaria de um café? Um latte? Você sabe que isto aqui é uma loja que serve bebidas?

— Ah! — disse ele, parecendo se recuperar do transe. — Ah, bem, não é necessário. — E sorriu como se estivesse fazendo um favor. — Estou bem assim, sem beber nada!

O sorriso educado de Tandri murchou, mas então ela pareceu forçar um novo, com uma potência maior, mais significativo. Viv teve a nítida impressão de que Tandri estava revelando um pedacinho de algo que, em geral, mantinha em segredo. Com um sussurro sutil, perguntou:

— Posso perguntar o que está fazendo, senhor…?

— Há. É… Hemington — gaguejou ele. — Eu, há, bem, eu adoraria, mas é tudo muito técnico — explicou, tentando se desculpar com um olhar.

— Tenho muito interesse em questões técnicas — rebateu Tandri. — Fui ouvinte de algumas aulas na Ackers. Que tal tentar me explicar?

Hemington arregalou os olhos, surpreso.

— É mesmo? Ah! Bem, há, tem a ver com as linhas de ley, sabe? — começou ele.

Tandri sentou-se no sofá à frente dele e descansou o queixo nos dedos entrelaçados, e deu para ver que ele começou a se entusiasmar com o assunto.

— Elas cruzam Thune — continuou —, e a Teoria Táumica dos Fios estuda os efeitos radiantes no plano material. Essa é uma interseção fascinante com a *minha* área de estudo.

Ele abriu a mão e a marca de um anel de sinete com sigilos brilhou em azul-claro. Os símbolos mágicos se moviam em sua palma, retransformando-se em manchinhas de luz.

— Uma bússola de ley — disse Tandri, apontando.

Viv ficou chocada.

— Isso! — confirmou Hemington, satisfeito por ela ter reconhecido o instrumento. — Mas o que encontrei aqui é uma verdadeira anomalia. Existem pontos de confluência de linhas de ley secundárias espalhados por toda a cidade e na direção de Cardus, mas encontrei uma *bem aqui* que está transmitindo sinais interessantíssimos. As linhas de ley pulsam, obviamente.

— Obviamente — concordou Tandri.

— Mas esta confluência se mantém estável. É extraordinário, de verdade. E por isso estou fazendo algumas medições, reunindo dados. Pode ser a base de um artigo *fascinante* detalhando suas interações com glifos protetores.

Viv sentiu o estômago embrulhar. Não conseguiu evitar um olhar para onde a Pedra Scalvert estava escondida. Não dava para fingir que a pedra não era responsável de alguma maneira e, se o jovem continuasse com suas medições — a menção de uma *bússola* era preocupante —, então... aonde isso poderia levá-lo?

— É fascinante *mesmo*, Hemington — disse Tandri.

— É? É mesmo, não é?

— Com certeza, mas isto aqui é um empreendimento comercial — continuou a súcubo. — É lógico que adoraríamos tê-lo como cliente, mas a questão é que os lugares aqui são exclusivos para os clientes...

— Eu… não bebo bebidas quentes — replicou Hemington, aborrecido.

Tandri ignorou seu protesto e sorriu com doçura.

— … por sorte, as bebidas hoje são gratuitas.

— Sim. Bem… Eu, há. Tudo bem, então — cedeu o jovem, relutante. — Eu… vou… aproveitar a oferta.

— Excelente. Vou trazer uma xícara para você. — Tandri se levantou para voltar ao balcão, mas se virou mais uma vez para ele. — Ah, e vale lembrar que hoje é o último dia da promoção. Apenas meio tostão pelo nosso carro-chefe. Muito obrigada!

——◆——

— Você estudou na Ackers? — perguntou Viv, baixinho.

Tandri preparava a bebida do rapaz.

— Não me formei. Só fiz algumas aulas relevantes.

— Relevantes para o quê?

— Para interesses pessoais — respondeu, evasiva.

Viv não insistiu.

Tandri entregou a bebida a Hemington, que olhou para a xícara quente com certo ceticismo e não fez qualquer menção de bebê-la.

Depois de pensar por um momento, Tandri pegou o giz e acrescentou outra linha à lousa.

Assentos no local somente mediante consumação

——◆——

Depois de um tempo, Hemington se levantou e deixou a bebida intocada na mesa.

Pelo menos teve a decência de hesitar por um momento, reflexivo, tentando decidir o que era menos vergonhoso — deixar a bebida onde estava ou levá-la até o balcão. Ao tentar passar batido pelo balcão, reparou na observação que Tandri escrevera na lousa.

— Sabe, eu até compraria alguma coisa. É só que, como falei, não gosto muito de *bebidas quentes*, sabe? Quem sabe... Talvez se houvesse algo para *comer*... — sugeriu ele, com a voz um pouco suplicante.

— Hum — murmurou Viv, em sua melhor imitação de Cal. — Vou levar a sugestão em consideração.

Depois que o jovem saiu, a orc olhou para o fogão que o hob havia instalado e um pensamento cutucou sua mente, uma ideia nascendo.

Foi buscar a xícara de Hemington e deixou aquilo ganhar forma em segundo plano.

A cafeteria estava quase vazia, embora um anão idoso estivesse sentado nos fundos, bebericando o café e folheando devagar um jornal, movendo os lábios enquanto lia.

Viv se virou e congelou. Uma criatura enorme e desgrenhada estava no centro da cafeteria, esparramada em um feixe de luz solar. De olhos arregalados, Tandri estava parada do outro lado.

A fera devia pesar mais de sessenta quilos e era do tamanho de um lobo, mas parecia simplesmente um gato enorme, peludo e um pouco coberto de fuligem.

— O bicho apareceu do nada — comentou Tandri, baixinho. — Nem vi entrar.

— O que raios é isso? — perguntou a orc.

O animal enorme ignorou as duas e bocejou, estendendo todas as garras das patas dianteiras e arqueando as costas, se espreguiçando.

— É um gato-gigante — informou uma voz atrás de Viv.

Era o anão idoso, que já não olhava mais para o jornal.

107

— Hoje em dia não se vê mais muitos deles. Dizem que dão sorte. — Ele estreitou os olhos. — Ou talvez azar. Sempre esqueço.

— Você já viu um desses antes?

— Aham. Eram mais comuns quando eu era criança. São ótimos para caçar ratos. — Ele tossiu. — Também controlavam a população de cães de rua.

— Nós deveríamos... tentar tirá-lo daqui? — perguntou Tandri, pálida.

O gato-gigante olhou primeiro para ela, depois para Viv, com seus olhos verdes do tamanho de pires. Aos poucos, as pupilas se transformaram em fendas, e o estrondo de uma avalanche distante ressoou no aposento. Viv se deu conta de que ele estava *ronronando*.

Viv se lembrou dos passos nas telhas e no bolo furtado de Laney. Depois, nos versos e na Pedra Scalvert.

— Olha, se aprendi uma coisa, é o seguinte: se uma fera ainda não está com raiva, é melhor não provocar — disse Viv. — Acho que vou deixar o bicho em paz. Talvez vá embora sozinho. Tenho certeza de que vive aqui por perto.

Hesitante, Tandri assentiu e foi para trás do balcão.

O velho anão enfiou o jornal dobrado debaixo do braço, desceu do banco e passou pelo gato, fazendo carinho em uma das orelhas enormes.

— Ah, sim, boa menina — comentou ele. — Senti falta de ver esses carinhas por aí.

— Como você sabe que é fêmea? — perguntou Tandri.

— Foi um chute, na verdade — respondeu o anão, calmo, dando de ombros. — Mas eu é que não vou levantar o rabo dela pra conferir.

A gata-gigante não foi embora, mas, com um pouco de leite, Viv conseguiu atraí-la para um canto da cafeteria. O animal se aproximou com graça magistral, examinou os arredores e depois esvaziou o prato com uma língua do tamanho de uma pá. Em seguida, voltou a se acomodar em uma grande bola de pelos desgrenhados, o som de seu ronronar estrondoso ressoando pelo lugar, e adormeceu. Pela cara de Tandri, a súcubo ficou aliviada quando a criatura saiu do seu caminho.

Mais uma vez, a cafeteria estava vazia, e Viv começava a suspeitar de que aquele horário seria o mais tranquilo do dia, embora tivesse esperança de que fossem receber pelo menos um ou dois visitantes.

Mas quem apareceu na porta era a última criatura que a orc queria ver.

Fennus entrou na cafeteria com as mãos atrás das costas, seu perfume se espalhando pelo lugar. O cabelo estava preso em ondas estilosas e expressivas. O elfo sempre teve uma postura elegante, majestosa. Viv não entendia como ele conseguia olhá--la de nariz empinado apesar de ser um pouco mais baixo, mas ele não hesitava.

Os dois trabalharam juntos por anos, mas nunca se aproximaram. Viv tentava se convencer de que era um conflito de personalidades, só que, no fundo, sabia que se tratava de uma antipatia mútua. Fennus sempre encontrava uma maneira de fazê-la se sentir inferior com uma entonação sutil ou uma palavra escolhida com cuidado para apunhalá-la como uma faca entre as costelas, tão afiada que ninguém notava a ferida até reparar na mancha de sangue. E a orc não hesitava em ser incisiva em suas réplicas, mesmo que muitas vezes esta chegasse tarde demais.

Viv presumira que nunca mais o veria, o que teria sido um prazer. O fato de Fennus estar dando as caras significava que ele queria alguma coisa. Viv torcia para que estivesse errada.

Ainda assim, forçou um sorriso.

— Fennus! Que surpresa te ver por aqui.

O sorriso que ele deu foi ainda mais falso que o dela, embora em nada diminuísse sua beleza.

— Viv! Fiquei sabendo por Roon que você começou... — disse o elfo, olhando em volta com o cenho franzido. — Bem... uma *empreitada*. Pensei em vir dar uma olhada eu mesmo.

— E como está Roon?

— Ah, bem. Muito bem — respondeu, correndo um dedo ao longo do balcão e inspecionando-o.

Tandri assistia à conversa com os lábios torcidos. Dava para ver que ela percebera a tensão no ar. Apoiando-se no balcão, ela sorriu e falou para o elfo:

— Olá! Não quero interromper, mas será que você gostaria de um café? Estamos fazendo uma degustação gratuita para a grande inauguração.

— *Grande* inauguração? — Apenas a mais leve ênfase na primeira palavra, o menor dos toques de ironia. — Ah, é aquela bebida gnômica com a qual você ficou tão fascinada, não é? — Ele olhou para Viv com um sorriso indulgente. — Não, estou bem, muito obrigado. Só parei para ver uma velha amiga.

— É um prazer ter você aqui — disse Viv.

Mentira.

— Sim, é ótimo vê-la com um começo tão promissor. — O elfo examinou as mesas vazias, mantendo o sorriso no rosto. Com delicadeza, deu uma batidinha na cafeteira e inclinou a cabeça para o som gerado. — É, a máquina de fato parece um *elo de fortuna*, hein?

Viv ficou imóvel.

Então, de repente, uma criatura peluda passou por ela para se pôr diante de Fennus, e a avalanche de seu ronronar se transformou em algo muito mais ameaçador.

Os pelos da gata-gigante se arrepiaram, quase a fazendo parecer ainda maior, e ela soltou um sibilo mais alto do que a cafeteira jamais havia feito.

Inseguro, Fennus olhou para o animal.

— Essa coisa é... sua?

Tandri se inclinou ainda mais para a frente.

— É, sim. É meio que a mascote da loja — respondeu ela, surpreendendo Viv com o prazer selvagem e educado em seu tom de voz.

Fennus torceu o nariz, e depois olhou para Viv.

— Muito encantadora. Bem, acho que vou seguir meu caminho. Só queria lhe dar os parabéns. Sucesso, Viv.

A orc o observou partir em silêncio, e Tandri contornou o balcão para se agachar na frente da gata enorme, que agora estava lambendo uma das patas dianteiras com determinação majestosa, satisfeita consigo mesma.

Então, esquecendo a apreensão, a súcubo acariciou atrás das orelhas da gata-gigante, tirando dela um ronronar ainda mais grave.

— Você é uma boa menina, não é mesmo? — perguntou ela, baixinho. — Sabe bem reconhecer um babaca — completou, e em seguida olhou para Viv. — Antigo colega de trabalho? Pelo visto vocês não vão muito com a cara um do outro.

— Pois é. Fazer amizade não era um requisito para meu antigo trabalho.

Tandri voltou a atenção para a gata.

— Hum, você precisa de um nome. Que tal... *Amigona*?

Viv bufou, incapaz de conter um pequeno sorriso.

— Por que não, já que vocês são tão boas amigas?

— Não tanto quanto você e *aquele cara*. — Tandri apontou o polegar para o elfo que tinha acabado de sair. — O que você acha que ele realmente queria?

111

Em silêncio, Viv pensou no que Fennus tinha dito. Sua mão foi até o verso dobrado que guardava no bolso.

Quase na linha táumica descansa
a Pedra Scalvert fulgurante,
sua boa fortuna é o elo
que impele os desejos do coração adiante.

11

Apesar de uma noite de sono agitada, atormentada por preocupações envolvendo Fennus, depois de um tempo Viv conseguiu voltar seus pensamentos para a sugestão de Hemington de oferecer comida na cafeteria. Enquanto refletia, Tandri apagou da lousa a frase que mencionava a degustação gratuita e aproveitou para atualizar o cardápio.

Quando os clientes já fiéis voltaram, além de alguns rostos novos, a orc notou com prazer que eles pagaram pelas bebidas sem reclamar. Viv e Tandri trocaram um olhar aliviado e começaram o trabalho, curtindo o movimento em torno da cafeteira sibilante.

Cal deu uma passadinha de novo, bastante aliviado por não haver silêncio para preencher com comentários vazios. Resmungou quando Viv recusou seu cobre, mas ficou perto do balcão enquanto bebia, assentindo de vez em quando, observando-as trabalhar.

Lembrando-se da ideia que estivera amadurecendo, quando estavam na metade do período mais corrido da manhã, Viv pediu a Tandri para cuidar da cafeteira.

A súcubo assumiu a máquina e cuidou dos pedidos sem dificuldade. Então Viv foi até o ratoide, que estava escondido em uma das cabines, os pés balançando, os olhos fechados, meditando diante da xícara fumegante.

Ela se sentou na frente dele, e os olhos brilhantes da criatura se abriram para observá-la com cautela. Ele usava o mesmo avental com o qual era visto todas as manhãs, todo coberto de farinha. Mais de perto, o pó branco também salpicava os pelos finos dos braços e do rosto dele.

— Olá, eu sou a Viv.

Ele assentiu e tomou mais um gole de seu latte.

— Não é de falar muito?

Ele balançou a cabeça.

— Não faz mal. Mas eu queria te perguntar uma coisa. Notei a... — Ela apontou para o avental dele. — Bem, a farinha. E fiquei me perguntando se por acaso você entende alguma coisa de panificação.

O ratoide olhou para ela, os bigodes se agitando, colocou a xícara na mesa com delicadeza, e então, devagar, assentiu três vezes.

— *Sério?* Então, eu meio que tive uma ideia. Acho que talvez este lugar esteja precisando de alguns... pães, ou doces, algo para comer. — Ela apertou um pão invisível entre as mãos. — Lanchinhos, acho. Mas não entendo muito dessas coisas. Só que pensei, bem, que se *você* entendesse disso, então...

O ratoide ergueu uma mão hesitante para interrompê-la. E, debruçando-se sobre a bebida, disse, em uma voz baixinha e delicada:

— *Amanhã.*

— Amanhã?

Ele assentiu de novo. *Com um toque de ansiedade*, pensou Viv.

A orc não sabia se ele estava com pressa ou se precisava de algumas horas para pensar, mas, apesar da curiosidade, não iria insistir. Ela deu umas batidinhas na mesa e se levantou.

— Vou esperar por você amanhã, senhor...?

O ratoide a olhou e, em um sussurro solene, disse:

— Tico.

— Tico — repetiu Viv.

Em seguida, a orc lhe deu um aceno de cabeça e voltou para o balcão.

———◆———

Como sempre, a tarde era um marasmo. Hemington voltou e, com uma expressão sofrida, comprou uma bebida e mais uma vez a deixou intocada.

Viv foi limpar as mesas vazias e pegar xícaras sujas. De repente, a voz de Tandri quebrou o silêncio, seu tom gélido:

— O que você está fazendo aqui?

A súcubo estava de cara amarrada para um jovem que se recostava no balcão, olhando-a de uma maneira íntima até demais. A beleza delicada dele sugeria riqueza e, embora não estivesse usando a mesma capa que Hemington, Viv reparou em um broche de cervo na camisa feita sob medida.

— Vi você pela janela e tive que entrar — respondeu ele. — Não vejo você há algum tempo, Tandri. E poderia até achar que você está me evitando.

— E é verdade.

— Bem, estou aqui apenas como cliente, então podemos chamar esse encontro de uma intervenção do destino.

— Você acabou de dizer que me viu pela janela. Se o destino intervir, vai ser para mandá-lo de volta para onde veio.

— Ah, não fala assim. Uma súcubo como você, sei que pode *sentir* isto aqui. — Ele gesticulou para os dois. — Eu sei que você sente essa *atração*.

Tandri pareceu abalada, e um segundo depois seu rosto ficou inexpressivo de propósito.

— Kellin, não existe atração nenhuma. Nunca existiu. Acho que você devia ir embora.

— Mas ainda não *comprei* nada — protestou ele, com um sorriso na voz.

— Acho que a gente não tem nada que você queira — interveio Viv, aproximando-se do balcão de braços cruzados.

Kellin olhou para a orc, e seu sorriso descontraído desapareceu, substituído por um traço hostil.

— Não me lembro de ter te chamado para a conversa.

Viv ficou um pouco surpresa por ele não ter se intimidado ao vê-la.

— A loja é minha — disse ela, em tom neutro. — Atendo quem eu quero e quando quero. E acho que não quero atender você. Então vou pedir para que se retire.

Por um momento, Kellin a encarou com um olhar intenso, abrindo um sorriso de escárnio.

— Acho que você ainda não entendeu. Em algum momento, *todo mundo* fica a serviço de Madrigal. O que significa que, uma hora ou outra, você vai pagar o que deve para mim.

— Ah, então você é o garoto de recados? Achei que era aquele cara de chapéu elegante.

Ele estava prestes a responder quando Amigona saiu de trás de Viv e caminhou pela loja com uma graça mortal. Ela se acomodou ao lado de Tandri e lambeu a pata enorme com indiferença.

Kellin arregalou os olhos, surpreso, mas recuperou seu ar de desdém.

Viv não conseguia decidir se ele era corajoso ou idiota.

— Vou embora por enquanto — avisou. — Mas você vai voltar a me ver.

Ele olhou para Tandri outra vez com aquele sorriso suave e possessivo e completou:

— Mas você e eu, nós conversamos mais tarde. Mal posso esperar. *Destino, hein?*

E então partiu.

Tandri soltou uma respiração lenta.

— O que foi isso? — perguntou Viv.

— Ele estudava na Ackers. Tinha uma... — Tandri procurou a palavra. — Uma obsessão doentia por mim.

— Isso foi quando você assistiu a algumas aulas por... interesses pessoais?

— Aham.

— Parece que ele também está trabalhando para a chefia do bairro. Os estudos não resultaram em um futuro lá muito promissor.

— Ah, não estou surpresa com isso, nem um pouco — murmurou Tandri.

— Vamos mantê-lo bem longe daqui.

A súcubo se agachou ao lado da gata-gigante.

— Ou talvez a Amigona esteja querendo um lanchinho. Você está com fome, garota?

Amigona ronronou como um deslizamento de terra.

Naquela noite, Tandri deu uma saída rápida para comprar alguns cobertores e um grande travesseiro de penas de ganso. Ela e Viv montaram uma cama improvisada nos fundos da cafeteria para a gata-gigante.

Quando Amigona reapareceu, caminhou até a pilha de cobertas com elegância, tocou-a com a enorme pata dianteira por um instante e depois se afastou.

Mas elas deixaram a cama ali.

Quando as duas estavam se preparando para abrir, Tico bateu à porta. Em suas mãos, trazia um volume que soltava fios de vapor embrulhado em um pano. Viv sentiu o cheiro de algo quente, fermentado e doce, e pensou também ter reconhecido o aroma de canela.

O ratoide entrou depressa.

Tandri saiu da despensa com um saco de grãos e uma garrafa de leite, respirando fundo.

— Que cheiro *maravilhoso* é esse?

Tico olhou ansiosamente de uma para a outra, e então deslizou o embrulho pelo balcão.

— Posso? — perguntou Viv, apontando para o embrulho.

Tico assentiu com hesitação.

Desdobrando o pano com cuidado, Viv revelou um pão doce do tamanho de seu punho, quase grande *demais* para imaginar-se comendo. A massa macia tinha sido enrolada em espiral, com açúcar mascavo e canela aninhados entre as camadas, e uma cobertura cremosa e grossa cobria a parte de cima, escorrendo pelas laterais.

Tandri estava certa. O cheiro era maravilhoso de um jeito surreal.

— Você fez isso? — perguntou Viv, impressionada.

— *Fiz* — sussurrou o ratoide.

Mais uma vez, ele assentiu. Suas mãos estavam entrelaçadas na frente do avental polvilhado de farinha.

Viv e Tandri se entreolharam, e então, com delicadeza, a orc arrancou um pedaço do rolinho, inspirou fundo e o enfiou na boca.

Ela fechou os olhos e soltou um gemido involuntário de prazer. Era de longe a coisa mais deliciosa que já tinha comido desde... bem, desde sempre.

— Pelos deuses — murmurou, de boca cheia. — Tandri, experimenta.

Ela obedeceu, arrancando um pedaço.

Enquanto a outra mastigava, Viv sentiu uma mudança na atmosfera ao redor de Tandri, uma radiância sensual, e a cauda da súcubo balançou de um lado para o outro em curvas elegantes. Viv e o ratoide a observaram mastigar, extasiados.

Quando Tandri abriu os olhos de novo, suas pupilas estavam dilatadas e as bochechas, coradas. Sonhadora, ela olhou para o ratoide.

— Está contratado — disse ela, rouca. Então se sobressaltou e olhou para Viv, a aura se dissipando. — Espera, é por isso que ele está aqui, certo?

— O que acha de assar esses rolinhos aqui todos os dias? — perguntou Viv, se virando para Tico.

O ratoide assentiu e trocou o peso de um pé para outro, como se quisesse dizer alguma coisa, mas não conseguisse encontrar as palavras.

— Quatro pratas por semana, o que acha? — propôs Viv, olhando para Tandri para ter certeza de que não haveria objeção.

A súcubo assentiu, os olhos arregalados, e fez um gesto de sim-sim-vá-em-frente, agitando as mãos.

Tico assentiu, depois esticou o nariz e, pela primeira vez, pronunciou mais do que uma palavra em seu sussurro suave:

— *Café grátis?*

— Tico, você pode tomar quanto café quiser — disse a orc, estendendo-lhe a mão.

12

Quando chegou para o expediente, Tico trazia um pedaço de pergaminho muito manchado. Entrou na cafeteria com seu andar quase saltitante, deixou o papel em cima do balcão e deu-lhe um tapinha delicado.

Tandri o pegou e o examinou. Era uma lista, escrita com uma caligrafia tremida e inclinada.

— Farinha, fermento, canela, açúcar mascavo, sal... São ingredientes — comentou a súcubo.

Com uma expressão séria, o ratoide assentiu e apontou para o pergaminho.

— E alguns apetrechos — acrescentou Tandri quando terminou de ler. — Parece que panelas, tigelas...

Tico foi depressa inspecionar a área atrás do balcão, e também deu uma olhada na despensa, batendo uma garra no lábio à medida que fazia o inventário. Gesticulou para o papel e Tandri o devolveu com um sorriso divertido.

Pegando uma pena sob o balcão ao lado do caixa, ficou na ponta dos pés para acrescentar mais alguns itens à lista. Em seguida, assentiu, decidido. Se havia uma maneira de se comunicar sem abrir a boca, era assim que Tico preferia.

— E é disso que você precisa para fazer mais daqueles rolinhos? Aqueles com canela? — indagou Viv.

Tico assentiu, como esperado.

— Alguma ideia de onde posso conseguir tudo isso? — perguntou Viv para Tandri.

— De imediato, não. Tenho certeza de que consigo encontrar um padeiro, mas...

Tico interrompeu com um puxão na manga de Viv, apontando para si mesmo.

— *Eu mostro.*

— Ah, sim, sim. Bem, não há momento melhor do que o agora. Tandri, você vai ficar bem cuidando da loja até voltarmos?

— É claro.

O ratoide mudou o peso de um pé para o outro e olhou para a cafeteira, ansioso.

— *Café primeiro?*

—◄◆►—

Tico não se apressou com o latte, apreciando cada gole na cabine que havia se tornado sua favorita. A correria da manhã estava a todo vapor quando ele terminou e levou a xícara até o balcão, onde esperou perto da porta até que o último cliente da fila fizesse seu pedido.

— Acho que podemos ir — disse Viv, secando as mãos e se juntando a ele.

Tandri deu um aceno distraído para eles enquanto fazia um latte para um Guardião de Portões de olhos cansados.

No momento em que se preparavam para sair, Amigona cruzou a soleira como uma nuvem escura e baixa. Tico congelou, sem emitir um barulho sequer.

— Ai, infernos — sibilou Viv, pronta para erguer o ratoide ao menor movimento agressivo da gata-gigante.

Mas Amigona apenas piscou devagar, lambeu o focinho e passou por eles sem demonstrar qualquer interesse.

As visitas da fera eram tão raras e imprevisíveis que Viv não tinha parado para pensar em como a gata-gigante poderia reagir ao padeiro.

Ou talvez Viv confiasse na Pedra Scalvert e não houvesse nada com que se preocupar de qualquer forma.

Os dois deixaram a cafeteria e Viv seguiu o ratoide, que disparou em direção ao distrito do mercado.

Eles levaram a maior parte da manhã para arrumar tudo de que Tico precisava, e em inúmeros momentos Viv se viu completamente perdida. Quando visitaram o moinho, comprou farinha com o mesmo moleiro de quem havia alugado a carroça. Por alguns tostões a mais, o homem acrescentou alguns sacos vazios para que conseguissem carregar todos os pacotes, potes e peças de louça que estavam na lista de Tico.

O ratoide não hesitou por um segundo, navegando com determinação pelo labirinto de becos e ruas. Visitaram diversas lojas e, várias vezes, Tico bateu à porta de residências particulares. Uma visita especial foi a um senhor de óculos, que tinha a casa tomada por uma mistura inebriante de aromas exóticos. Em cada parada, Tico dava uma batidinha na lista para pedir um item ao vendedor, e em seguida olhava com expectativa para Viv até que a orc pagasse.

Quando terminaram a lista, Viv voltou com passos desajeitados até a cafeteria. Ela carregava duas sacas de farinha por cima do ombro, alguns sacos cheios presos pelo punho cerrado e o restante no braço. Sua lombar começou a reclamar de novo. Tico marchava à frente, segurando várias colheres de pau junto ao peito. Quando chegaram, Viv passou por Hemington e dois outros clientes a caminho dos fundos da loja, onde largou tudo com um suspiro de alívio.

Na mesma hora, Tico começou a desempacotar e arrumar o material na despensa, lutando com bravura para aguentar o peso das sacas de farinha e recusando ajuda com um movimento brusco da cabeça peluda. Viv deu de ombros e o deixou em paz.

— Encontraram tudo? — perguntou Tandri.

— Parece que achamos *tudo* mesmo — gemeu Viv, estalando as costas.

Tico apareceu entre as duas, surpreendendo-as com sua frase mais longa até o momento:

— *Suficiente pra começar.*

E então voltou para os pacotes de farinha, entusiasmado.

━━◆━━

Depois de massagear as costas até a dor aliviar um pouco, Viv assumiu o lugar de Tandri e atendeu uma nova leva de clientes. Atrás das duas, Tico cantarolava baixinho. Um bater de panelas, tigelas e colheres de pau foi seguido por muitas medições, bateções e misturas.

Ele logo se apropriou da mesinha que elas vinham usando como escorredor de louças, subiu em um banquinho e começou a sovar a massa, fazendo uma névoa de farinha flutuar ao seu redor.

Enquanto a massa descansava, ele se aproximou de Viv, com os bigodes tremelicando de nervosismo.

— *Latte?* — sussurrou.

— Tico, posso manter sua xícara cheia o dia todo, se quiser.

Ele estremeceu o corpo inteiro de prazer.

Mais tarde, depois de todos os clientes serem atendidos, Viv e Tandri observaram com curiosidade o ratoide retomar o trabalho. Ele abriu a massa com o rolo, espalhou uma camada brilhosa de um recheio grosso de canela e, em seguida, enrolou tudo com cuidado em um longo cilindro. Depois, o cortou em fatias uniformes, separou os rolinhos e os dispôs em uma assadeira.

A massa descansou uma segunda vez, e enquanto isso ele ligou o fogão, jogou açúcar numa tigela com manteiga e leite e bateu com força para fazer a cobertura. Um cheiro agradável de fermento e açúcar se espalhou pela loja.

Assim que os rolinhos de canela cresceram tanto quanto queria, o ratoide se abaixou para colocá-los no forno, e em seguida se sentou no banquinho, juntou os dedos e esperou pacientemente.

O cheiro que emanava do fogão era impossível de ignorar.

— Pelos deuses — murmurou Tandri. — Esse cheiro é incrível. É quase bom demais para aguentar.

Viv estava prestes a concordar, mas reparou em um movimento pelo canto do olho, e levantou a cabeça.

Um carpinteiro, a julgar pela serragem em seu cabelo, estava parado na entrada com uma expressão distante. Ele fungou com vontade e piscou algumas vezes, parecendo confuso. Ficou ali, imóvel, por um minuto, olhando para a loja e para o cardápio.

— Posso ajudar? — perguntou Viv.

Ele abriu a boca, fechou e deu outra fungada profunda.

— Eu quero... eu quero seja lá o que vocês estão fazendo aí — respondeu.

O homem pegou o café que Tandri preparou, pagou com um ar sonhador, foi até a área das mesas e se sentou. Distraído, tomou um gole da bebida com um olhar perdido no rosto.

Tandri e Viv trocaram olhares, intrigadas.

— Pelos oito infernos, que cheiro é *esse*? — questionou uma voz que as duas reconheceram.

Laney se aproximou do balcão.

— Arrumei um padeiro — informou Viv, apontando o polegar para Tico.

— Ainda no forno, hein? Bem, senhorita, espero que não se importe, mas fico aliviada. Não queria falar mal do seu café, mas uma padaria é um negócio mais confiável pra se manter na ativa. E eu tenho orgulho dos meus pães e bolos, então pode confiar no meu julgamento — garantiu Laney, levando a mão ao peito em um gesto de modéstia.

Viv teve o cuidado de manter a expressão neutra, pensando no bolo de figo.

— Bem, não vou tomar seu tempo — continuou a senhorinha. — Mas, escuta, quando estiver pronto, separe uns pra mim.

— Com certeza.

Laney saiu da loja com seus passos bamboleantes, e três clientes novos entraram. Viv olhou para a rua e viu as pessoas reduzindo o passo e olhando em volta com curiosidade quando adentravam na cafeteria que exalava aquele aroma.

O período da tarde poderia não ser tão improdutivo, afinal, e eles ainda nem tinham vendido um único rolinho de canela sequer.

◄─◆─►

Viv e Tandri fizeram uma reunião às pressas. A orc achava que deveriam cobrar dois tostões de cobre por rolinho de canela, mas Tandri colocou a mão em seu antebraço e a encarou, com uma expressão séria.

— Quatro tostões, Viv. Quatro. Tostões.

Elas pegaram a lousa do cardápio. Depressa, Tandri adicionou o novo item e, com um traço simples, ilustrou o doce, acrescentando linhas sinuosas que representavam o cheiro incrível.

CAFÉS & LENDAS
~ CARDÁPIO ~

Café ~ aroma exótico e torrefação saborosa e encorpada — ½ tostão
Latte ~ uma variação sofisticada e cremosa — 1 tostão
Rolinho de canela ~ doce divino com recheio de canela — 4 tostões

❋

SABORES FINOS PARA
~ DAMAS E CAVALHEIROS TRABALHADORES ~

— Quatro mesmo? Tem certeza? — perguntou Viv de novo, recolocando o cardápio na parede.

— Confia em mim.

Tico pulou do banquinho, pegou um pano de prato grosso, abriu o forno e retirou os rolinhos de canela. Eram enormes, dourados e lindos. O ratoide posou o tabuleiro em cima do fogão, e o cheiro se espalhou feito uma onda. Viv teve a impressão de que Tandri soltou um gemido involuntário, e seu próprio estômago roncou alto.

O ratoide regou os doces com a cobertura encorpada e cremosa que havia reservado, respirou fundo para analisar o aroma e assentiu, satisfeito.

Viv ergueu o olhar e encontrou Hemington examinando os pães com interesse.

— Que cheiro incrível — comentou ele.

— Bem, você disse que queria algo para comer. Pode ser o primeiro da fila.

— Ah... — disse Hemington, constrangido. — Bem, veja só, eu tenho certas restrições alimentares. Não costumo comer *pão*...

As sobrancelhas de Viv se franziram, e ela se apoiou no balcão com tudo.

— Vou comprar um mesmo assim, que tal? — sugeriu o rapaz, sem jeito.

— Obrigada.

— É... Não há de quê.

Com um aceno encorajador de Tico, Tandri colocou os rolinhos quentes, um por um, em uma travessa e, reverente, colocou-os no balcão.

Hemington pagou, e Viv lhe entregou um rolinho de canela em um pedaço de papel-manteiga, lhe lançando um olhar fulminante.

— Se você não comer isso, é possível que a gente acabe resolvendo te matar — declarou a orc.

O jovem riu, mas Viv não se juntou a ele, e a risada morreu em sua garganta. Hemington voltou para os livros, equilibrando o rolinho de canela com cuidado nas mãos.

Todos que estavam na cafeteria foram para a fila, esperando sua vez e, em meia hora, não havia sobrado um rolinho de canela sequer.

Tandri olhou para a travessa na qual restavam apenas migalhas, passou um dedo por uma gota de cobertura e lambeu. Olhou para Viv, desolada.

— Eu nem consegui pegar um — lamentou ela. — E eu pagaria *mais* do que quatro tostões.

— Bem, hoje é seu dia de sorte — retrucou Viv. — Parece que você vai ter outra chance. E não quero imaginar o que Laney vai fazer com aquela vassoura se não nos lembrarmos de separar um rolinho de canela para ela.

Tico já estava ocupado preparando uma nova fornada, cantarolando mais uma vez, agora mais alto — e mais feliz — do que antes.

13

Tico já estava fazendo rolinhos de canela antes do amanhecer. Tandri estrategicamente abriu uma fresta da porta antes da hora de abrir para deixar o aroma se espalhar pela rua, e a clientela do primeiro turno foi o triplo da do dia anterior.

Tandri e Viv passavam o café lado a lado, usando as duas saídas da máquina em uma confusão ao mesmo tempo atrapalhada e animada; quase tropeçavam uma na outra para atender aos pedidos.

Os rolinhos de canela de Tico foram vendidos em minutos, mas o ratoide já havia se prevenido e colocado mais massa para descansar enquanto a primeira leva estava no forno.

Com o fogão funcionando a todo vapor por causa dos doces fumegantes, a cafeteria estava mais quente e abafada do que o normal. Em uma hora, a orc e a súcubo ficaram com as camisas encharcadas de suor. As conversas dos clientes, o barulho de Tico mexendo em tigelas e os ruídos da cafeteira gnômica preenchiam o ar com um turbilhão ensandecido.

À medida que o relógio se aproximava do meio-dia, a multidão foi diminuindo, mas a calmaria não durava mais do que dez minutos. Na área em que ficavam as mesas, o burburinho era animado, e a conversa tinha se espalhado pela loja. Os clientes se demoravam mais, saboreando os rolinhos de canela e bebendo seus cafés sem pressa e, pela primeira vez, havia mais pessoas sentadas à grande mesa comunitária do que buscando o isolamento de uma das cabines.

Viv se encostou no balcão, estudando os rostos ali presentes, e notou, por fim, o que estivera nervosa demais para ter esperanças de ver. Encontrou nos olhos semicerrados e nos goles lentos. Nas mãos em concha envolvendo o calor da xícara de café e no prazer prolongado do último gole. Era um eco de sua própria experiência, e a orc foi tomada por uma sensação agradável de reconhecimento.

— Já faz uma hora que você não para de sorrir — comentou Tandri.

Viv despertou de um de seus devaneios durante um breve momento de calmaria.

— Ah, é?

— Aham.

As duas estavam vermelhas e com calor, mas Viv não pôde deixar de reparar em como Tandri parecia muito mais relaxada hoje. E gostou do que viu.

— Parece que tudo está encaminhado. Já tive essa sensação algumas vezes antes, como quando encontrei a Sangue-Preto — falou Viv, inclinando a cabeça em direção à espada na parede. — Com ela empunhada, era como se eu estivesse no lugar certo, e, quando fui usá-la, bem… — Percebendo aonde aquela história levaria, hesitou. — Enfim, isso parece… certo.

— É verdade.

— Mas ainda tenho algumas pendências para resolver.

— Acho que você pode aproveitar que tudo deu certo por um tempinho — disse Tandri, sorrindo com ironia.

129

— Não sei, talvez a gente morra de calor nesse meio-tempo.

Tico apareceu entre as duas, que olharam para ele. O ratoide ergueu os olhos para Viv e puxou a bainha da camisa dela, apontando para o forno, então abriu os braços.

— Eu... desculpa, não entendi o que você quer dizer, Tico.

— *Maior. Seria melhor... Maior* — sussurrou ele, o nariz se mexendo.

— Os *rolinhos de canela*? Eles já são do tamanho da minha cabeça!

Tico balançou a cabeça.

— *Forno. Forno!* — disse, e em seguida se desanimou. — *Desculpa! Desculpa!*

Viv olhou para o forno que Cal havia instalado. Tico estava trabalhando sem parar e os rolinhos de canela acabavam quase no instante em que esfriavam. Talvez a demanda diminuísse um pouco com o tempo, mas sem dúvida a orc via como o ritmo acelerado estava exaurindo o pobre ratoide. Um forno maior *de fato* tornaria mais fácil dar conta do volume de trabalho.

— Eu adoraria, Tico, mas acho que não caberia. Já está ficando bem apertado aqui atrás.

Tico ficou cabisbaixo por um momento, mas então assentiu, relutante.

— Se ao menos eles durassem mais — ponderou Tandri, em voz alta. — Se não precisassem ser frescos, a gente manteria alguns na reserva e isso daria uma leve diminuída no ritmo.

O ratoide olhou para a súcubo e bateu no lábio inferior com uma garra, pensando. Em seguida, voltou devagar para a massa, abrindo-a com o rolo, mas Viv notou que de vez em quando ele parava e ficava encarando a distância.

Quando Cal apareceu pela primeira vez em dias, Viv lhe entregou na mesma hora um rolinho de canela. Ele examinou o doce com curiosidade, depois deu uma mordida contida.

A resposta dele não tinha como ser mais previsível:

— Hum.

Mas era um *Hum* positivo.

Ele apontou com a cabeça em direção às mesas cheias de clientes enquanto mastigava e engolia.

— Parece que as coisas estão indo bem. E isso aqui... — Ele admirou o rolinho de canela. — É ótimo mesmo. Eu avisei que o fogão podia ser útil. Posso tomar um daqueles lattes pra acompanhar?

Cal deu uma olhada no cardápio e colocou seis tostões no balcão.

Viv deslizou-os de volta para o hob.

— Pode ficar com isso — disse ela. — E te pago mais algumas moedas se conseguir pensar numa solução para o calor aqui atrás. Fica quente feito os oito infernos quando o fogão está aceso.

O hob deu outra mordida, fechando os olhos e suspirando, satisfeito.

— Bem... Talvez eu tenha uma ideia, mas acho que preciso de um tempo pra ver se vai funcionar. Um negócio que vi numa embarcação de gnomo. Coisa esperta.

— Algum tipo de janela? — perguntou Viv, intrigada.

— Não. Não era janela nenhuma — respondeu ele. — Não quero que você fique muito animada, pode não funcionar. Me dá um ou dois dias, vou ver o que posso fazer. No meio-tempo, vê se não incendeia esse lugar.

Ele deu um de seus sorrisos sutis, mas genuínos. E pegou a bebida e o rolinho de canela e foi até uma mesa.

◄━✦━►

Mais tarde no mesmo dia, os negócios continuavam estáveis, com clientes entrando e saindo com frequência suficiente para mantê-los ocupados, mas não sobrecarregados.

Viv secava as mãos pelo que devia ser a oitava vez depois de lavar as xícaras no balde, e um sujeito grandalhão com aparência de lavrador entrou na cafeteria. A orc ficou perplexa ao ver um tipo de alaúde debaixo de seu braço. Os cabelos loiros caíam sobre seus olhos, e as mãos dele eram tão enormes e ásperas quanto as dela, o que parecia estranho para um músico.

— Posso ajudar? — perguntou Viv.

— É... olá. Eu queria perguntar se... espera, hum. Há, olá — gaguejou ele, começando de novo. — Meu nome é Pendry. Eu sou um... um *bardo* — disse a última parte bem baixinho, quase num sussurro, e pareceu mais uma pergunta.

— Que bom para você! — respondeu Viv, em tom divertido.

— Eu estava... Queria saber se eu poderia, talvez... talvez *tocar um pouco*? Aqui?

— Na verdade, eu não tinha pensado em algo assim — admitiu ela, surpresa.

— Ah... Bem, hum. Tudo... tudo bem.

Pendry assentiu com movimentos extremos, o cabelo batendo nas bochechas. Viv não tinha certeza, mas achou que o homem parecia *aliviado*.

— Você é bom? — indagou Tandri, contornando o balcão e cruzando os braços.

— Eu, é. Bem, eu...

Viv bufou e, com delicadeza, cutucou Tandri nas costelas.

— Veja bem — disse a orc, pensando na Pedra Scalvert e naquela sensação de *um fecho se trancando* que tinha sentido, de tudo se encaixando no lugar. — Vá em frente. Você só está pedindo permissão, certo?

Pendry pareceu um pouco nauseado.

— Sim. Quer dizer, não. Quer dizer... tudo bem.

Então ficou lá parado.

— Vá em frente, então — disse Tandri, agitando a mão.

A expressão da súcubo era rígida, mas Viv reparou que ela estava tentando não sorrir.

O lavrador, bardo, ou fosse lá o que era, seguiu para a área das mesas e olhou em volta com uma expressão de horror que mal conseguiu disfarçar. Foi até os fundos, de cabeça baixa, e se virou devagar. Ninguém prestou muita atenção nele, que ficou ali parado por alguns minutos, afinando o alaúde enquanto mexia nas cravelhas e murmurava baixinho.

Viv tinha certeza de que o homem estava discutindo consigo mesmo, e o observou com curiosidade.

O alaúde era estranho. Nunca tinha visto um como aquele antes. Não parecia haver uma boca para reverberar o som. Em vez disso, havia uma placa de algo que parecia ardósia sob as cordas, com pinos de prata embutidos.

Viv quase achou que o homem cederia à ansiedade e sairia da cafeteria, mas ele respirou fundo e começou a dedilhar.

O barulho que saiu do instrumento foi diferente de qualquer coisa que ela teria esperado, e as conversas cessaram na hora. Havia um quê emocional e lamurioso nas notas, e era *muito* mais alto do que qualquer alaúde que Viv já tivesse ouvido. Quando Pendry começou a tocar para valer, ela se encolheu e viu os clientes fazerem o mesmo. O som não deixava de ser *musical*, mas havia algo quase selvagem nele.

Ela se perguntou se talvez sua fé na Pedra Scalvert para prover suas necessidades pudesse ter sido um pouco exagerada, porque se *aquilo* era um feito da pedra...

Viv olhou para os clientes, que pareciam desconfortáveis. Alguns se levantaram, como se estivessem se preparando para partir.

Ela começou a se aproximar do jovem, que, por incrível que parecesse, estava totalmente relaxado, curtindo a música. Quando Viv chegou perto, os olhos dele se abriram e Pendry a viu. Então ele olhou ao redor e reparou nas expressões chocadas da plateia e, de repente, parou de tocar.

— Pendry? — chamou Viv, erguendo a mão.

— Ai, deuses — gemeu ele, morrendo de vergonha.

E então fugiu da loja, o alaúde à sua frente como um escudo.

◄─◆─►

Viv sentiu pena do menino, mas a correria da tarde o tirou de seus pensamentos. A demanda pelos rolinhos de canela diminuiu o suficiente para que Tico pudesse descansar e, depois de um tempo, Viv liberou o pobre ratoide. Ele estava muito cansado, e a orc tinha a impressão de que, se não interviesse, o padeiro trabalharia até desmaiar.

Depois de limpar as mesas, a orc encontrou Tandri parada na janela da frente.

— Não é Kellin de novo, é?

— Hum? Não, nada disso.

— Então, o que é?

— Aquele senhor ali.

Viv se inclinou para fora da porta para olhar. Sentado a uma de suas mesas estava um gnomo idoso com um curioso gorro todo torto, como se fosse uma sacolinha, e óculos escuros. Na mesa havia uma xícara, um rolinho de canela e um tabuleiro de xadrez com pequenas peças de marfim. Ninguém estava sentado à sua frente. E deitada em volta da base da mesa estava Amigona, ronronando em um estrondo satisfeito. A gata-gigante permanecia uma visitante ocasional e evitava a cama de cobertores que elas haviam feito, então foi uma surpresa vê-la descansando ali.

— Olha, a Amigona parece gostar dele — comentou Viv, dando de ombros. — Mas não entendi bem.

— Ele está ali já faz uma hora. Chegou pouco depois do tal bardo.

— E...?

— Simplesmente não consigo entender quem está movendo as outras peças.

— Ele está jogando sozinho?

Tandri assentiu.

— Mas ele nunca parece mover as peças do outro lado. Ou, pelo menos, não o vi fazendo isso.

— Você conseguiu perceber isso só vendo com o canto do olho?

— Quer dizer, no começo não estava prestando muita atenção, mas agora é impossível desviar os olhos.

— Bem... — disse Viv. — Hoje nós já tivemos aqui um bardo saído direto do inferno. Por que não um fantasma que joga xadrez?

— Em algum momento ele *vai* mexer as peças — retrucou Tandri, decidida, balançando a cabeça.

Então dois Guardiões de Portões surgiram na porta para comprar o restante dos rolinhos.

No mesmo instante, as duas se esqueceram do gnomo.

14

Tico apareceu antes que abrissem as portas com outra lista. Não era muito longa.

— Groselhas, nozes, laranjas... cardamomo? — perguntou Viv, confusa.

Tico assentiu com veemência.

— Eu nem sei o que é esse último. Além disso, os rolinhos de canela já são perfeitos!

O ratoide torceu as mãos e pareceu magoado.

— *Confia* — sussurrou.

— Tudo bem, vou cuidar disso — falou a orc, contendo um suspiro. — Tandri, você vai ficar bem aí enquanto eu saio para comprar... seja lá o que são essas coisas?

— Se isso significa que Tico vai assar mais doces, então faço quase tudo o que você precisar — respondeu Tandri.

Tico abriu um sorriso radiante.

A manhã estava fria e úmida quando Viv foi até o distrito do mercado e se esforçou ao máximo para lembrar quais lojas ela e Tico tinham visitado. As groselhas, nozes e laranjas não deram muito trabalho, embora as últimas fossem um pouco raras naquela época do ano. Viv perguntou sobre o último item curioso a cada parada, mas os vendedores ficaram tão confusos quanto ela. Por fim, refez o caminho que Tico pegara até o idoso da casa perfumada.

Depois de entrar na rua errada algumas vezes, Viv conseguiu encontrar o lugar e bateu à porta. Após alguns passos e murmúrios, o dono da casa entreabriu a porta alguns centímetros e a olhou com desconfiança.

— Há, talvez o senhor se lembre de mim — disse Viv. — Eu estive aqui com, hum... — Ela gesticulou para indicar a altura aproximada de Tico. — Um rapazinho. Enfim, estou procurando... cardamomo?

Ele abriu a porta um pouco mais e resmungou.

— Fazendo compras para Tico, hein?

— Pois é. Devo dizer que ele é um padeiro e tanto.

Irritado, o senhor a olhou de trás dos óculos.

— O camarada é um gênio.

Então ele arrancou o pergaminho da mão dela e entrou em casa com passos arrastados. Os diferentes aromas que saíam pela porta eram tão intensos que deixaram Viv tonta. Separados, poderiam até ter sido agradáveis, mas, todos juntos, eram demais. Não sabia como o idoso aguentava.

Depois de alguns murmúrios distantes, barulhos, batidas e alguns palavrões, o senhor voltou com um envelope que empurrou para ela, junto com a lista.

— Duas pratas e quatro tostões — disse ele.

— Tudo isso?

— Alguém ofereceu um preço melhor? — perguntou, seu sorriso largo e não muito amigável.

— Hum...

Viv vasculhou a bolsinha de moedas e pagou ao homem.

A porta foi fechada na cara dela.

Tico recebeu as compras com um guincho de satisfação, arrumou tudo com bastante cuidado na despensa e voltou para os rolinhos de canela que estava preparando.

O movimento foi, no mínimo, tão grande quanto no dia anterior, e Tandri sorriu agradecida quando Viv se juntou a ela atrás do balcão para ajudar a administrar a correria. A orc ficou um pouco decepcionada por Tico não parecer ter uma serventia imediata para suas compras, mas os clientes da manhã logo tiraram isso de seus pensamentos.

Só mais tarde, quando a demanda pelos rolinhos de canela estava mais administrável, que Tico pegou os itens na despensa.

Tandri deu uma cotovelada de leve em Viv.

— Estou *muitíssimo* animada para ver o que ele vai aprontar.

— O senhorzinho de quem comprei o cardamomo disse que Tico é um gênio — murmurou Viv.

— Acho que eu não precisava de um senhorzinho qualquer para saber disso — respondeu Tandri, com uma risadinha.

— É, faz sentido.

◄━◆━►

O ratoide se pôs a medir e mexer, até ter uma massa espessa e viscosa à qual acrescentou nozes e groselhas picadas. Depois, ralou a casca das laranjas por cima da tigela. O cardamomo, Viv descobriu, eram sementinhas de aparência enrugada, que foram cortadas em cubinhos, esmagadas com a lâmina da faca e raspadas com delicadeza para a massa. O que não usou, o ratoide guardou em um embrulhinho de papel-manteiga.

Com relutância, Tandri e Viv se revezaram fazendo as bebidas para os clientes enquanto Tico sovava e formava cilindros longos e achatados de massa. Distribuiu os pedaços em duas assadeiras, polvilhou-os com açúcar e enfiou-os no forno. Em seguida, arrumou a bagunça, cantarolando o tempo todo em seu tom delicado e melodioso.

O cheiro era promissor — nozes e açúcar, de um jeito sutil. Para Viv, lembrava as celebrações do solstício de inverno. Quando Tico por fim retirou os doces achatados do forno, ela e Tandri se aproximaram, mas foram enxotadas. Fatiando os cilindros, o ratoide arrumou os doces nas assadeiras e os devolveu ao forno.

— Duas vezes? — perguntou Viv.

Ele assentiu com veemência.

Quando Tico julgou que estavam prontos e deixou esfriar, Viv estudou as assadeiras com um olhar desconfiado. O cheiro era bom, mas pareciam pequenas fatias tristes de pão sem fermento.

Tico insistiu que esperassem até que esfriassem, e então, cheio de cerimônia e nervosismo, entregou um para cada. Viv franziu a testa ao examinar o doce. Era duro como um pão velho. Por outro lado, o senhorzinho *tinha* exaltado o brilhantismo do ratoide, e era difícil discutir com o sucesso dos rolinhos de canela. Mesmo assim, Viv lançou um olhar levemente preocupado para Tandri.

Quando estavam prestes a dar uma mordida, Tico gesticulou com as patinhas ansiosas.

— *Com bebida!* — sussurrou com urgência.

Tandri obedeceu e preparou dois lattes. Ambas deram uma pequena mordiscada. E... as pequenas fatias duras eram *boas*. Esfarelaram de maneira agradável, e as nozes e frutas eram realçadas por uma doçura cremosa e exótica que só podia vir do cardamomo. Talvez não fossem tão boas quanto os rolinhos de canela, mas eram... gostosas.

O ratoide fez um gesto ansioso para que mergulhassem o biscoito na bebida.

Viv deu de ombros, mergulhou uma das pontas no latte e deu outra mordida. Seus olhos se arregalaram. Ela mastigou, engoliu e se permitiu um momento para apreciar a sutil e elegante mistura de sabores.

— Infernos, Tico. Aquele senhor estava certo. Você *é* um gênio.

A verdadeira genialidade, no entanto, não ficou tão aparente para Viv até que Tandri apontou:

— Estes vão durar, né? — perguntou a súcubo. — Uma noite, talvez alguns dias?

Tico assentiu e abriu um sorriso.

— Vamos precisar de algum lugar para armazená-los. E, Tandri, acho que vamos precisar atualizar o cardápio mais uma vez. Mas como vamos chamar esse doce?

— Acho que tenho uma ideia — respondeu.

E, com um sorriso nos lábios, pegou o giz que estava debaixo do balcão.

⤳ CAFÉS & LENDAS ⤳
~ CARDÁPIO ~

Café ~ aroma exótico e torrefação saborosa e encorpada — ½ tostão

Latte ~ uma variação sofisticada e cremosa — 1 tostão

Rolinho de canela ~ doce divino com recheio de canela — 4 tostões

Tiquinho ~ iguaria crocante de frutas e nozes — 2 tostões

❖

SABORES FINOS PARA
~ DAMAS E CAVALHEIROS TRABALHADORES ~

Na manhã seguinte, os tiquinhos não começaram como campeões de venda, mas vez ou outra, quando os rolinhos de canela estavam em falta, os clientes arriscavam provar a novidade. E, no decorrer do dia, às vezes eles até chegaram a ser a primeira escolha.

De vez em quando, Viv se via mastigando um distraidamente e cantarolando para si mesma.

◄━✦━►

A cozinha parecia ficar mais quente a cada dia, e Viv e Tandri aguardavam, ansiosas, pelo retorno de Cal. Quando enfim apareceu, o hob trouxe uma grande folha de pergaminho dobrada, a qual estendeu em cima do balcão diante delas. Continha alguns esboços diferentes, com medidas, mas Viv não fazia ideia do que estava vendo.

— Então, esta é a solução para o problema do calor aqui atrás? — perguntou ela.

— Hum. É um autocirculador. Como falei, vi isso numa embarcação de gnomo. Ia levar algumas horas pra prender no lugar. Talvez um dia inteiro. Tem que cortar um pedacinho do cano do fogão, e a gente vai precisar da escada pra pendurar lá no alto. Você vai ter que dar uma mãozinha, é pesado — disse ele, apontando para o teto.

— Fico feliz em fechar a cafeteria por um dia, se isso vai fazer com que a gente pare de se sentir *dentro* do forno aqui atrás.

Tandri assentiu, suspirando.

— Mas vai sair caro — informou o hob, em tom de desculpas. Ele indicou o pedaço de pergaminho. — Tenho que encomendar um desses de um artífice gnômico, e não são nada baratos.

— De quanto estamos falando?

— Três soberanos de ouro.

— Hum. São só dois meses mandando Madrigal ir catar coquinho.

Cal lançou um olhar severo.

— Estou brincando! — exclamou Viv, em tom brando, embora não tivesse certeza de que estava mesmo. — Mas, sim, vamos em frente — completou, pegando quatro soberanos e entregando para o hob. — Pelo seu tempo. Não, não me devolve um.

— Hum. No fim da semana está bom para você?

— Perfeito.

——◄─┼─►——

Quando Cal voltou no dia combinado, Viv já tinha colocado uma placa lá fora.

FECHADO
APENAS HOJE PARA REFORMAS

A orc avistou alguns clientes da manhã lendo o aviso e fazendo variadas expressões de decepção. Um medo irracional de que nunca mais fossem voltar tomou conta de Viv, mas ela o abafou como pôde.

O hob chegou empurrando um carrinho de mão carregado com um mecanismo grande com um cano de latão, várias pás enormes inclinadas, um ventilador menor, parecido com um moinho de vento, e uma faixa de couro, semelhante a uma tira de amolar gigante.

Viv olhou a confusão de peças com as mãos nos quadris.

— Eita. Pelos desenhos eu não fazia ideia de como isso iria funcionar, e agora estou ainda mais perdida.

— Ah, é bem inteligente — comentou Cal, grunhindo conforme manobrava o carrinho de mão pelas portas que Viv segurava abertas. — Os gnomos sempre surpreendem.

Primeiro, Cal removeu uma parte da chaminé, cortando-a ao meio e instalando, em uma caixa com um conjunto de engrenagens interligadas pelo eixo, o pequeno ventilador semelhante a um moinho de vento. Viv o ajudou a posicionar a peça e fixá-la de volta na chaminé principal.

A orc buscou a velha escada atrás da loja e a encostou na parede. Com alguns movimentos cautelosos, Cal subiu, e ela foi atrás, carregando o mecanismo de latão. Com uma das mãos, conseguiu segurá-lo no lugar junto ao teto, e até mesmo os músculos *dela* ficaram trêmulos naquela posição estranha, com o objeto pesado acima da cabeça.

Usando parafusos gnômicos, Cal instalou a engenhoca com rapidez, e Viv deu um pequeno puxão para se certificar de que não cairia na cabeça deles.

Em seguida, acabou segurando o hob no alto para que ele pudesse encaixar as grandes lâminas inclinadas em quatro braços que partiam do eixo, fazendo com que parecesse uma versão muito maior da engenhoca na chaminé. Em seguida, amarraram a enorme tira de couro ao redor do cilindro de latão e através da carcaça exposta no encanamento do fogão.

— Bem... — disse Viv. — *Ainda* não sei como funciona, mas estou morrendo de vontade de ver isso em ação.

Cal deu uma risadinha seca e jogou um pouco de lenha no fogão antes de acendê-lo.

A princípio, pouca coisa aconteceu, mas, conforme o calor foi aumentando e o ar quente subiu, a correia começou a se mover; no início, bem devagar. E, apesar de nunca chegar a uma velocidade muito alta, o grande ventilador no teto começou a mover o ar em uma brisa constante e refrescante.

— Que o diabo me carregue! — exclamou Viv.

— Hum — disse Cal. — Talvez. Mas pelo menos você não vai queimar viva antes de chegar aos infernos.

15

—Nossa, que diferença — comentou Tandri.

O autocirculador de Cal girava devagar acima delas, e a corrente de ar fresco que descia era, de fato, um alívio. Tico pareceu apreciá-lo tanto quanto elas, se não mais. Viv nem sabia se o ratoide era capaz de suar. Embora nunca tivesse reclamado, Tico provavelmente estava sofrendo mais do que elas, trabalhando tão perto do fogão.

Alguns clientes da manhã lamentaram o fechamento no dia anterior, mas os resmungos foram superados pelo interesse no novo dispositivo gnômico que agitava o ar.

Olhando ao redor, a orc decidiu que estava extremamente orgulhosa do interior da loja. Era *moderna* e inovadora, mas também acolhedora e aconchegante. Os aromas de canela quente, café moído e cardamomo com açúcar eram inebriantes, e, enquanto preparava bebidas, Viv sorria, servia e conversava, sentindo um profundo contentamento crescer. Era um calor intenso que ela nunca havia vivenciado, e gostou do sentimento. Gostou muito.

A orc deu uma olhada para os clientes fiéis e confirmou que eles sentiam o mesmo. Atrás do balcão, porém, havia uma doçura que só ela sentia.

Porque esta cafeteria é minha, pensou Viv.

Ela flagrou Tandri abrindo um sorrisinho ao seu lado.

Ou, talvez, nossa.

———+———

Viv olhou para cima e viu Pendry, o desajeitado aspirante a bardo, trocando o peso de um pé para o outro, na porta. Dessa vez, ele tinha um alaúde mais tradicional agarrado ao peito. Apertava-o tão forte com aquelas mãos enormes que a orc achou que o rapaz poderia quebrar o instrumento sem querer.

— Olá, Pendry.

Esperou para ver o que ele diria, achando um pouco de graça. Estava óbvio que ele *queria* dizer algo.

— Eu. Há. Bem…

Tandri lançou um olhar de leve reprovação para a orc, mas Viv teve pena do pobre rapaz.

— Quer tentar tocar de novo? — perguntou ela, com cuidado, mantendo os olhos no que estava fazendo.

— É… Eu… gostaria, sim. Mas prometo que vou tocar algo menos moder… quer dizer, mais *tradicional*, senhorita.

— Senhorita? Ai, agora entendi por que Laney odeia ser chamada assim — reclamou Viv, fazendo uma careta.

— Eu… O quê? — arriscou ele, estremecendo.

— Vai em frente — incentivou Viv, com um aceno. — A última vez não foi exatamente ruim. Só… surpreendente. Merda pra você.

Pendry ficou chocado.

— Pelo jeito essa expressão não é muito comum por aqui… — concluiu a orc.

Tandri deu de ombros.

— É algo bem hostil de se dizer — comentou a súcubo.

— Acho que você tem razão.

Pendry arregalou os olhos, confuso, e então abaixou a cabeça e foi para perto das mesas. Desta vez, Viv resolveu não ir atrás, para o caso de isso deixar o rapaz mais nervoso do que já estava.

No entanto, ficou, *sim*, de orelha em pé e aguardou por uns minutos. Não ouviu nada, então riu baixinho e balançou a cabeça, começando a passar um café.

Quando entregou a bebida ao cliente e a cafeteira ficou em silêncio, o som do alaúde foi aos poucos ressoando pelo lugar. Muito mais baixo do que da última vez, Pendry tocava uma música suave com uma melodia agradável. Tinha um ritmo cativante, intercalando delicadas notas dedilhadas.

— A música é boa — observou Tandri. — Ele sabe tocar, né?

— Nada mau — concordou Viv.

Então uma voz aguda, doce e comovente se juntou de repente ao instrumento.

— Espera aí. O que é *isso*? — perguntou a orc. Ela deu uma olhada ao redor e ficou boquiaberta. — Não acredito.

Era Pendry, sua voz melodiosa e cristalina de um jeito difícil de explicar, um contraste surpreendente com sua figura corpulenta e desajeitada.

O valor do que pretendia fazer
era mais alto ao entardecer.
E quando outro rumo tomei,
o peso quase mal notei…

— Acho que nunca ouvi essa música antes — disse Tandri. — Talvez *pareça* tradicional, mas não é. Aposto que foi ele quem compôs.

— Hum.

Nenhum cliente estava com expressão de desagrado, e Viv até reparou que alguns batiam o pé junto com a cantiga.

146

— Me desculpa por ter duvidado de você — murmurou a orc, em parte para si mesma, mas em especial para a Pedra Scalvert escondida no chão.

— O que disse? — indagou Tandri.

— Ah, nada. Tirei a sorte grande.

◄─◆─►

Mais tarde, Hemington se aproximou do balcão e, meio sem jeito, pediu um de cada item.

— Você quer um café *e* um latte? — perguntou Viv, parecendo desconfiada.

— É... Quero. — Ele fez uma pausa e se remexeu, inquieto. — E, bem, tem algo que eu gostaria de perguntar.

— Hemington... — começou Viv, suspirando. — Se você quer um favor, é só pedir. Não quero preparar um café que você não vai tomar.

— Ah, bem, excelente — disse ele, animado.

— Mas você vai ter que comprar um desses daqui — apontou ela, entregando um tiquinho para o estudante.

— Há, é claro.

Ele pagou, mas não parecia saber o que fazer com o doce.

— Bem, como posso te ajudar, Hem?

— Para início de conversa, eu agradeceria se não me chamasse de *Hem*.

— Acredito que é você quem está pedindo um favor. Em uma loja em que você não quer comprar nenhuma das coisas que a gente vende... *Hem*.

Ele fez uma careta.

— Não é que eu não *queira* comprar as coi... Ah, *deixa pra lá*. — Então respirou fundo e recomeçou. — Eu gostaria *muito* que você me permitisse colocar uma sentinela aqui, como parte de minha pesquisa.

— Uma sentinela? Por quê? — perguntou a orc, franzindo a testa.

— Bem, é a minha principal área de estudo, na verdade. E, com a confluência não flutuante das linhas de ley aqui, e o efeito amplificador que elas têm nas construções táumicas que se alinham com o substrato material, é...

— Talvez uma resposta mais concisa, Hemington?

— Aham. Será *totalmente* imperceptível — disse ele, mordiscando o tiquinho sem prestar atenção.

— Mas o que isso vai *fazer*?

— Bem... poderia fazer *inúmeras* coisas. Isso, por si só, não é importante. E não vai incomodar seus clientes nem nada assim. Você nem mesmo vai conseguir ver!

— Então por que você não colocou isso ainda?

— Eu *nunca* faria algo assim sem sua autorização — retrucou ele, horrorizado e com muito orgulho, que foi um pouco prejudicado pela mordida que deu em seguida no tiquinho.

— Que tipo de sentinela? — perguntou Tandri, que certamente estivera entreouvindo. — Gatilho ótico? Contiguidade de almas? Usando um foco de precisão?

— É... contiguidade de almas. E o foco pode ser qualquer coisa. Um pombo?

— Por que você iria querer rastrear se um pombo passa voando por cima da cafeteria? — perguntou Tandri.

— Bem, foi só um *exemplo* — respondeu Hemington. — Como falei, o que vai fazer não é o mais importante. Só gostaria de estudar a estabilidade, o alcance e a precisão de resposta da sentinela.

— Se eu não tiver que te ouvir falar mais nisso, fique à vontade. A menos que... — Viv suspirou com resignação e olhou para Tandri. — A menos que eu *devesse* me importar?

Temia que isso de alguma forma fosse expor a pedra escondida, mas talvez protestar demais tivesse o mesmo efeito. De qualquer maneira, se ele dispusesse de algum meio de investigar a pedra especificamente, a orc não teria como saber, então, por enquanto, talvez fosse melhor aceitar a ideia.

— Não vai criar problemas — garantiu Tandri.

— Eu *disse* que seria imperceptível — insistiu Hemington, bufando.

— Imperceptível não é o mesmo que inofensivo — rebateu Viv, sem se exaltar. — Mas, sim, fique à vontade.

— Eu... obrigado.

— O que achou do tiquinho? — perguntou ela, com um sorriso travesso.

— O... o quê?

Ela apontou para as mãos vazias do rapaz.

Ele tinha comido tudo.

As coisas estavam indo bem demais por tempo demais, e se Viv estivesse em território selvagem, em uma campanha ou acampada perto do covil de uma fera, sentiria um formigamento nas costas; a premonição de algum infortúnio se aproximando.

À noite, quando ela e Tandri estavam fechando a loja, Lack apareceu do lado de fora, com o admirador malquisto de Tandri, Kellin, e pelo menos mais seis ou oito capangas.

Viv parou na porta para bloquear a entrada e pensou em como não deveria ter se permitido baixar a guarda.

— Quem é? — perguntou Tandri, deixando cair na bacia d'água a xícara que estivera lavando.

A súcubo foi olhar o que Viv tentava bloquear, e ao ver Kellin, ficou paralisada. Seus olhos se voltaram para os homens e mulheres atrás dele.

O bando tinha facas suficientes para justificar a preocupação. Viv se pegou desejando que Amigona aparecesse, mas, para sua frustração, a gata-gigante não estava por perto.

A orc não estava *pessoalmente* muito preocupada com as facas, mas a presença de Tandri desequilibrava por completo seu cálculo mental de riscos. A súcubo havia presenciado seu último encontro com Lack, mas não havia nenhum Guardião de Portões presente ali para manter a ilusão da lei. Sozinha, Viv nunca temeu o que lhe aconteceria. Mas, com Tandri ao seu lado, a força bruta não parecia uma defesa.

— Parabéns pelo sucesso — disse Lack, tirando o chapéu e fazendo uma curta reverência.

Viv não conseguia decidir se a intenção era ou não zombar dela.

— Já estamos no fim do mês? — perguntou ela, em um tom sombrio. — Podia jurar que ainda faltavam alguns dias.

Lack assentiu.

— Pois é. Sabe, é difícil perceber à primeira vista, mas a parte mais complicada do meu trabalho é garantir que tudo corra bem. Que não haja *problemas*. Veja bem, se houver sangue derramado, ou ossos quebrados, ou acidentes nas propriedades, a situação é classificada como um *fracasso*. Não é uma base sólida para bons negócios. E Madrigal quer *bons* negócios. Negócios que perdurem. E o meu zelo é fundamental para fazer com que isso aconteça.

— Oi, Tandri — cumprimentou Kellin, com um sorriso possessivo na direção da súcubo.

Lack o olhou, franzindo as sobrancelhas.

Tandri deu uma olhada para Viv, assustada.

Depois disso, a orc se esforçou como pôde para parecer confiante.

— Quero deixar bem claro que estou falando sério — continuou Lack. — Que esperamos, sem dúvida alguma, o pagamento no fim do mês. E também gostaria de reiterar que, embora eu prefira que não haja problemas, uma falha de... civilidade... será uma desvantagem maior para você do que para nós.

— Pode acabar sendo mais desvantajoso para vocês do que imaginam — ameaçou Viv, cerrando os punhos ao lado do corpo.

Lack suspirou, exasperado.

— Olha, não há como negar que você tem *muita* vantagem física — disse Lack. — Isso está bem óbvio. Mas você tem um empreendimento, funcionários, e está tudo indo *bem*. Quer mesmo jogar isso fora por causa de princípios equivocados? O mundo é cheio de impostos, subsídios e concessões que mantêm as coisas *progredindo*. Este é só mais um desses.

— Eu odiaria ver esse lugar pegando fogo — comentou Kellin, com um sorriso no rosto que merecia um belo soco.

Lack agarrou Kellin pela lapela e o puxou para perto em um movimento ágil e selvagem.

— *Cala a boca*, seu *merdinha* insuportável — rosnou Lack.

Pela velocidade do movimento dele, Viv soube na mesma hora que havia julgado muito mal o grau de ameaça que Lack representava.

Boquiaberto, Kellin cambaleou para longe, ao que parecia devidamente repreendido.

Lack então ajeitou o sobretudo e voltou a colocar o chapéu na cabeça.

— Mais uma semana — avisou. — Mal posso esperar para o desenvolvimento de um relacionamento *não problemático* no futuro. — Então acenou com a cabeça para Viv e depois para Tandri. — Minhas desculpas, senhorita.

E então foram embora.

Viv mexeu em seus pertences e estava se levantando, com a Pedra Mensageira na mão. Na mesma hora, Tandri a encontrou no mezanino.

— Você está bem? — perguntou a súcubo.

Viv ficou emocionada, e em seguida foi atingida pela culpa acerca de quem havia se sentido mais ameaçada pelos homens na rua. Como poderia ter deixado de perguntar a Tandri como ela estava? No entanto, agora era tarde demais.

— Sim — disse, e estremeceu ao ouvir a brusquidão de sua resposta. — Só estou avaliando minhas opções.

Então olhou para a Pedra Mensageira em sua palma. A súcubo observou o objeto com curiosidade, mas Viv não explicou o que era.

A súcubo examinou o cômodo onde só havia o saco de dormir de Viv, seus itens pessoais e algumas sobras de materiais de construção que estavam empilhadas em um dos cantos.

— É aqui que você dorme?

— Estou acostumada com menos — falou Viv, de repente envergonhada.

Tandri ficou em silêncio por um longo momento.

— Sabe, você construiu algo maravilhoso. Algo especial. — Ela encontrou o olhar de Viv. — E sei que está recomeçando a vida. Eu entendo isso como ninguém. Sei como é e o que significa querer algo assim — continuou, gesticulando ao redor do cômodo vazio. — Mas a cafeteria não é a sua vida *inteira*. O que você faz no resto do tempo é, no mínimo, tão importante quanto a loja. Para quem gosta tanto de ler, você nem sequer tem livros.

Talvez Viv estivesse negligenciando alguns prazeres. Era difícil argumentar contra isso, mas tentou mesmo assim:

— Mas eu realmente não preciso de mais nada. Hoje senti na pele que o que tenho é *suficiente*. E não pretendo perder nada disso.

◄ 152 ►

— Será que é suficiente *mesmo*? — perguntou Tandri, franzindo a testa e olhando para baixo. — O que eles querem tirar de você... o motivo disso ser assim tão... insuportável, é porque eles querem tirar tudo o que você tem. Só estou dizendo que... talvez, se tratasse as outras partes da sua vida da mesma forma com que trata a loja... se investisse nelas da mesma maneira... então o preço pareceria menor.

Viv não sabia como responder.

— Aconteça o que acontecer — continuou Tandri —, acho que talvez você devesse dar um pouco de atenção a *este* cômodo. — Seu sorriso era envergonhado. — Pelo menos trate de arranjar a porcaria de uma cama.

—◆—

Viv esperou até ouvir Tandri fechar a porta da cafeteria ao sair. Quando entrou na cozinha um pouco depois, o único barulho que ouvia era o som monótono das chamas do fogão.

Em seguida, abriu o forno e ficou parada ali por um bom tempo, olhando para o fogo.

Viv olhou para a Sangue-Preto, a espada recém-enfeitada com a guirlanda.

Então jogou a Pedra Mensageira lá dentro, fechou a porta do forno e subiu a escada para tentar, sem sucesso, pegar no sono em seu saco de dormir gelado.

16

Passaram-se três dias até que seu antigo grupo, com exceção de Fennus, chegasse à cafeteria. No fim da tarde, Roon foi o primeiro a aparecer. Do outro lado do balcão, arqueou as sobrancelhas para Viv e olhou para o movimento do lugar. Gallina surgiu de trás do amigo, onde estivera escondida pelo corpo largo dele, os óculos de proteção erguidos no cabelo arrepiado, um sorriso largo estampando o rosto. Em seguida, Taivus entrou com graciosidade e inclinou a cabeça.

— Oi, Viv — disse Roon.

— Vou fechar um pouco mais cedo hoje, pessoal — gritou a orc.

Alguns clientes se queixaram em voz alta.

Tandri lhe lançou um olhar surpreso, observou seu rosto e então reparou em Roon e nos outros recém-chegados.

— São todos seus amigos? — perguntou ela.

— Velhos amigos — explicou Viv, apontando o polegar para a espada atrás dela.

— É a Sangue-Preto ali? — questionou Gallina, com uma gargalhada aguda. — Parece uma grinalda de solstício!

— É ela, sim — afirmou Viv, sorrindo. — Me deem alguns minutos para esvaziar a cafeteria.

Levou mais tempo do que gostaria para que o último cliente fosse instado a sair, e Viv desejou — não pela primeira vez — que tivesse alguma maneira de deixar os clientes saírem com as bebidas. *Bem, é um problema para outro momento.*

Mandou Tico para casa, mas, quando abriu a boca para dispensar Tandri, a súcubo ergueu a mão, o rabo chicoteando com força às costas.

— Eu vou ficar.

Viv pensou por um momento, depois assentiu.

— Tudo bem.

Todos sentaram-se nos bancos da mesa grande. Tandri preparou cafés e Viv serviu uma travessa com rolinhos de canela e tiquinhos.

— Obrigada por terem vindo — disse Viv quando todos estavam sentados e servidos, brincando com a xícara diante de si. — Bem, vamos começar do início, esta é Tandri. Ela é minha... colega de trabalho. Tandri, você conhece Roon. Estes são Gallina e Taivus — apresentou-os, gesticulando para eles.

— Duplamente encantado — declarou Roon, a boca cheia de rolinho de canela.

— Uma súcubo, hein? — comentou Gallina, o queixo apoiado na mão.

Viv percebeu Tandri ficar tensa.

A pequena gnoma também devia ter notado.

— Não, não estou insinuando nada, querida. Só não *me* peça para *inventar* nada. Prazer em te conhecer, adorei o visual — disse Gallina, acenando para o suéter de Tandri.

— A especialidade de Gallina na verdade é, há… derramar sangue — explicou Viv.

— Eu gosto *muito* de facas — concordou ela, fazendo uma aparecer do nada para aparar as unhas.

Taivus deu um aceno de cabeça solene para Tandri e mordiscou a ponta de um tiquinho. O feérico de pedra estava taciturno como sempre, o rosto vigilante emoldurado pelos cabelos brancos.

— Prazer em conhecer vocês — disse Tandri, tomando um gole rápido de sua bebida.

Viv poderia jurar que a súcubo estava nervosa.

Roon, ainda terminando o rolinho de canela e já partindo para um tiquinho, colocou sua Pedra Mensageira na mesa.

— Então… Depois de dar uma olhada nesse lugar e experimentar tudo isso, estou começando a achar que você não chamou a gente aqui porque quer voltar a dormir ao relento e esmagar crânios.

— Aí você me pegou — retrucou Viv. — Não, não vou voltar. — Ela olhou para Gallina, pensativa. — Mas, antes de entrar nesse assunto, devo a todos vocês um pedido de desculpas. Não me orgulho da maneira como fui embora. Vocês mereciam mais de mim, depois de todos esses anos. Eu só estava com medo…

— A gente sabe, Roon contou — disse Gallina, estreitando os olhos para Viv. — Fiquei meio irritada, não vou negar. Mas… é *legal* — elogiou, gesticulando para a cafeteria. — Fico feliz por você, Viv.

— Eu não liguei muito — comentou Taivus, baixinho, porque ele sabia melhor do que ninguém como evitar uma conversa difícil, ou, na verdade, qualquer conversa.

— Bem, agora que essa parte está resolvida, vamos direto ao ponto — sugeriu Roon, com um grande sorriso. — Nós somos gente de ação, certo? A não ser que você só esteja querendo encher nosso bucho. Se for o caso, eu é que não vou reclamar.

Roon começou a comer um segundo rolinho de canela, e Viv respirou fundo e suspirou.

— Então… as coisas estão indo bem. *Muito* bem, melhor até do que eu poderia ter sonhado. Só que tem um… *sujeito* nessa cidade com quem preciso lidar.

Taivus de repente pareceu mais interessado, e Gallina se pôs de pé no banco, apoiando as mãos na mesa para que pudessem se encarar melhor.

— E você ainda não deu uma boa lição nesse sujeito e colocou ele pra correr com uns ossos quebrados? — perguntou.

— Bem, não. Até agora não.

— Então você quer que a gente te *ajude* com isso? — indagou, sorrindo de um jeito ansioso e um pouco sanguinário.

— Não é tão simples assim.

— Ah, mas é *simplíssimo* — rebateu Gallina. — Não tem nada mais simples do que isso!

Viv espalmou as mãos na mesa e tentou pensar nas palavras certas.

— É o seguinte. Achei que… a *ameaça* que represento fosse ser suficiente, até pendurei a Sangue-Preto na parede como, sei lá, uma espécie de aviso. Não quero resolver isso da mesma maneira que a antiga Viv teria feito, porque… porque… — Ela lutou para articular o pensamento.

— Porque, se fizer desse jeito, vai estragar tudo — completou Tandri, juntando-se à conversa.

— Ela já lidou com problemas assim mais de dez vezes — disse Roon, cético. — Mais de vinte, até! Não há vergonha alguma em proteger o que é nosso. Não entendo como algo assim estragaria as coisas. Só vai estragar a cara de seja lá quem for o idiota tentando arrumar problemas com ela.

— Não foi isso o que eu quis dizer — retrucou Tandri, com veemência surpreendente. — Lógico, tudo pode dar certo dessa vez, para esse problema *em particular*... mas, depois que virar uma opção, depois que ela empunhar aquilo ali de novo... — A súcubo apontou para a espada na parede. — ... Viv vai perder o que ganhou ao ter construído este lugar sem usar esses meios. Talvez da próxima vez faça só um trabalho para ganhar algumas pratas, quando precisar de grana. Ou cace alguém procurado para ganhar um desconto no frete. E, aos poucos, esse lugar não vai mais ser a cafeteria em Thune onde todo mundo pode comer um rolinho de canela gigante. Vai se tornar o território de Viv, e é melhor não mexer com ela, porque sabe aquela vez que ela quebrou as pernas de alguém que a olhou torto?

— Ela já fez isso — sussurrou Gallina.

— Mas isso foi antes — rebateu Tandri, batendo na mesa com o dedo. — Agora, nesta cidade, a cafeteria é um recomeço. Ela deveria pagar Madrigal e deixar isso pra lá.

— Bem, Viv — começou Roon, confuso. — Se é esse o caminho que você quer trilhar, então o que a gente está fazendo aqui?

— Não sei... — Viv levantou as mãos, impotente. — Para me dar conselhos? Acho que pensei...

— Você pensou que a gente poderia cuidar disso — completou Gallina. — Você ia se oferecer pra pagar a gente? — perguntou ela, em tom questionador.

— Não, não era isso. Eu... *não sei* o que fazer.

A expressão de Viv era de sofrimento. A orc soltou um grunhido frustrado e gutural.

— O problema é que eu *não quero* pagar — disse Viv, por fim. — Acho que não consigo fazer isso. E não, não estou tentando contratar vocês para cuidarem do problema. Mas achei que, talvez... seria legal fazer uma *demonstração* de força.

— E voltamos à espada na parede — observou Tandri. — Se você quiser ir adiante com isso, é melhor usar a espada de uma vez e acabar logo com a questão.

◄ 158 ►

Todos ficaram em silêncio por um momento.

— Madrigal — disse Taivus.

— Você conhece? — perguntou Viv.

— Já ouvi falar.

— Então o que acha?

Como sempre, Taivus ficou pensativo e quieto, mas todos esperaram sem dizer nem uma palavra sequer.

— Talvez isso possa ser resolvido sem sangue — sugeriu ele, por fim.

— Sou toda ouvidos — declarou Viv.

— É possível que eu consiga uma reunião — disse Taivus.

— Um encontro num beco escuro para *fazer acordos* parece ser a melhor maneira de acabar com uma faca cravada nas costas — observou Gallina.

— Madrigal e Viv têm mais em comum do que você imagina — comentou Taivus.

— Por que diz isso?

— Já nos encontramos antes — explicou ele. — Não posso revelar muita coisa porque fiz um juramento, e levo isso a sério, mas tenho uma... sensação... de que o esforço pode valer a pena.

— E você poderia cuidar disso? — perguntou Viv.

— Acho que sim. Vou procurar um contato que tenho na cidade. A gente deve ter uma resposta amanhã ao anoitecer.

— Ainda acho que matar eles enquanto dormem seria mais seguro — interveio Gallina, que não parecia convencida.

— Eu posso garantir que não — retrucou Taivus, seco.

— E você acha mesmo que correr o risco é melhor do que pagar o que eles estão pedindo? — perguntou Tandri, cruzando os braços com uma expressão séria.

Viv pensou por um momento.

— Não acho que seja melhor — disse ela, suspirando. — Mas sinto que me livrei de todas as amarras da antiga Viv, menos uma. E não consigo cortar essa última. Eu só... não estou pronta ainda.

Tandri apertou os lábios, mas não respondeu. Houve um silêncio longo e desconfortável.

Que foi quebrado de repente quando Roon se ergueu do banco em um pulo.

— Pelos infernos, o que é isso?

A gata-gigante tinha aparecido e estava atrás deles, esfregando-se no banco e ronronando como um terremoto.

— Essa é a Amigona — explicou Viv, com um sorriso aliviado.

A orc olhou para Tandri, grata pela tensão ter sido quebrada, ou, pelo menos, adiada.

— Por que você precisa *da gente* quando tem uma criatura dessas na sua equipe? — gritou Roon.

— Ai, você é um amorzinho, não é? — arrulhou Gallina, coçando as costas de Amigona com toda a força das mãos.

Considerando seu tamanho, ela poderia cavalgar na gata-gigante sem dificuldade.

— Ela é uma gata de guarda, mas é de lua — explicou Viv, rindo. — Só aparece quando quer.

— Ela está com fome, aliás — comentou Gallina, oferecendo um rolinho de canela à criatura enorme.

Amigona engoliu em uma só dentada.

Depois disso, a conversa seguiu para outros assuntos menos delicados, e Viv buscou mais bebidas enquanto Roon comia os doces restantes.

❖

A noite já tinha caído havia bastante tempo quando o grupo enfim partiu, e Viv e Tandri começaram a fechar a cafeteria.

Juntas, limparam em silêncio, esfregando, secando e varrendo. Quando Viv estava enxugando as mãos no pano e se virou para a frente da loja, encontrou Tandri parada na entrada com uma expressão inescrutável.

— Me desculpa — falou a súcubo, de repente.

— Pelo quê?

— Eu não tinha o direito de dizer aquelas coisas, de falar por você. Então, peço desculpas.

Viv franziu a testa e olhou para as próprias mãos por um momento.

— Não, você tinha razão. Estava certa sobre como as coisas *deveriam* ser. Como eu acho que quero que sejam. Não sei se consigo fazer isso ainda. Mas... — Ela voltou a olhar para Tandri. — Espero que um dia eu consiga. Então... Obrigada.

— Ah... — Tandri assentiu de leve. — Tudo bem, então. Boa noite, Viv — acrescentou, saindo da cafeteria em silêncio.

— Boa noite, Tandri — respondeu Viv para a porta fechada.

17

Sem menção à noite anterior, Viv e Tandri trabalharam juntas, em silêncio. A orc ficou preocupada, achando que talvez as coisas fossem ficar tensas entre as duas, mas não foi o que aconteceu. A manhã foi calma e tranquila, e ela se permitiu não pensar em Madrigal, no fim do mês ou em como seria pegar a Sangue-Preto e dar uma surra em qualquer ameaça que aparecesse.

Estava agradável.

Pendry deu as caras de novo por volta do meio-dia, com o alaúde a postos e uma atitude menos apavorada, na opinião de Viv. Sorrindo, ela apontou com a cabeça para a área das mesas, e ele foi até lá. Uma música um pouco mais animada, mas com uma melodia ainda popular, começou logo em seguida, combinada com a voz doce e séria de Pendry.

Ainda mais agradável.

Mais tarde, Tandri a cutucou e murmurou:

— Ele está de volta.

— Quem?

— O jogador de xadrez misterioso.

De fato, o gnomo idoso estava abrindo um tabuleiro de madeira na mesa lá fora. Depois de organizar as peças com todo o cuidado, reproduzindo um jogo em andamento, ele entrou na loja.

Então espiou por cima do balcão e pediu, com uma voz rouca e aveludada:

— Um latte, por favor, minhas queridas. E um daqueles doces deliciosos.

E apontou para o pote de vidro com tiquinhos.

— É pra já — disse Viv.

Tandri foi preparar a bebida, e sua cauda se mexia depressa para a frente e para trás, e a orc estava começando a reconhecer esse gesto ansioso. Depois de um tempo, a súcubo não aguentou mais e perguntou, com uma naturalidade exagerada:

— Então... está esperando por alguém?

Ela apontou para o tabuleiro de xadrez do lado de fora.

O pequeno gnomo pareceu surpreso.

— Não, não — respondeu ele e, em seguida, pegou a bebida e o biscoito, assentiu e voltou para a mesa.

Em questão de instantes, Amigona apareceu, como que por mágica, e se deitou embaixo da mesa outra vez.

Tandri apertou os lábios e franziu as sobrancelhas.

— Droga! — exclamou, baixinho.

Viv riu sozinha e, como não tinha mais clientes para atender, preparou um café e foi até a outra parte da loja para assistir à apresentação de Pendry. O músico havia pegado uma das cadeiras do lado de fora e a levado para dentro para se sentar, o que, vindo dele, parecia ousado. Ela aprovava.

De olhos fechados, ele estava perdido na melodia, dedilhando as cordas e cantando uma música que a orc achava nunca ter ouvido antes.

163

Quando a canção terminou e o rapaz fez uma breve pausa, Viv se aproximou e lhe entregou a bebida.

— Você leva jeito — disse ela, olhando em volta. — Não vai deixar um chapéu ou caixa para moedas?

— Eu, há, não tinha pensado nisso, na verdade — respondeu ele, surpreso.

— Pois deveria.

— Eu... t-tudo bem — gaguejou.

— Então, aquela música que você tocou no primeiro dia. Era... incomum.

Incerto, Pendry fez uma careta e pareceu prestes a pedir desculpas.

— Não era ruim — acrescentou Viv, depressa. — Só diferente. Talvez você devesse tentar de novo, agora que deu uma certa preparada no terreno.

Viv gesticulou com a cabeça para os fregueses.

— Aquele som era algo que eu estava... experimentando. Mas talvez seja um pouco demais — explicou ele, parecendo um pouco enjoado.

— Você nem sempre foi músico, né?

Ela apontou para os dedos dele, que eram ásperos e com uma aparência envelhecida, tão diferentes dos dedos calejados de alguém que havia passado a vida toda tocando alaúde.

— Ah, não, não. O ofício da minha família era... é... um pouco diferente.

— Bem, não desista. E talvez você possa trazer aquele outro alaúde de volta quando se sentir à vontade.

Viv assentiu e deixou o rapaz encarando suas costas com os olhos arregalados.

◄─◆─►

— Olá, Cal. Que bom ver você de novo — disse Tandri.

Viv se virou e viu o hob do outro lado do balcão, de onde examinava o interior da cafeteria com um olhar crítico, como se temesse que pudesse desabar a qualquer momento.

— Parece que está aguentando firme — declarou ele.

A orc quase esperava que ele resolvesse dar um chute em uma das paredes para testar.

— O de sempre?

— Hum — respondeu ele, assentindo.

Tandri ligou o moedor e deu um sorriso caloroso e genuíno. A máquina chiou por um momento, e depois soltou um estalo e um longo zumbido, então a súcubo desligou o interruptor.

— Ai, droga, o compartimento de grãos está vazio.

— Deixa que eu pego um saco — ofereceu Viv.

— Não, eu cuido disso — falou Tandri, tocando o braço de Viv por um instante e se dirigindo para a despensa.

Viv se virou de volta para Cal, que desviou o olhar do braço dela para fazer contato visual. Ela percebeu que o hob estava com uma expressão pensativa que a deixou intrigada.

Cal pigarreou.

— Pelo visto, parece que está tudo indo muito bem — comentou ele, com mais delicadeza do que o comum.

Viv estreitou os olhos, curiosa.

— É, tudo bem. Embora eu deva dizer que gostaria de ver você mais vezes por aqui. As bebidas são por conta da casa sempre que você aparecer.

Cal bufou, mas não conseguiu esconder um sorriso.

— Está se aproveitando do meu espírito do contra pra me fazer pagar o dobro?

— O triplo, se eu conseguir, seu chato de galochas.

Com isso, Viv conseguiu arrancar uma risada dele, mas então o pegou olhando por cima de seu ombro, em direção à despensa.

165

— Está tudo indo muito bem — repetiu ele. — É bom eu passar aqui e ver, hum?

Viv estava prestes a perguntar o que ele queria dizer com aquilo, mas Tandri reapareceu.

— Desculpa. Não vai demorar muito — disse ela, abrindo o compartimento de grãos e despejando-os com estrépito.

Cal pegou a xícara e Viv recebeu seu cobre de má vontade, mas em seguida deslizou um rolinho de canela diante dele com um sorriso triunfante. O hob soltou um resmungo bem-humorado, mas aceitou o doce.

<hr/>

Gallina apareceu no fim da tarde, sozinha.

— Queria botar a conversa em dia antes de ir embora amanhã com os rapazes — disse ela, ficando na ponta dos pés para cruzar os braços no balcão. — Só nós duas.

— Lógico! É uma boa ideia, na verdade. Só me deixa fechar aqui primeiro.

— Está tudo bem — interveio Tandri. — Não precisa fechar. Pode ir.

— Tem certeza?

— Sim, eu cuido de tudo. Não está *tão* movimentado assim — argumentou Tandri, liberando-a.

— Obrigada — disse Viv, com um sorriso agradecido.

Enquanto se afastava da cafeteria com Gallina, a orc perguntou:

— Você pensou em algo específico?

A gnoma olhou para ela e arqueou uma sobrancelha.

— Eu estou com fome, e você mora aqui. O que tem de bom?

— Não posso dizer que visitei muitos pontos turísticos, mas acho que conheço um lugar.

Viv a levou ao restaurante feérico que visitara com Tandri uma vez.

— Aaah, esse lugar é chique — observou Gallina, com um brilho nos olhos.

— Ah, eu sou bastante cosmopolita agora — comentou Viv, bufando, lembrando-se do que a súcubo tinha dito.

Elas fizeram o pedido, comeram e conversaram sobre os velhos tempos. Viv começou a sentir que haviam voltado para as águas tranquilas da amizade.

Quando estavam terminando de comer, a expressão de Gallina ficou mais curiosa.

— Você sabe o que *eu* acho de toda essa história — declarou ela, mordaz, fazendo movimentos circulares com a mão.

— Você acha que eu deveria esfaqueá-los enquanto dormem — disse Viv, sorrindo um pouco.

— Isso mesmo — respondeu Gallina, séria. — Antes que eles resolvam tirar mais alguma coisa de você. E não ligo para o que Taivus diz, se você for se encontrar com esse tal de Madrigal, vai virar petisco feito uma cabra na frente de uma caverna.

— Se a situação ficar feia assim, eu sei cuidar de mim mesma.

— Eu sei que você *sabe*, só quero ter certeza de que *vai* se cuidar.

Como se em um passe de mágica, Gallina pegou quatro adagas finas e as empurrou pela mesa, na direção de Viv.

— Quero que você fique com isso — falou ela. — Não tem problema, pode deixar a Sangue-Preto lá no meio das flores ou sei lá o quê, mas não seja idiota.

Viv ficou ao mesmo tempo emocionada e um pouco exasperada. Colocou a mão grande sobre as facas e as empurrou de volta para a gnoma.

— Se eu me der essa possibilidade, posso acabar tirando vantagem disso. E eu não quero ter essa desculpa.

— Ah, pelos oito infernos, Viv.

Gallina cruzou os braços e fez um beicinho contrariado. Em seguida, guardou as facas.

— Não vai me esfaquear com uma dessas?

— Talvez mais tarde — disse a gnoma, soltando um suspiro demorado. — Que seja. Mas agora você está me devendo um doce por ter partido meu coração desse jeito.

— Vou ver se eles têm um cardápio de sobremesas.

◄ ✛ ►

Gallina acompanhou Viv até a cafeteria.

— Então, o que eu preciso fazer pra conseguir um saco daqueles rolinhos? — perguntou ela.

— Eu não acabei de te pagar uma sobremesa?

— Acontece que gnomos têm o metabolismo de um beija-flor — disse Gallina, com um sorriso enorme.

— Vou ver o que posso fazer.

Tandri, que estava fechando a cafeteria, acenou para as duas.

Viv embrulhou os últimos três rolinhos de canela, amarrou-os com um barbante e entregou o pacote para Gallina com um movimento pomposo.

— Acho que vai ser o suficiente até chegar no meu quarto — comentou Gallina, assentindo e dando uma piscadela. Então ficou séria. — Olha, não sei se devia dizer isso, porque não quero te deixar com medo da própria sombra, mas Fennus…

— O que tem ele?

— Acho que você devia ficar de olhos abertos.

— Ele falou alguma coisa?

— Não, não exatamente, mas… Não sei se você tinha algum *acordo* com ele ou coisa do tipo, mas… o cara está estranho. Talvez não seja nada de mais. É só que… Preciso ouvir minha intuição, acho.

— Vou ficar atenta — garantiu Viv, lembrando-se da visita de Fennus e de seus comentários quando se despediu.

É, a máquina de fato parece um elo de fortuna, hein?

◄+►

Viv ajudou Tandri a terminar o fechamento. Enquanto lavava e secava a última xícara, a súcubo se apoiou no balcão.

— Foi uma boa conversa? — perguntou ela.

— Foi, sim — respondeu Viv. — Conheço Gallina há anos. Ir embora daquele jeito não foi bacana. Mas acho que isso agora já são águas passadas.

— Isso é ótimo.

A cauda de Tandri chicoteou de um lado para o outro.

— Mas...? — questionou Viv, sabendo que havia mais.

— Você deveria tomar cuidado. Quando for nessa reunião.

Viv riu.

— No meu antigo trabalho, não se vive tanto quanto eu se não tomar precauções.

— Acho que é isso que me preocupa. As precauções.

A orc a encarou.

— Gallina me ofereceu umas adagas. Mas eu fiz questão de recusar.

— Eu... Isso é bom. Quer dizer, não cabe a mim... Ah, *que saco.*

Hesitante, Tandri abaixou a cabeça, e seu cabelo sedoso caiu para a frente. Então ela voltou a erguer o olhar.

— Sabe, parte do que eu sou... — continuou ela. — Parte de *quem* eu sou... é que tenho uma... sensação sobre as coisas.

— Uma sensação?

— Súcubos conseguem captar intenções, emoções. E também... segredos.

Inquieta, Viv teve o sentimento de que sabia para onde a conversa estava se encaminhando.

— Olha, eu sei que tem mais nessa história do que você está me contando. E não tem problema! Mais uma vez, não cabe a mim me meter, mas... Isso me faz pensar que a situação é mais perigosa do que algum mero mandachuva criminoso extorquindo dinheiro.

A orc pensou na Pedra Scalvert, mas Lack e os outros capangas não lhe passaram a impressão de que sabiam sobre ela. E como saberiam? A pedra não era muito conhecida e não estava visível. Viv tinha sido cuidadosa.

— Eu... tenho mesmo um segredo — admitiu Viv. — Mas não consigo imaginar como Madrigal poderia saber disso e, mesmo que soubesse, as chances de que se importasse são baixas, acredito.

— Como falei — disse Tandri —, consigo sentir certas coisas. De você. E de todos eles ontem, algo que não estava sendo dito. E tenho um mau pressentimento.

Viv pensou no alerta de Gallina sobre Fennus e se perguntou exatamente o que o elfo tinha dito para o restante do grupo.

— Vou tomar cuidado — garantiu Viv. — A essa altura, isso é tudo o que sei fazer.

— Espero que seja suficiente.

A cafeteria estava arrumada e, depois de olhar ao redor, Tandri assentiu para si mesma.

— Bem... boa noite — disse, após um longo silêncio.

Quando Tandri se virou para ir embora, Viv perguntou, de repente:

— Ei, quer que eu te leve para casa? Depois do que aconteceu com aquele Kellin, e essa sua... sensação para coisas, talvez seja mais seguro.

Tandri pensou por um momento.

— Seria legal.

◄━◆━►

A noite estava escura e fria, e do rio vinha um cheiro fresco, terroso e agradável. As lamparinas das ruas lançavam poças amarelas nas sombras azuladas da noite.

As duas caminhavam em um silêncio confortável, com a súcubo indicando o caminho, até chegarem a um prédio com uma mercearia no térreo.

— Moro no andar de cima — comentou Tandri, apontando para uma escada lateral. — Tenho certeza de que vou ficar bem seguindo daqui sozinha.

— Aham — disse Viv, de repente sem jeito. — Vejo você amanhã, então?

— Até amanhã.

Depois de vê-la subir e entrar no prédio, Viv caminhou pelas ruas de Thune por várias horas antes de voltar para a cafeteria escura, onde as últimas brasas do fogão haviam esfriado.

18

Viv entregou a Laney um dos pratos da vizinha com um rolinho de canela fresquinho e fumegante — algo que vinha fazendo havia alguns dias. Laney sempre deixava um prato limpo com quatro tostões brilhantes no balcão da cafeteria antes de fecharem a loja e, todas as manhãs, Viv devolvia o prato sem as moedas e com um rolinho.

— *Agradecida*, minha querida! — exclamou Laney, pegando o prato com mãos ansiosas. — Diga àquele rapazinho ratoide que, se quiser trocar receitas algum dia, tenho algumas que são de dar água na boca.

— Pode deixar que eu repasso o recado — respondeu Viv, imaginando o que Tico pensaria dos bolos de Laney.

— É um orgulho ter você como vizinha.

Viv olhou para a cafeteria.

— Tomara que sim, porque pelo jeito você não vai se livrar de mim.

Laney assentiu.

— É bom ver que você está com tudo ajeitado. Só está faltando uma parceria.

— Uma parceria?

O olhar da senhora ficou distraído.

— Meu velho Titus dizia que a gente se completava. Mas, lógico, quando ele dizia isso, era de um jeito... *diferente*, se é que me entende.

Viv pensou nas palavras de Laney, e a senhorinha inspirou a fumaça saindo do rolinho de canela.

— Não me incomodo de te dizer, mas esse lugar é bem melhor do que cheiro de estrume todos os dias.

Laney sorriu, e seus olhos sumiram naquelas rugas de uva--passa.

— Sempre torci para que a cafeteria superasse o alto padrão estabelecido pela bosta de cavalo.

Laney caiu na gargalhada, e Viv voltou para a cafeteria balançando a cabeça.

Taivus estava esperando ao lado da porta, cinzento e silencioso como a neblina da manhã. Ele entregou à orc um pedaço de pergaminho dobrado.

Viv agradeceu e o feérico de pedra assentiu, então se afastou pela rua feito um fantasma.

Ela desdobrou o pergaminho e leu.

SKADI-FEIRA, AO ANOITECER,
NA ESQUINA DAS RUAS GALHO E BANCO.
VENHA SOZINHA
E SEM ARMAS.

O encontro com Madrigal estava marcado.

◄━✦━►

— Não gosto dessa história de você ir sozinha — comentou Tandri.

— Mas isso não está aberto à negociação.

Viv colocou a trava nos portões e foi apagar as lamparinas das paredes.

— Eu poderia ficar de olho, de longe.

— Mesmo que não te vissem, e com certeza veriam, não adiantaria. Madrigal não está nesse endereço. Provavelmente vão me vendar e me levar para outro lugar, longe dali. Se você for atrás, eles *com certeza* vão perceber.

— Você não está preocupada?

Viv deu de ombros.

— Preocupação não vai ajudar em nada.

— Que irritante.

— Aprendi a ficar relaxada e calma há muito tempo. Assim as coisas sempre correm melhor, em geral para todo mundo.

A cafeteria estava toda arrumada e as duas estavam do lado de fora enquanto Viv trancava a porta. O sol se punha devagar, e a luz estava vermelha.

— Vá para casa — disse Viv, em tom gentil. — Eu conto tudo amanhã.

— Se você não estiver aqui amanhã cedo, o que devo fazer? — perguntou Tandri, temerosa.

— Estarei aqui. Mas, se estiver enganada... — Viv lhe entregou a chave reserva da porta da frente e, depois de pensar um pouco, tirou a que estava pendurada em seu pescoço feito um pingente. — E esta é a do cofre.

Tandri observou as chaves.

— Isso não é muito reconfortante.

Viv colocou a mão no ombro da súcubo e sentiu a tensão nos músculos dela.

— Vai ficar tudo bem. Já estive em situações piores e tenho as cicatrizes para provar. E não acho que vá ter nenhuma cicatriz nova amanhã.

— Você promete?

— Não posso prometer, mas, se eu estiver enganada, pelo menos você pode fazer a limpa no cofre.

Tandri abriu um sorrisinho tenso.

— Acho bom a porta estar aberta quando eu chegar aqui amanhã.

—◆—

Viv não precisou esperar muito na esquina das ruas Galho e Banco. Dava para ver por que haviam escolhido aquele lugar. As ruas que se cruzavam ali não eram muito bem-iluminadas, e na esquina em si havia um grande armazém caindo aos pedaços.

Um rosto familiar surgiu de uma sombra e tirou o chapéu.

— Pelo que parece, estamos quase virando bons amigos — falou Lack. — Não vai demorar muito até você passar a me chamar pelo nome.

— Acho que você deveria falar bem de mim, então — rebateu Viv, olhando em volta, mas não viu mais ninguém. No entanto, sabia que tinha mais gente ali. — E aí, como isso vai funcionar?

— Me acompanha — ordenou Lack, apontando para uma porta do armazém.

Ela obedeceu e, assim que entraram, o feérico lhe estendeu um saco.

— Uma venda não é suficiente?

— Você vai conseguir respirar, pode ficar tranquila — disse Lack, dando de ombros.

Ela suspirou e colocou o saco na cabeça. Apenas um pouco da luz fraca do armazém atravessava o tecido. A mão de Lack segurou seu cotovelo, e a orc não se encolheu ao sentir o toque.

O feérico de pedra a conduziu pelo prédio, e então ela ouviu um rangido metálico. Viv sentiu o chão de madeira tremer quando Lack abriu um alçapão de duas portas com baques que fizeram uma nuvem de poeira subir. Em seguida, ele a guiou por um lance de escadas que rangiam, tocando o topo de sua cabeça para avisá-la sobre o beiral, para que a orc não rachasse o crânio ao descer.

A princípio, Viv sentiu cheiro de terra e, depois, o aroma do rio foi ficando mais forte. Eles passaram por bolsões de frescor e correntes de vento, e viraram várias vezes. Em alguns momentos, o chão era de pedra e cascalho; em outros, de terra ou madeira.

Depois de um tempo, subiram outro lance de escadas, em direção a um cheiro de lustra-móveis, produtos de limpeza e tecidos, e de algo mais floral que Viv não conseguia identificar.

— Já pode tirar — disse Lack.

Viv arrancou o saco da cabeça e olhou em volta.

— Bem, acho que não estava esperando por isso.

O cômodo era aconchegante. Duas enormes poltronas estofadas estavam à frente de uma pequena lareira de tijolos com uma tela de proteção dobrável ornamentada, através da qual dava para ver o brilho baixo das chamas. Mesas polidas flanqueavam as poltronas, uma delas com um aparelho de chá decorado com desenhos de trepadeiras. Um grande espelho com uma moldura dourada estava pendurado sobre a lareira, e cortinas de veludo vermelho ladeavam as amplas janelas envidraçadas. As paredes eram cobertas por estantes gigantes, abarrotadas de volumes grossos. Vários *sousplats* de crochê cobriam uma longa mesa baixa e um tapete luxuoso e macio jazia sob seus pés.

Uma mulher alta e idosa estava sentada em uma das poltronas, seu cabelo grisalho preso em um coque firme; seu rosto era majestoso, mas não perverso. Ela estava fazendo crochê e se demorou completando uma carreirinha antes de olhar para Viv sem prestar atenção.

Para a orc, ficou muitíssimo claro pela atitude da senhora e pela deferência de Lack que aquela era, de fato, Madrigal.

— Por que não se senta, Viv? — sugeriu a mulher, com a voz seca e forte.

Viv obedeceu.

E, antes que a orc pudesse falar qualquer coisa, Madrigal continuou:

— Obviamente, sei muito sobre você. Isso é pelo menos metade dos meus negócios, saber das coisas. E ter contatos. Mas confesso que fiquei, *sim*, surpresa quando Taivus me procurou. É lógico, ele usava um nome diferente quando o conheci. — Ela ergueu os olhos do crochê. — Ele chegou a mencionar de onde *me* conhecia?

Sua expressão era branda, mas Viv sentiu um grande mistério por trás da pergunta.

— Não, senhora.

Madrigal assentiu, e Viv não pôde deixar de se perguntar o que teria acontecido se tivesse dado uma resposta diferente.

— O pedido de Taivus poderia não ter sido suficiente para eu concordar em encontrá-la se não tivéssemos outro conhecido em comum.

— Outro? — perguntou Viv, confusa.

— Isso mesmo.

O movimento da agulha de crochê era hipnótico.

Levou apenas mais um instante para Viv entender, e deveria ter levado menos.

— Fennus?

— Ele me forneceu algumas informações interessantes, devo dizer. E, como falei, saber das coisas é o que eu faço.

— Então ele contou uma história — desdenhou Viv. — Algo sobre o fragmento de uma antiga canção, talvez, e uma recém-chegada à cidade?

— De todas as coisas, é por isso que você está aqui, não por causa de um pagamento mensal — explicou Madrigal, agitando a mão como se o dinheiro não tivesse importância. A boca da mulher se contraiu. — Além disso, para ser sincera, apesar do que você pode pensar, dadas as circunstâncias, não tenho muita serventia para *babacas*.

Viv não conseguiu deixar de bufar.

— Você concordou em me encontrar para irritá-lo.

Ela pensou ter visto um brilho nos olhos de Madrigal.

— Bem, vamos direto ao ponto. Depois de velha, descobri que um corte rápido sangra menos.

Isso não era lá muito verdade na experiência de Viv, mas ela entendeu. Se aquela mulher queria franqueza, a orc concordava com os termos.

— O que quer saber? — indagou Viv.

— Você tem a Pedra Scalvert?

— Tenho.

— Na sua residência, imagino?

— Isso mesmo.

A mulher assentiu.

— Eu li alguns dos versos e mitos. Fennus me forneceu alguns, como você adivinhou. Mas meus próprios recursos são extensos.

— A senhora poderia *tomá-la* de mim.

Viv sentiu uma pontada de náusea, mas também uma de ousadia selvagem.

Quase como nos velhos tempos.

— Poderia mesmo, sem dúvida — concordou Madrigal, olhando para Viv com severidade. — Mas isso adiantaria de alguma coisa?

Viv pensou por algum tempo.

— É difícil saber — respondeu. — Com base nos meus conhecimentos, a localização é importante. E não tenho certeza de que realmente funciona.

— Minha querida, no seu endereço havia um estábulo abandonado, arruinado por um bêbado idiota, e em poucos meses você, uma mulher acostumada a trabalhos sangrentos, transformou o lugar em um negócio de sucesso que está chamando a atenção de todo mundo em Thune. Não seja modesta.

— Já vi tantas coincidências na vida que acho fácil duvidar. Mas a senhora deve estar certa.

— Quase nunca estou errada. Acontece vez ou outra, mas não gosto de me lembrar dessas ocorrências.

— Então... Está planejando tomá-la de mim?

Madrigal pousou a peça de crochê no colo e olhou para Viv sem piscar.

— Não.

— Posso perguntar por que não?

— Porque as informações disponíveis estão abertas à interpretação. Não estou convencida de que me traria benefícios concretos.

Viv franziu a testa, pensativa.

— Agora, sobre os pagamentos mensais... — continuou Madrigal.

Viv respirou fundo.

— Com todo respeito, senhora. Mas a verdade é que prefiro não pagar.

Madrigal voltou a fazer crochê.

— Sabe, nós duas não somos tão diferentes assim, no fim das contas — disse ela, dando um leve sorriso. — Bem, você com certeza é mais alta — acrescentou, sem humor. — Mas nós duas fomos de um extremo a outro em relação a expectativas tidas sobre nós. Só viajei na direção contrária. Sinto certa afinidade com esse tipo de ambição.

Viv se manteve em um silêncio respeitoso até Madrigal continuar.

— No entanto, certos precedentes devem ser mantidos. Eu tenho, porém, uma proposta para fazer.

— Estou ouvindo.

Depois que Madrigal fez a oferta, Viv sorriu, concordou e estendeu o braço para apertar sua mão.

19

— Uma *Pedra Scalvert?* — perguntou Tandri, devolvendo as chaves de Viv.

Na manhã seguinte, muito antes de Tico chegar, as duas já estavam sentadas à mesa comunitária. Tandri abrira a porta e entrara ainda de madrugada, não que Viv estivesse dormindo. Como prometido, a orc contou como foi o encontro, sem esconder nada.

— Já ouviu falar delas?

— Nunca. Quer dizer, acho que sei o que é um Scalvert. Em grande parte, por conta das histórias que as pessoas contam para crianças.

— Eles são grandes, feios e maus. Muitos olhos. Mais dentes do que você poderia imaginar. Difíceis de matar. E a rainha da colmeia tem uma pedra bem aqui. — Viv deu um tapinha na testa.

— E ela vale alguma coisa?

— Para a maioria das pessoas, não. Mas descobri algumas lendas. Acredite se quiser, ouvi falar dela primeiro em uma música.

Viv tirou o pedaço de pergaminho do bolso e o entregou para Tandri, que o desdobrou e leu.

— As linhas de ley — observou a súcubo, arqueando as sobrancelhas como se a ficha estivesse caindo. — Não é de admirar que você ficava nervosa toda vez que Hemington tocava no assunto.

— Você reparou, é?

— *Sua boa fortuna é o elo que impele os desejos do coração adiante...* — Tandri olhou para Viv. — E o que é, um amuleto de boa sorte?

— Algumas pessoas, mortas há muito tempo, achavam que sim. Não sei com certeza se era exatamente isso o que queriam dizer, mas essa ideia aparece várias vezes. Há muitos mitos antigos sobre as pedras, mas a gente quase não ouve falar delas hoje em dia. Deve ser porque não há muitas Rainhas Scalvert por aí, e ainda menos pessoas dispostas a matar uma.

— Bem, agora estou curiosa. Qual é o esconderijo digno de uma pedra da sorte que talvez seja mágica?

Viv se levantou do banco, gesticulou para que Tandri fizesse o mesmo e arrastou a grande mesa um pouco para o lado. Então se agachou, cavou a areia ao redor do paralelepípedo do chão e o ergueu com a ponta dos dedos.

Em seguida escavou a terra com todo o cuidado, revelando a pedra, que brilhava como se estivesse molhada.

— Estava aqui desde o primeiro dia — contou Viv.

Tandri se agachou para examinar.

— Devo dizer que a pedra era um pouquinho mais mágica na minha imaginação. E você acha que ela é a responsável por tudo isso? — perguntou a súcubo, gesticulando para o interior da cafeteria.

Viv achava que a pedra poderia ser responsável por muito mais do que a *cafeteria*, mas não disse nada.

— Eu tinha minhas dúvidas, mas Madrigal parece ter certeza de que sim.

— Mas ela deixou você escapar. Por que não quis *tirar* a pedra de você? — indagou Tandri, confusa. — Na verdade, por que os homens dela não estão aqui *agora mesmo*, vasculhando o lugar atrás disso aqui?

Tomando cuidado, Viv devolveu a pedra ao seu lugar e espalhou areia em volta dela.

— Vou chegar nessa parte — garantiu Viv, deslizando a mesa de volta.

As duas voltaram a se sentar.

— Você se lembra de Fennus?

— Difícil esquecer. E... — Ela olhou para os versos na mesa, franzindo a testa. — E agora é óbvio que ele sabia sobre a pedra.

— Aham. Parece que ele também fez questão de contar para Madrigal.

— Mas por quê? Por pura maldade? Vocês se afastaram com tanta hostilidade assim?

Viv suspirou.

— Minha teoria é que cometi um erro idiota ao dizer para ele que a pedra era o único pagamento que eu queria do nosso último trabalho. Que, por sinal, foi eu quem ajudou a encontrar. Ele deve ter ficado desconfiado, feito algumas pesquisas e imaginado que eu estava tentando deixá-los de fora de algum grande ganho. Ou, mais importante, deixar *ele* de fora.

— Se *ele* quer a pedra, não entendo por que repassaria a informação para outra parte interessada.

— Por que *me* enfrentar pela pedra, se ele pode deixar o confronto para alguém com quem já estou tendo desavenças? Para ser sincera, é bem a cara dele ficar de longe e deixar outra pessoa atacar. Talvez eu entrasse em pânico e ele me flagrasse com a pedra em mãos, assim o pouparia de ter que procurar. Caso contrário, é sempre uma boa ideia deixar seus inimigos enfraquecerem um ao outro primeiro. Aí é só esperar a poeira baixar e vasculhar os escombros. Desse jeito, talvez ele conseguisse o que queria sem acabar com um fio de cabelo sequer fora do lugar.

— Entendi, mas isso não explica por que Madrigal não quer a pedra.

Viv riu com pesar.

— Bem, não tenho como ter certeza de que é a única razão, mas parece que ela não foi com a cara dele.

— Só isso?

— Ele é um grande babaca, afinal.

— Sinto que ele não vai desistir tão fácil, não é?

A orc franziu a testa.

— Com certeza não. Na verdade, provavelmente está muito mais perigoso agora.

Viv olhou para a porta e não pôde deixar de imaginar Fennus com a orelha junto ao buraco da fechadura.

— Mas eu vou cuidar disso — garantiu.

Houve um longo silêncio. Tandri batia com o dedo no lábio inferior, a cauda fazendo movimentos vagarosos.

— Mudando de assunto — disse a súcubo, por fim. — E a mensalidade? Como vai ficar aquele esquadrãozinho de capangas de Madrigal?

Viv abriu as mãos.

— Nós chegamos a um acordo. Foi ideia dela.

— Um acordo?

— Bem, vai ter, *sim*, uma espécie de pagamento. Toda semana, na verdade.

Tandri franziu as sobrancelhas, preocupada.

— Parece que ela gostou dos rolinhos de canela de Tico.

Quando o ratoide chegou no horário de sempre, carregava com certa dificuldade uma caixa de madeira com cerca de sessenta centímetros de comprimento e trinta de largura. Viv a pegou e Tico guiou a orc até a despensa, onde ela pôs a caixa no chão e abriu a tampa. Lá dentro, embrulhado em palha, havia...

— Gelo? — perguntou ela.

Tico apontou para o gelador, onde guardavam o leite e várias cestas de ovos.

— *Mais frio. Dura mais.*

— Mas onde você conseguiu isso?

— Talvez na fábrica de gás gnômica — sugeriu Tandri.

Tico assentiu, animado.

— Não faço ideia do que é isso — disse Viv.

— É uma construção grande na beira do rio, movida a vapor e água. Não entendo bem a mecânica daquele lugar, mas de alguma maneira eles conseguem produzir gelo.

Viv olhou para a cafeteira.

— Ah, faz sentido. Quanto custou, Tico? — quis saber a orc.

O ratoide deu de ombros.

— Bem, de agora em diante, nós vamos pagar pelo gelo. Tá bem?

Ele assentiu e começou a estocar o gelador com o gelo, que já começava a derreter.

Viv olhou para o outro lado da cafeteria.

— Na verdade... Isso me deu uma ideia.

◄─✦─►

Viv foi até a cabine em que Hemington estava e sentou à sua frente. Sem prestar atenção, o rapaz ergueu os olhos de sua pesquisa. A orc empurrou uma xícara na direção dele.

O rapaz empalideceu, mas conseguiu forçar um sorriso.

— Ah, obrigado. Mas, como já disse, não gosto muito de...

— Sim, eu sei. De bebidas quentes.

Viv empurrou a xícara para mais perto dele. Hemington a puxou para si para analisar o conteúdo, e suas sobrancelhas se ergueram com curiosidade.

— Gelado? — questionou ele.

Alguns pedacinhos de gelo flutuavam em meio ao café, e a xícara suava. Ele tomou um gole hesitante, lambeu os lábios e examinou a bebida.

— Quer saber? Nada mau.

— Ótimo — disse Viv, entrelaçando os dedos e inclinando-se para mais perto. — Tenho um favorzinho para te pedir.

De repente, Hemington lançou-lhe um olhar desconfiado. Ele fez menção de devolver a bebida, mas então tomou outro gole rápido.

— Um favor?

— Na verdade, pode ser que *te* ajude. Você já colocou a sentinela, certo?

— Já. Mas eu te garanto, é…

Ela fez um gesto com a mão para interrompê-lo.

— Tenho certeza de que está funcionando bem. Nem reparei. O que eu quero saber é… você pode colocar *outra*?

— Outra?

— Isso. Para uma pessoa. Uma pessoa em *específico*.

Hemington comprimiu os lábios.

— Bem, sem dúvida. Precisaria de algumas informações muito *precisas* e alguns materiais para cuidar disso. Mas, sim, é algo que eu poderia fazer. Você tem alguém em mente?

— Tenho.

Quando terminaram a conversa, Hemington já havia esvaziado a xícara e estava mastigando o gelo.

Viv se juntou a Tandri atrás da máquina.

— Então, tenho quase certeza de que podemos adicionar uma nova bebida ao cardápio. Mas acho que vamos precisar agendar algumas entregas de gelo.

Tandri sorriu.

— Ainda tem espaço na lousa.

Mas, de repente, o sorriso dela desapareceu.

Viv olhou para a porta e lá estava Kellin, com a mesma expressão que implorava por um soco na cara.

Ele se aproximou do balcão e se apoiou ali com uma intimidade que fez a pele de Viv coçar.

— Oi, Tandri.

A súcubo não respondeu.

Viv hesitou, sem saber se ela queria que interferisse ou não.

Kellin pareceu não reparar no olhar gélido de Tandri — ou não se importou — e continuou, fazendo círculos com o dedo no balcão:

— É tão bom poder ver você sempre que quero. Na verdade, gostaria que a gente se visse *mais*, e acho que agora…

— Por favor, vai embora — pediu Tandri, com firmeza.

O homem pareceu irritado com a interrupção.

— Sabe, não há motivo para grosseria. Só estou sendo simpático. Se você estiver livre mais tarde, eu poderia…

— Ela *pediu* para você sair — interrompeu Viv. — Agora, eu estou *mandando*.

Kellin a olhou com nojo.

— Você não manda em coisa nenhuma — cuspiu ele. — Se encostar um dedo em mim, Madrigal…

— Ah, você não ficou sabendo? — interrompeu Viv. — Madrigal e eu tivemos uma conversinha. Eu cheguei a um acordo com *ela*. Ninguém te contou?

Kellin riu, mas seu tom — assim como sua expressão — pareceu um pouco inseguro, ainda mais porque Viv enfatizou o pronome *ela*.

— Então — continuou Viv —, uma coisa que ficou muito clara para mim depois da nossa conversa foi o quanto ela odeia *gente babaca*. Sabe, muitas pessoas poderiam considerar qualquer um do seu grupinho um babaca só por causa da natureza do trabalho de vocês. Mas não concordo com essa ideia — disse, gesticulando para a Sangue-Preto na parede. — Eu respeito as pessoas que precisam sujar as mãos. São ossos do ofício. Na verdade, é preciso de algo a mais para ser um babaca de verdade, e acho que Madrigal e eu concordamos nisso. — Viv o encarou, cruzando os braços. — Você não é um babaca, né, Kellin? Acho que ela ficaria muito decepcionada se esse fosse o caso.

Ele abriu e fechou a boca várias vezes, tentou recuperar a dignidade, então se virou e saiu da loja pisando com força.

Viv não disse nada para Tandri e voltou ao trabalho, mas, pelo canto do olho, notou um leve sorriso nos lábios da súcubo.

—◆—

Quando estavam arrumando a cafeteria para fechar, elas tiraram a lousa da parede de novo, e Tandri acrescentou mais um item.

⌣ CAFÉS & LENDAS ⌣
~ CARDÁPIO ~

Café ~ aroma exótico e torrefação saborosa e encorpada — ½ tostão

Latte ~ uma variação sofisticada e cremosa — 1 tostão

Qualquer bebida GELADA *~ uma alternativa chique — adicional de ½ tostão*

Rolinho de canela ~ doce divino com recheio de canela — 4 tostões

Tiquinho ~ iguaria crocante de frutas e nozes — 2 tostões

✿

SABORES FINOS PARA
~ DAMAS E CAVALHEIROS TRABALHADORES ~

Viv observava Tandri desenhar alguns flocos de neve com um floreio quando sentiu aquela sensação de arrepio nas costas e não pôde deixar de olhar por cima do ombro. Quase esperava encontrar o sorriso irônico de Fennus do outro lado da janela.

De repente, um velho ditado lhe ocorreu:

A bebida adulterada é presságio da lâmina envenenada.

20

Quando voltou do almoço, folheando um livro que havia comprado, Viv parou perto das mesas na área externa da cafeteria. Olhou para o jogo de xadrez em andamento, depois para o velho gnomo que estudava o tabuleiro.

— Esse lugar está ocupado? — perguntou ela.

— De jeito nenhum! — declarou ele, sorrindo e gesticulando para o assento.

A orc puxou a cadeira e se sentou, colocando o livro na mesa. Então estendeu a mão por cima do tabuleiro, tomando cuidado para não derrubar nenhuma peça.

— Viv — apresentou-se.

— Durias.

O gnomo idoso apertou o dedo indicador dela com a mãozinha cheia de calos. Em seguida, tomou um golinho de sua bebida.

— Preciso dizer que gosto *muito* da sua maravilhosa cafeteria — comentou ele. — Café gnômico de verdade? Nunca pensei que sentiria esse gostinho de novo. Na minha época não era tão fácil encontrar, mesmo nas cidades maiores como Radius ou Fathom. E achar café aqui? Bem... É um prazer raro.

— Que bom ouvir isso — disse Viv. — Fico feliz por ter a sua aprovação.

— Ah, com certeza. E os doces... — Ele ergueu uma das delícias de Tico. — São uma combinação excelente.

— Não posso ficar com o crédito por isso, mas vou repassar o elogio.

Durias mordeu o tiquinho e fechou os olhos para apreciar o sabor.

— Então... — começou Viv, ajeitando-se no assento. — Não precisa responder, mas minha amiga ali está ficando maluca por causa desse seu jogo de xadrez.

Viv apontou para Tandri, que olhava para ela desconfiada atrás do balcão.

— É mesmo? — perguntou ele.

— Ela jura que você nunca move as peças do outro lado. Vive tentando flagrar esse momento, mas diz que nunca conseguiu.

— Ah, eu com certeza mexo as outras peças — garantiu o gnomo, assentindo.

— Ah, *é*?

— Claro. Mas fiz isso já faz muito tempo — contou ele, como se isso fizesse algum sentido.

— Perdão?

— Sabe... — começou Durias, sem dar mais explicações. — Eu era um aventureiro como você. E *também* me aposentei.

— Eu, ah...

— Você encontrou um lugar muito tranquilo aqui. Um lugar especial. Plantou as sementes e agora está florescendo. Muito agradável. Um bom lugar para descansar. Agradeço por deixar um velhote se abrigar na sombra dos galhos do que você cultivou.

Viv ficou boquiaberta. Não tinha ideia de como responder.

O momento passou quando Durias exclamou:

— Ah, *aí* está você!

Amigona surgiu e deixou o gnomo fazer carinho atrás de suas orelhas imensas. A gata-gigante lançou um olhar desconfiado para Viv, e então se enroscou na mesa. O gnomo apoiou os pés nas costas da felina, o pelo sujo escondendo-os.

— Que animal maravilhoso — comentou ele, com verdadeira admiração.

— Muito — murmurou Viv. — Há, bem, não quero interromper. Vou deixar você voltar para o jogo.

— Imagina! — respondeu Durias. — Vá cuidar do que está cultivando.

A orc voltou ao balcão. Tandri olhou para o livro que estava nas mãos de Viv com aprovação.

— Então... o que está acontecendo com o jogo de xadrez? Ele disse alguma coisa? — perguntou, baixinho.

— Até disse, mas não sei bem se respondeu.

◄►

Por volta do meio-dia, Tico saiu às pressas depois de fazer uma série de gestos que Viv e Tandri não conseguiram entender. O ratoide com certeza tinha algum compromisso, e Viv acenou para que ele ficasse à vontade.

Ele voltou mais tarde com um pacotinho amarrado com um barbante e, quando o movimento na cafeteria ficou mais calmo, o ratoide colocou o embrulho no balcão, desamarrando-o com delicadeza. Tico desdobrou o papel para revelar vários tabletes ásperos marrom-escuros, com um brilho ceroso suave.

— O que é isso, Tico? — perguntou Tandri.

O ratoide partiu um pedacinho e colocou na boca, gesticulando para que elas fizessem o mesmo.

Viv e Tandri também pegaram uma lasca de um tablete. Primeiro, Viv cheirou e sentiu uma fragrância terrosa, levemente adocicada — quase parecida com café. Ela colocou o pedaço na língua e, quando fechou os lábios, o pedaço derreteu, espalhando-se por toda a boca. Sentiu um sabor amargo, mas com sabores mais sutis de baunilha, frutas cítricas e, no fundo, uma pitada de algo que lembrava vinho. Era ousado, cremoso e forte ao mesmo tempo, mas interessante.

Para ser sincera, Viv duvidava que fosse possível comer uma quantidade muito grande daquilo. O amargor acabaria pesando demais. Mas aquele senhor vendedor de especiarias tinha razão. Tico *era mesmo* um gênio, e ela mal podia esperar para ver o que ele tinha planejado.

Com ar reflexivo, Tandri saboreou o doce.

— Olha, vou perguntar de novo, porque preciso saber. *O que é isso?* — indagou ela.

O ratoide se inclinou para a frente, os bigodes trêmulos.

— *Chocolate.*

— Você teve alguma ideia? — quis saber Viv.

Tico assentiu e começou a escrever mais uma lista. Era mais curta do que as anteriores, mas continha pedidos por algumas panelas e frigideiras.

Viv se agachou para encará-lo.

— Tico, quando você tiver grandes ideias, pode sempre partir do princípio de que estou dentro, estamos entendidos?

O rosto do ratoide se contorceu em uma expressão satisfeita, os olhos quase se fechando em meio ao pelo macio.

◄━◆━►

Não demorou muito para Viv encontrar os ingredientes que Tico havia pedido. Voltou para a cafeteria com uma sacola no ombro, mas parou de repente na soleira da porta.

Kellin estava de volta, de pé todo tenso em frente ao balcão.

Viv ficou de cara amarrada e se preparou para largar as compras no chão, agarrá-lo pela nuca e arrastá-lo para fora.

No entanto, Tandri fez contato visual e balançou a cabeça de leve.

A súcubo entregou um saco de papel para o homem, que fez menção de agarrá-lo, mas se controlou e pegou a encomenda com delicadeza.

— Para Madrigal — disse Tandri.

Kellin assentiu com um movimento brusco, parecendo uma marionete.

— Obrigado, Tan... *senhorita* — corrigiu ele em uma voz estrangulada.

Em seguida Kellin se virou, sobressaltando-se ao avistar Viv. Mas ele se recuperou em instantes e saiu às pressas.

— Hum — murmurou Viv, observando-o se afastar. — Diabretes me mordam.

—◆—

Ao fim do dia, quando Tandri e Viv estavam se preparando para fechar tudo, a súcubo foi até a despensa e voltou com uma cesta forrada de linho.

— O que é isso? — indagou a orc, que não havia reparado no objeto antes.

A súcubo abriu a boca para responder, mas então passou a cesta para o outro braço.

— O que... você planejou fazer hoje à noite? — perguntou ela, por fim.

— Planejei fazer? Ah, nada. Em geral fico exausta e vou dormir cedo. Às vezes faço uma boquinha primeiro.

— Ah, que bom. É... Quer dizer... Achei que, levando em consideração como as coisas acabaram, a gente poderia... comemorar. Se você quiser.

Viv não sabia se já tinha visto Tandri nervosa antes, mas precisava admitir que era uma visão encantadora.

— Comemorar? Acho que não tinha pensado nisso. Obviamente, Madrigal não é mais uma grande preocupação, mas não acho que vai demorar muito para Fennus descobrir outra forma de... — Viv reparou que Tandri parecia angustiada e se interrompeu, de repente sentindo-se uma idiota. — Hum. Quer dizer, sim. É uma ótima ideia. O que você pensou?

— Nada muito chique — respondeu Tandri. — Tem um parque pequeno acima do rio, perto da Ackers. Às vezes eu vou lá à noite. Quer dizer, não vou já faz um tempo. A vista é linda, e eu, há, preparei algumas coisas. Então... É tipo um piquenique. Ai, que infantil — disse ela, tensa. — E nem parece uma comemoração.

— Parece maravilhoso — rebateu Viv.

Tandri recuperou parte de seu sorriso.

—◄✦►—

A vista era *mesmo* linda. O local não chegava exatamente a ser um parque; era mais uma área ao ar livre bem-cuidada com a estátua de algum antigo aluno da Ackers usando uma capa comprida, um homem que era, sem dúvida, mais imponente em pedra do que jamais havia sido em vida. Cerejeiras e cercas vivas rodeavam o lugar, que ficava em uma pequena elevação acima do rio. A vista era um lindo panorama do pôr do sol iluminando os telhados de cobre das torres da universidade. Pequenos redemoinhos de fumaça pontilhavam as chaminés, como velas recém-apagadas.

As duas se sentaram na grama e Tandri desembrulhou alguns pães e queijos, um potinho de vidro com compota de frutas, um salame e uma garrafa de conhaque.

— Esqueci de trazer copos — disse a súcubo.

— Por mim não tem problema, se estiver tudo bem por você.

— De verdade, não é... nada de mais.

Viv abriu a bebida, tomou um gole e passou para Tandri.

— Parece uma comemoração para mim — comentou a orc.

Tandri tomou um gole demorado, e Viv cortou o salame e espalhou a geleia em uma fatia de pão.

Elas comeram, beberam e conversaram sobre bobagens, e os pássaros se empoleiravam nas cerejeiras. O sol se pôs e o vento frio do rio surgiu em uma onda lenta e trêmula.

Ficaram em um silêncio tranquilo sob a luz minguante, e então Viv perguntou:

— Por que você saiu da universidade?

Tandri levantou a cabeça.

— E não "por que você entrou, para início de conversa"?

Viv deu de ombros.

— Não fiquei nem um pouco surpresa com essa parte — respondeu ela.

A súcubo olhou para trás, para os campanários da universidade, e pensou um pouco.

Viv achou que ela não responderia e se arrependeu de ter perguntado.

— Eu não nasci aqui. Eu vim para cá *fugida*.

A orc estava prestes a dizer algo, mas hesitou.

— Ninguém estava me perseguindo, se é isso que está se questionando. Eu estava fugindo... de mim mesma. Disso aqui. — Tandri tocou a ponta de um dos chifres, e sua cauda chicoteou. — E pensei: a universidade é um lugar para desafiar as ideias. Lá, o que importa é o que você faz, e não de onde veio, ou *do que* veio. Lógica, matemática e ciência provariam que sou mais do que as circunstâncias do meu nascimento. Mas parece que carrego isso comigo aonde quer que eu vá.

— Mas você foi universitária.

Tandri assentiu com pesar.

— Sim. Economizei até juntar o dinheiro da anuidade e fui aceita. Ninguém me barrou. Eles aceitaram o dinheiro, é claro. Não há nada que impeça o ingresso de alguém como eu.

— Mas...?

— Mas... não importava, não de verdade. Como posso dizer? Eles não me receberam muito bem.

Ela suspirou. Viv pensou em Kellin e assentiu.

— Então eu fugi — disse Tandri. — De novo.

Elas permitiram que o silêncio voltasse, e Viv passou o conhaque para a súcubo.

Tandri bebeu um gole mais longo e, quando limpou a boca, olhou para a orc.

— Nenhuma pílula de sabedoria? — perguntou.

— Nadinha.

A súcubo arqueou as sobrancelhas.

— Mas *vou* dizer uma coisa... — declarou Viv, olhando para Tandri, solene. — Que se danem esses *filhos da puta*.

Pega de surpresa, Tandri soltou uma risada que assustou os pássaros das cerejeiras.

◄─✦─►

Carregando a cesta, Viv acompanhou Tandri até em casa de novo, e desta vez subiu no apartamento dela. Nenhuma das duas estava cambaleante, já que não haviam terminado o conhaque, mas ambas estavam muito bem aquecidas e relaxadas.

Tandri abriu a porta no fim da escada e, após hesitar, chamou Viv para entrar.

Ela se abaixou para não bater a cabeça no teto baixo. O lugar tinha uma cama arrumada, algumas prateleiras abarrotadas de livros, um tapete com borlas e uma pequena penteadeira.

— Vim para cá quando fui estudar na Ackers — contou Tandri, gesticulando em volta. Ela pegou a cesta do braço de

Viv e a colocou em cima da penteadeira. — E acabei... nunca me dando ao trabalho de me mudar.

Tandri olhou para Viv, que conseguia sentir o brilho caloroso que às vezes surgia quando a súcubo estava menos desconfiada. Mas a orc não achava que esse era o motivo daquele calor formigante que ardia dentro dela. O conhaque, com certeza, era o culpado.

— Viv... — começou Tandri, mas então baixou o olhar e interrompeu o que ia dizer.

A orc não lhe deu a chance de encontrar as palavras.

— Boa noite, Tandri — disse ela, apertando o ombro da súcubo, muito consciente do tamanho e do toque áspero de sua mão. — E obrigada. Espero que eu nunca faça você fugir.

E então, antes que a amiga pudesse responder, Viv saiu, fechando a porta sem fazer barulho.

21

Viv e Tandri passaram a manhã trocando apenas murmúrios baixos, tomando cuidado para não encostarem uma na outra; as duas bastante conscientes do espaço que a outra ocupava. A orc estava distraída — preparando e servindo bebidas e cumprimentando clientes quase sem prestar atenção.

Nenhuma delas notou Tico trabalhando com seus novos utensílios de cozinha e ingredientes até que o cheiro de chocolate derretido se espalhou pela cafeteria.

Ao sentir um puxão em sua camisa, Viv olhou para baixo e viu o ratoide torcendo as mãos cheias de farinha, ansioso.

— Ah... Oi, Tico.

Na mesa dos fundos, meias-luas douradas esfriavam em fileiras por toda parte. Tico escolheu uma e ofereceu para Viv, que aceitou com um aceno de cabeça. Folheadas e amarelas, as camadas amanteigadas da massa faziam curvas suaves. O cheiro era magnífico.

Ela deu uma mordida que quase derreteu na boca, ao mesmo tempo carregada na manteiga e leve de um jeito incrível. Comparar aquele doce com um pão era como comparar seda e estopa.

— Isso... é incrível — disse Viv. Era tão bom, na verdade, que ela continuou, hesitante: — Mas, isso aqui não tem como ter o... o que era mesmo?

— Huuum... Chocolate — lembrou Tandri, beliscando a outra ponta da meia-lua e a enfiando na boca.

Ao mastigar, a súcubo soltou um pequeno suspiro e fechou os olhos.

Olhando para Viv, Tico fez um gesto de "vá em frente", a impaciência evidente. A orc deu de ombros, mordeu um pedaço maior e encontrou o centro do doce, onde estava o chocolate derretido. O sabor não era nada parecido com o que havia experimentado no dia anterior — era mais doce, mais intenso, mais rico. Cremoso e indulgente, com uma ardência sutil.

— *Pelos oito infernos*, Tico! — exclamou ela, sua boca cantando com o sabor. — Como você sempre consegue fazer isso?

Viv olhou surpresa para o doce e em seguida deu outra mordida. A orc olhou para Tandri e a encontrou paralisada, os lábios sujos de chocolate, os olhos enormes e brilhantes.

— Tico, você talvez não saiba disso, mas eu, quer dizer, *nós, súcubos*... — começou Tandri, sua cauda balançando em um gesto que apontava de sua cabeça até os pés. — Nós reagimos *intensamente* a todos os tipos de sensação. Inclusive ao gosto. E, bem...

Viv sentiu aquela pulsação calorosa outra vez, e Tico também deve ter sentido, porque piscou e estremeceu.

— Seja lá o que for isso... é quase incapacitante — completou ela, suspirando.

— Você tinha razão, Tico — disse Viv. — Nós *temos* que arrumar uma cozinha maior para você.

Tandri pensou no espaço disponível por um momento.

— Dois fogões, que tal? Talvez se afastarmos a parede?

— Vou perguntar para Cal. — Viv olhou para o ratoide. — Enquanto isso, Tico, como você chama esse doce?

A orc terminou de comer o que restava, lambendo os dedos com cuidado para consumir cada migalha macia e cada gota de chocolate.

Tico deu de ombros e pegou um, testando-o com uma apertadinha e mordiscando a ponta.

— Deixa comigo — declarou Tandri, de boca cheia.

CAFÉS & LENDAS
~ CARDÁPIO ~

Café ~ aroma exótico e torrefação saborosa e encorpada — ½ tostão

Latte ~ uma variação sofisticada e cremosa — 1 tostão

Qualquer bebida GELADA ~ uma alternativa chique — adicional de ½ tostão

Rolinho de canela ~ doce divino com recheio de canela — 4 tostões

Tiquinho ~ iguaria crocante de frutas e nozes — 2 tostões

Crescente da meia-noite ~ pão doce amanteigado com recheio

pecaminoso — 4 tostões

❖

SABORES FINOS PARA
~ DAMAS E CAVALHEIROS TRABALHADORES ~

━◄►━

A tensão silenciosa entre Tandri e ela havia evaporado, e Viv quase pensou ter imaginado aquela manhã nebulosa. Como era de se esperar, o novo doce de Tico esgotou em uma hora, e ele já estava preparando uma nova fornada.

Viv ficou olhando ao redor, pensando nas restrições de sua pequena cozinha.

O que Cal poderia sugerir, quando ela pedisse sua opinião?

A orc não parava de olhar para o autocirculador no teto, e pensou que a resposta poderia não ser nada do que esperava.

— O de sempre, Hem? — perguntou ela.

O rapaz estava perto do balcão e se inclinou para mais perto.

— Eu gostaria que você *não* me chamasse assim — disse Hemington, baixinho.

Ela sorriu, concentrada em seu trabalho.

— Humm. Isso é um sim, então?

— O que eu queria dizer é que a sentinela está quase pronta. E, sim, um café gelado, por favor.

— Ah, é mesmo? Então esse é por conta da casa.

— A sentinela deve cobrir a loja inteira e mais alguns metros de diâmetro.

— Como vou saber se ela for... ativada?

— Esse é o último detalhe — respondeu ele, colocando a mão esquerda em cima do balcão. — Vou precisar da sua mão, por favor.

Viv não hesitou e estendeu a mão, muito maior do que a dele, sobre o balcão, imitando-o. Hemington bateu o indicador e o dedo médio da mão direita na esquerda e fez vários gestos circulares e torções complexas. Surgiu uma luz azul. Antes que o brilho desaparecesse, ele tocou a palma de Viv e houve uma breve efervescência, como espuma de cerveja se dissolvendo nos lábios.

Ele afastou a mão.

— Só isso? — perguntou ela.

— Só isso. Se a sentinela for acionada, você vai sentir uma espécie de puxão suave na mão. Deve ser o suficiente para te acordar.

— Um puxão suave, é?

— Agora, lembre-se, a sentinela só funciona uma vez. Caso seja acionada, vou precisar configurar de novo. Mas... Bem, aí está.

— Uma vez é o suficiente — disse ela, deslizando a bebida para ele. — Obrigada, Hem.

Ele abriu a boca para protestar, mas em vez disso balançou a cabeça.

— De nada, Viv.

O rapaz assentiu e levou a bebida para a mesa.

— O que foi isso? — quis saber Tandri.

— Só uma medida de segurança.

⸻

Na tarde seguinte, Pendry reapareceu na loja, desta vez com o alaúde bizarro da sua primeira visita. Viv assentiu para encorajar, feliz em vê-lo.

— Então. Há... — começou ele. — Se você não gostar, *eu paro.* Ou se... se alguém reclamar.

O músico puxou o ar por entre os dentes como se estivesse se preparando para um golpe.

— Vai dar tudo certo, rapaz. Aqui, para começar, experimenta um desses. — Viv lhe entregou um crescente da meia-noite.

Pendry aceitou o doce com um olhar confuso.

— Aliás, tenho que perguntar — disse a orc, apontando para o instrumento. — *O que* é isso, exatamente?

— Ah. Isso? Bem, há, é... é um alaúde táumico. É... bem, eles são uma espécie de... novidade. — Pendry mostrou a placa cinza com pinos de prata sob as cordas. — Então, o captador áurico meio que coleta o som à medida que... há... bem, quando as cordas vibram, isso faz um... há... Na verdade, não sei como funciona — completou, sem jeito.

— Não tem problema — garantiu Viv, acenando para que ele fosse até o meio da cafeteria. — Vai lá e arrasa. Não literalmente, por favor.

Surpreso, o rapaz foi até a área das mesas enquanto dava uma mordida hesitante no doce, e Viv sorriu.

Não ouviu nenhuma música por vários minutos, e imaginou que Pendry estava terminando de comer. Uma fila de clientes se formou em frente ao balcão, e ela se esqueceu dele.

Quando Pendry começou a tocar, Viv ergueu os olhos no mesmo instante, perplexa.

O alaúde ressoava naquele mesmo tom irregular e vibrante, mas a música era mais delicada do que a de antes — as notas sutis eram dedilhadas no ritmo lento de uma balada. Sustentava uma *presença*, como se as notas reverberassem em um espaço maior, com uma sensação mais forte e calorosa. Viv também podia jurar que a música não estava tão alta quanto na primeira tentativa, abandonada prematuramente.

A orc não entendia muito de música, mas como já estava acostumada com as visitas ocasionais do jovem, escutar aquela melodia moderna e confiante já não parecia mais tão abrupta. O bardo estivera preenchendo as lacunas durante as últimas visitas e havia dado o próximo passo esperado. O estilo completamente inusitado de Pendry parecia... *certo*. Ainda mais ali.

Ela e Tandri trocaram sorrisos admirados. Viv notou o balançar sutil e ritmado da cauda da súcubo.

E decidiu que aquilo bastava como aprovação.

◄━✦━►

No decorrer da semana, a orc ficou com a constante expectativa de sentir um puxão na mão direita. Hemington havia explicado que seria leve, mas Viv imaginava que pareceria um anzol cravado em sua carne, puxando-a com força, arrastando sua mão.

No entanto, nada aconteceu.

A palma de sua mão formigava quando ela fantasiava como seria, mas depois de um tempo a sensação foi sumindo.

◄━✦━►

Laney passava na cafeteria com cada vez mais frequência, fazendo *muitas* ofertas para trocar receitas com o ratoide. Viv sempre deixava isso a cargo de Tico. A exasperação da senhorinha com os gestos e piscadelas ansiosas do ratoide ao mesmo tempo a divertia e a deixava um pouco culpada por empurrar a vizinha para ele. Viv também achava que Tico ficava especialmente enigmático quando tinha que lidar com Laney.

Mas a senhora sempre comprava alguma coisa.

A gata-gigante passou a aparecer com mais frequência. Viv às vezes sentia a comichão do olhar de Amigona e se virava para encontrá-la empoleirada no mezanino, como uma gárgula coberta de fuligem, observando os fregueses com desdém.

Tandri tentou usar petiscos para atrair a felina até a cama que tinham feito para ela, mas Amigona apenas comia o que era oferecido, fazia um breve contato visual e depois se afastava com o rabo erguido.

Viv descobriu que não a incomodava ter uma monstruosidade vigilante por perto. Nem um pouco.

Viv e Tandri voltaram a um equilíbrio confortável. Não houve mais piqueniques nem caminhadas até o apartamento da súcubo. A orc nutria uma leve melancolia, mas tentava não pensar muito nisso. Sentia um alívio quase covarde por Tandri não ter mencionado a noite no parque.

Elas estavam sempre ocupadas, e os dias eram carregados de bons aromas, música inesperada e uma parceria amistosa. As esperanças de Viv em relação à cafeteria foram superadas em todos os aspectos.

Isso era suficiente... ou não era?

Viv se assustou quando Tandri jogou alguns de seus materiais de arte sobre a mesa, incluindo um frasco de tinta, um pincel fino e uma xícara.

— Tive uma ideia — anunciou.

A orc, que estava limpando a cafeteira, a encarou.

— Pode falar.

— Então, pensei bastante nisso. Eu tomo meu primeiro café enquanto trabalho. Bebo um gole sempre que quero e faço a xícara durar a manhã toda. E eu adoro isso.

Viv assentiu.

— Sim, sim. Eu também faço isso.

— Seus fregueses... Eles não têm como fazer isso.

— *Nossos* fregueses — corrigiu Viv, assentindo de novo. — Certo. Entendi.

— Bem, e se eles pudessem levar as bebidas para viagem?

— Já quis fazer isso antes, mas... — Ela deu de ombros. — Não consegui pensar em uma solução satisfatória. Então, se você *conseguir*...

— Nós podemos vender uma xícara para eles. E... — ela virou a xícara, na qual estava escrito *Viv* com a caligrafia rebuscada de Tandri — ... a gente escreve o nome das pessoas. Assim, os clientes podem deixar as xícaras no balcão, se quiserem, mas seriam deles. Podem pedir a bebida para viagem quando bem entenderem. Tudo o que precisam fazer é trazer a xícara de volta na próxima vez.

— Acho que é perfeito. — Viv coçou a nuca. — Para ser sincera, eu me sinto um pouco idiota por não ter pensado nisso antes.

— Você provavelmente teria pensando nisso uma hora ou outra.

Lá estava aquela pulsação calorosa de novo, cada vez mais reconhecível.

De repente, uma sensação antiga invadiu Viv. Um momento crítico que dependia apenas do movimento de uma lâmina, do posicionamento de um pé, de um instante de confiança oferecida ou negada. Deixar de agir naquele momento seria, em si, uma decisão tão importante quanto qualquer outra.

— Sabe, Tandri, este lugar... está se tornando tão seu quanto meu. *Você* está fazendo com que seja seu.

— Me desculpa, eu... — começou Tandri, consternada.

Viv estremeceu.

— Não foi isso o que eu quis dizer! — explicou, depressa. — Olha, sem você a cafeteria não seria o que é. Fico muito feliz que você esteja tornando o lugar seu. E quero que saiba que... que...

Viv se atrapalhou com as palavras e acabou em silêncio.

Durante a pausa confusa, Tandri murmurou:

— Não precisa se preocupar. Eu não vou a lugar algum.

Então Viv se viu perdida e sozinha em uma estrada escura, abandonada pela luz que a havia guiado até ali.

— Eu... Isso é... ótimo. Mas o que eu queria dizer é que...

O que ela queria dizer, afinal?

Será que Viv havia ficado tão complacente que confiaria o desfecho dessa conversa a uma *pedra mítica*? Tandri não era mais importante do que isso, afinal? Ela não merecia as palavras mais verdadeiras de Viv, ditas sem qualquer ambiguidade?

A escuridão estava repleta de perigos, e alguns talvez até valessem o risco.

Tandri se endireitou e forçou um sorriso rápido.

— Então, vou acrescentar isso aqui ao cardápio, tudo bem?

— É... Claro. Nós com certeza deveríamos fazer isso — respondeu Viv, sem jeito.

Tandri tinha recuado pelas duas, e a orc não conseguia decidir se estava aliviada ou decepcionada.

22

Tico soltou um guincho enfático, apontando para uma xilogravura no catálogo gnômico que Viv havia colocado sobre o balcão. O ratoide estava em pé num banquinho para conseguir ver direito.

O fogão do anúncio tinha o dobro da largura do deles, com dois fornos e fornalhas extragrandes, além de um painel na parte de trás com medidores e botões de controle de temperatura. Viv não conseguia distinguir muitos detalhes na gravura, mas o visual era bem moderno, e as especificações listadas fizeram os olhos de Tico brilharem com desejo.

— Tem certeza? — perguntou ela, arqueando as sobrancelhas, assustada ao examinar o preço.

Viv tinha chegado em Thune com uma boa quantia, mas as reformas, os gastos com equipamentos e as encomendas de alimentos especiais tinham feito suas economias diminuírem bastante. Os grãos que ela pedia com frequência de Azimute eram caros. E um novo fogão quase acabaria com sua reserva financeira, embora Viv tivesse certeza de que eles se recuperariam em alguns meses, dada a popularidade dos deliciosos preparos de Tico.

O ratoide assentiu, decidido, mas, ao ver a expressão da orc, hesitou. Então, relutante, indicou um modelo mais barato que estava mais abaixo na página.

— Não, Tico — rebateu ela, erguendo o dedo para o ratoide. — Os melhores merecem o melhor, e é isso o que você é. Vou confirmar com Cal se seria possível instalá-lo, e eu faço o pedido.

Então se virou de repente ao ouvir uma voz familiar falando com Tandri.

— Vim buscar a entrega da semana. E, há... um dos lattes, por favor, querida.

Lack estava do outro lado do balcão, cantarolando enquanto dava uma olhada no cardápio.

Tandri preparou a bebida dele, e Viv foi buscar os rolinhos de canela que havia reservado debaixo do balcão. Após um momento de reflexão, acrescentou também dois crescentes da meia-noite. Deu ao homem um leve aceno de cabeça enquanto lhe passava os doces.

— Depois me diga o que Madrigal achou do pagamento dessa semana.

— Pode deixar.

Lack retribuiu o aceno, em seguida pegou a bebida e foi embora em silêncio.

◄━✛━►

— Vai... Vai ter música hoje? — perguntou uma jovem meio ofegante e despenteada.

— A gente nunca sabe com certeza — respondeu Viv, dando de ombros. — Pendry não tem um horário certo.

— Ah... — disse ela, parecendo desapontada, mas logo tentou disfarçar.

— Você gostaria de pedir alguma coisa?

— É... Não, obrigada. Então... você não sabe quando ele deve voltar?

Viv achou que ela estava tentando — sem sucesso — parecer pouco interessada na resposta.

— Infelizmente, não.

Depois que a admiradora de Pendry saiu, Tandri ergueu uma sobrancelha, parecendo chocada.

— Essa é a terceira esta semana — comentou.

Viv olhou pensativa para a porta.

— Está pensando no que eu estou pensando?

— Você lida com ele. Eu faço a placa.

Na vez seguinte em que Pendry apareceu na cafeteria, Viv observou que a postura do rapaz estava um pouco mais confiante. Ele deu um aceno alegre de cabeça, à vontade o suficiente para ir até o palco improvisado sem pedir permissão.

— Ei, Pendry — chamou ela, antes que ele sumisse de vista.

— Você tem um minutinho?

— Há... claro.

Um traço da antiga preocupação começou a reaparecer em seu rosto, então Viv foi logo ao ponto.

— Você ainda não colocou um chapéu para moedas, né?

— Bem... não. Eu só... gosto de tocar. Ia parecer que eu estou... pedindo dinheiro, sei lá. Se meu pai ficasse sabendo...

Ele hesitou e fez uma careta.

— E se eu te pagasse? Tipo um salário, algo assim.

Pendry ficou surpreso.

— Mas... por que você faria isso? Eu... Eu... já...

— Bem, eu precisaria que você viesse com mais frequência, é claro.

— Com mais frequência?

— Digamos, quatro vezes por semana, talvez? Dia sim, dia não, algo do tipo. E sempre no mesmo horário. Talvez umas cinco da tarde? Seis tostões por dia. Que tal?

Pendry ficou incrédulo.

— Bem, eu... você realmente me *pagaria*? Para tocar?

— Aham. É isso mesmo — disse Viv, estendendo a mão.

— Sim, senhora — concordou ele, apertando-a com vigor.

— Ah, e Pendry... Ainda acho que você deveria botar um chapéu.

No fim do dia, havia outra placa pendurada do lado de fora da loja, na caligrafia rebuscada de Tandri.

~ Música ao vivo ~
Sif-feira, Tau-feira, Éolo-feira, Skadi-feira
Às cinco da tarde

—◆—

Viv acordou sobressaltada ao sentir um rasgo doloroso na palma da mão direita, a pele sendo puxada e arrancada. Ela se levantou depressa, jogando o saco de dormir longe, e examinou a mão à procura do ferimento.

Mas sua pele estava lisa e ilesa.

A sensação persistiu, subindo pelo braço. O reflexo de Viv ainda era o mesmo, apesar dos meses distante da antiga vida, e ela tateou seu saco de dormir para empunhar a Sangue-Preto. Obviamente, a espada não estava lá. A Sangue-Preto se encontrava pendurada, sem nenhuma utilidade, na parede da cafeteria, enrolada em uma guirlanda.

A sentinela que Hemington colocara ali.

Fennus.

O elfo devia ter ouvido Viv jogando o saco de dormir para o lado e o ranger das tábuas. Ou não?

Furtiva, a orc foi até a escada mesmo assim, mantendo-se encolhida e pisando descalça com cuidado. A dor na mão diminuiu. Lá embaixo, a cafeteria estava silenciosa. Quando olhou pela beirada do mezanino, um raio de luar banhava as mesas com uma luz azul.

O candelabro se assomava quase diante de seu rosto e, por baixo, Viv conseguia ver a silhueta tênue da grande mesa, as cabines sombrias nos cantos, os traços indistintos dos paralelepípedos do chão. Sua visão no escuro não era tão boa. A orc prendeu a respiração, olhando em volta com atenção para detectar qualquer movimento.

Um minuto se passou.

Outro.

Então Viv sentiu um fraco perfume, um cheiro que destoava do forte aroma de café. O perfume era suave, mas reconhecível — floral e antigo.

Ele estava de capa e capuz, mas era ele.

Nem mesmo o farfalhar do tecido traiu sua presença, mas Fennus sempre fora incrivelmente sorrateiro, em geral para vantagem do grupo. Daquela vez como sua inimiga, Viv assistiu ao avanço silencioso com espanto e respeito redobrado.

A orc precisou se esforçar para rastrear os movimentos dele, mas o viu parar do outro lado da grande mesa. Em seguida viu surgir o brilho de sua mão pálida, descansando no tampo da mesa com delicadeza. A Pedra Scalvert estava escondida logo abaixo.

Fennus inclinou a cabeça, como se estivesse ouvindo ou usando algum sentido élfico que Viv não tinha.

Não havia por que esperar.

Ela saltou, e chegou ao chão com um baque pesado.

Não havia por que ser discreta também.

— Olá, Fennus — disse.

O elfo nem teve a decência de parecer surpreso. Virando-se para a orc em um movimento suave, ele puxou o capuz para trás, e uma luz amarelo-clara surgiu em sua mão esquerda em concha. Seu rosto foi iluminado por baixo, inexpressivo e irritante como sempre.

Fennus acenou com a cabeça como se estivesse recebendo a orc em sua própria casa.

— Viv... Muito me surpreende que você tenha me ouvido — comentou ele, em um tom bastante desinteressado. E sem um pingo de vergonha.

— Tive uma ajudinha — explicou ela, dando de ombros. — Acho que não há por que perguntar o que você está fazendo aqui.

— Claro que não. E imagino que a culpa esteja te corroendo.

— Culpa? — repetiu Viv, incrédula. — Pelos oito infernos, como assim, *culpa*?

O elfo suspirou, como se a estupidez da orc o desapontasse.

— Você não nos tratou de maneira justa, Viv. Tive minhas suspeitas desde o início, sabe? Você foi tão *evasiva*.

— Foi uma divisão justa — rebateu Viv, sem se abalar. — Ainda mais para algo que se tratava de um rumor e uma aposta. O tesouro dos Scalvert era o suficiente para equilibrar a balança.

— Eu discordo — respondeu ele, com uma voz suave.

O tom paciente e razoável dele deixava Viv furiosa.

Então o elfo torceu os lábios em uma expressão aborrecida, o que era novidade. Pela primeira vez, a máscara de indiferença caiu.

— Você não foi lá muito sutil — falou ele. — Tanto músculo, pouco cérebro. Foi cansativo para você tramar e planejar tudo? A *Viv espertona*, desvendando um mistério formidável! Ora, você deve ter pensado que foi uma precursora! Admirável. Então, em posse da pedra, você deu no pé o mais rápido que pôde, com medo de deixar escapar algo caso se demorasse. Ou será que saiu correndo pela desonra de ter agido mal?

Viv riu.

— Desonra? Você só fala merda, Fennus.

— É mesmo? Então, me diga, os outros sabem?

— Que eu fiz uma aposta idiota com base em alguns versos de uma música? Não. Mas eu não senti *desonra*, Fennus. Acho que *vergonha* seria uma palavra mais apropriada.

— Aposta idiota? Parece que não.

Ele gesticulou para indicar a cafeteria. Viv trincou os dentes.

— Acordo é acordo, e eu cumpri a minha parte — declarou ela. — Você precisa *mesmo* disso, Fennus? O que acha que a pedra vai fazer por você? Ou está invadindo a minha casa, na calada da noite, para roubar o que me pertence, por *princípio*?

— Ah, por princípio? Algo do tipo, sim — murmurou ele. Seus olhos se voltaram para a espada pendurada na parede. — Você deixou a sua arma de lado, mas não fique achando que a trocou por escrúpulos.

— Acho que já falei o suficiente. Fique à vontade para agir, e depois veremos o que acontece.

— Ah, Viv, é uma pena que…

De repente, Fennus saltou para trás em um pulo desajeitado quando uma enorme sombra se lançou por cima da mesa, quase acertando o elfo com um golpe de garras assustadoras. Amigona pousou com graça predatória e se virou para o homem, rosnando.

— Essa *coisa* maldita! — cuspiu Fennus.

A gata-gigante foi até ele com passos lentos, o focinho franzido mostrando as presas impressionantes. Viv nem sabia que a felina estava por ali. Como *não* tinha notado sua presença?

O rosnado de Amigona ficou mais alto, e Fennus escapuliu com uma agilidade que nem a gata seria capaz de igualar. Em um instante, o elfo saiu pela porta e desapareceu noite adentro.

214

Por um momento, a gata-gigante ficou encarando a sombra dele com seus enormes olhos verdes. Depois, voltou para a pilha de cobertores no canto, dando uma voltinha, e então afofou a cama com as garras e se deitou para dormir.

Viv se ajoelhou com cautela e acariciou o pelo da grande felina. A vibração de seu ronronar chegou a fazer os ombros de Viv tremerem.

— Pelos oito infernos, quando foi que você começou a dormir aqui? — perguntou Viv, para si mesma. *E como não reparei antes?*

De qualquer maneira, Viv iria servir uma porção extra de leite para ela. E talvez um belo pedaço de carne.

—■+■—

Apesar da certeza de que *não havia como* Fennus ter mexido na pedra, já que ele não tivera tempo, Viv não conseguiria dormir sem se certificar.

Sendo assim, deu uma olhada na rua antes de fechar e trancar a porta da cafeteria de novo. Então, empurrando a grande mesa para o lado, ela se agachou e tirou o paralelepípedo para acariciar a Pedra Scalvert ali aninhada.

A cafeteria, Tandri, Tico, Cal... e agora Amigona. O jeito como cada semana parecia germinar e florescer na próxima, levando à satisfação de uma necessidade até então desconhecida... Até ali, suas especulações sobre os efeitos da Pedra Scalvert eram quase teóricas. Para que examinar uma coisa boa com tanta atenção?

Mas, naquele momento, a pergunta se apresentou como sempre deveria ter sido... o que aconteceria se Viv *perdesse* a pedra? Se o objeto era de fato a raiz de tudo o que ela havia cultivado, será que sua plantação murcharia e morreria, caso fosse arrancada dali? Ou será que a sorte continuaria? E, se sim, por quanto tempo?

Ela pensou nos últimos meses. E, em especial, pensou em Tandri e no mezanino austero.

Talvez a amiga tivesse razão. Talvez sua vida não se resumisse à cafeteria. Talvez ela *devesse* se preparar para perdê-la.

Entretanto, sem a cafeteria... o que Viv *de fato* tinha?

Só conseguia chegar a uma resposta.

Solidão.

23

— Ele esteve *aqui?* — perguntou Tandri, surpresa. — De *madrugada?*

Elas abriram a cafeteria mais tarde. Tandri insistiu. De primeira, Viv não contou nada, mas a súcubo, por causa de seus talentos inatos, logo percebeu que havia algo errado e exigiu saber o que estava acontecendo.

— Ele veio atrás da pedra, então. E pegou?

— Não.

Tandri esperou por uma explicação, mas, como Viv não disse mais nada, a súcubo bateu a palma da mão com força no balcão.

— O que aconteceu? Dessa vez conta *tudo*, por favor.

Então Viv narrou o encontro indesejado com todos os detalhes de que conseguia se lembrar.

— A gente devia dar um jeito de contratar a gata também — murmurou Tandri.

— Tem uma perna de cordeiro no gelador para quando ela aparecer — disse Viv, sorrindo suavemente. — Hoje de manhã ela já não estava mais lá. Não faço ideia de como saiu.

— Então, essa sentinela que Hemington colocou... Agora já se desfez. Você vai precisar que ele reconfigure.

— Não vai ser preciso — rebateu Viv. — Fennus não vai fazer a mesma coisa mais de uma vez. Vai tentar algo diferente. Não faço ideia do quê, mas vou ter que ficar bem atenta. Sou muito boa nisso... ou era, pelo menos.

— Até onde ele está disposto a ir para pegar a pedra? — perguntou Tandri, estreitando os olhos.

— Sendo bem sincera? Não sei. Com certeza mais longe do que já foi.

Tandri começou a andar de um lado para o outro, a cauda balançando, tamborilando os dedos no queixo.

— Se a pedra desaparecesse... O que aconteceria?

— Também me pergunto isso. Acho que, a essa altura, podemos partir do princípio de que ela funciona. Tudo tem corrido *tão bem*, e Madrigal também pareceu acreditar. Não é como se eu tivesse como comparar, mas mesmo assim...

— Qual seria a pior coisa que você poderia perder?

Viv olhou para Tandri e não expressou seu primeiro pensamento.

— Não sei — respondeu ela, afastando a ideia. — Talvez tudo? Talvez nada. Talvez eu devesse guardar a pedra em outro lugar, só para entender melhor. Talvez devesse jogá-la no rio e esquecer que existe. — Um suspiro exasperado. — Ou talvez eu devesse voltar a dormir com a espada.

— Para com isso — repreendeu Tandri, impaciente. — Ficar se fazendo de coitadinha não combina com você.

— Desculpa — disse Viv com uma careta.

Tandri parou de andar e de repente ficou desconfortável.

— E, de qualquer maneira, acho que se livrar dela pode ser uma ideia *bem ruim*.

— O que você quer dizer?

A súcubo agiu como se não quisesse responder, mas enfim cedeu.

— Bem... existe um conceito em taumaturgia. É... é chamado de *Reciprocidade Arcana*. É por isso que a taumaturgia tem tantas regras e não é usada na guerra, pelo menos não para matar. — Ela suspirou. — Por exemplo, você já ouviu falar que, quando uma dor é tratada com medicamentos, está apenas sendo atrasada? Quando o efeito passa, de repente todo aquele sofrimento adiado volta, como se tivesse só ficado guardado para depois?

— Já ouvi falar nisso, mas não sei se acredito. Já senti *muita* dor — disse Viv, com um sorriso irônico.

— Então — continuou Tandri —, na taumaturgia é mais ou menos assim, só que mensurável. Um efeito causado por poder arcano tem um efeito que é... *expresso* quando esse poder é removido. Tudo tem que se equilibrar. Quando o poder desaparece, algo faz com que o efeito contrário aconteça. A taumaturgia avançada trata de redirecionar essa reação.

— Então, você acha que se a pedra for levada embora, talvez haja algum tipo de... retaliação. Tipo azar?

— Não sei — respondeu a súcubo. — Será que a pedra é mesmo taúmica? Será que os mesmos princípios se aplicam? — Ela estremeceu. — *Talvez* seja o caso. Mas, se for verdade, a pergunta que você tem que... que *a gente* tem que fazer, não é só quanto temos a perder. Precisamos nos perguntar o quanto mais podemos conquistar depois de perder tudo.

Viv olhou para Tandri e cerrou a mandíbula.

— Mais do que eu gostaria de abrir mão.

◄─◆─►

Viv tentou pensar em algum outro lugar na cafeteria para guardar a Pedra Scalvert, um lugar mais seguro, mas depois de um tempo se resignou ao fato de que não faria muita diferença. Se Fennus tinha encontrado o primeiro esconderijo, o novo não permaneceria secreto por tanto tempo. Já que o pegara de surpresa, o elfo presumiria que sua intrusão seria detectada, então ela não conseguia imaginá-lo se esgueirando pela cafeteria de madrugada novamente. Viv precisava descobrir como o homem tentaria atacá-la em seguida.

Ou por quem.

Esperar um ataque não era algo que a orc estava acostumada a fazer. Tinha passado a vida inteira botando um fim a ameaças antes mesmo que elas se manifestassem, não se preparando para ser apunhalada pelas costas. A cautela constante a cansava, e Viv foi ficando cada vez mais mal-humorada e impaciente.

A primeira semana foi a pior, e mais de uma vez ela pediu desculpas para Tandri e Tico pela falta de paciência com eles. Em algumas ocasiões, Tandri a afastou com gentileza e assumiu o atendimento da cafeteria — a orc não se dera conta de que estava lançando olhares ameaçadores para algum cliente. Viv ficou ao mesmo tempo envergonhada e grata.

Mas, inevitavelmente, o tempo diminuiu sua ansiedade, reduzindo-a a sobressaltos esporádicos depois de algum ruído imaginário durante a madrugada e a olhares furtivos ao longo do dia em direção ao ponto onde a Pedra Scalvert jazia.

No meio-tempo, as apresentações de Pendry se tornaram uma espécie de aborrecimento agradável. Um público fiel começou a aparecer para assisti-lo. Muitos na plateia não compravam nada, mas Viv tinha quase certeza de que alguns de seus fãs estavam, de fato, se tornando clientes também.

Para lidar com o movimento, elas encontraram uma maneira de adicionar assentos extras. Viv comprou mais mesas, que ficavam armazenadas em um canto, e, nos dias de apresentações, ela as colocava na rua e abria os portões.

O rapaz, por sua vez, estava menos curvado e mais sorridente, e seu porte enfim parecia condizente com sua figura.

Uma ou duas vezes, Laney foi até a cafeteria para reclamar sobre o barulho, mas, como em geral as queixas eram feitas com a boca cheia de um dos doces de Tico, de algum jeito perdiam o impacto.

Até mesmo Amigona aparecia durante as apresentações, ziguezagueando entre fregueses surpresos e se acomodando debaixo da mesa comunitária. Os clientes fiéis aprenderam a tomar cuidado com seus lanches, já que ela engolia qualquer coisa em seu caminho. O chicotear do rabo da felina era o terror das xícaras.

Nem uma vez sequer a orc considerou colocá-la para fora.

Três semanas se passaram depois da invasão de Fennus e, embora Viv não pudesse fingir que a ameaça havia acabado, ela acabou relaxando e voltando à rotina. Seu humor melhorou e ela não precisou se desculpar por ter feito um comentário mal-humorado por quinze dias inteiros.

Cal começou a aparecer com mais frequência, e a orc o pegou conversando aos sussurros com Tandri uma ou duas vezes. Ele fez algumas observações em voz alta sobre a qualidade das fechaduras, e Viv lhe garantiu que iria atrás de novas.

Quando Madrigal entrou na loja, a orc ficou boquiaberta por um momento.

— Boa noite.

— Boa noite, hum... senhora — disse Viv. — Como posso ajudar?

Teve o bom senso de pelo menos não usar o nome da mulher, mas... *senhora*? Ela se encolheu por dentro.

Madrigal usava um vestido discreto e elegante e uma bolsa pendurada no braço. Viv notou pelo menos um de seus homens na rua, disfarçado. E, se havia um, pelo menos mais dois a vigiavam fora de vista.

Os olhos da mulher brilharam, frios e curiosos.

Deuses, e se eu tivesse feito dela minha inimiga?, pensou Viv. Mal podia acreditar que já tinha se dirigido à mulher com tanta franqueza.

— Ouvi falar muito deste estabelecimento — comentou Madrigal. — Na minha idade, não saio tanto quanto antes, mas a oportunidade surgiu e eu não pude deixá-la passar.

— Bem, nós tentamos ser bons vizinhos — comentou Viv, na maneira mais sutil que encontrou de perguntar se houvera algum passo em falso de sua parte.

— Ah, tenho certeza de que são. Mas nem todo mundo é tão amistoso, infelizmente. E sujeitos assim às vezes podem ser bastante persistentes.

Ela encarou a orc com um olhar significativo, então abriu a bolsa com firmeza e enfiou a mão lá dentro.

— Ah, sim, e eu gostaria de um crescente da meia-noite, por favor, minha querida.

Em um torpor, Viv pegou as moedas e entregou o pedido embrulhado em papel-manteiga. Em seguida, baixou a voz e perguntou:

— Persistentes?

Madrigal suspirou, como se toda aquela situação fosse extremamente decepcionante.

— Seria uma pena se algo desagradável acontecesse com uma vizinha tão maravilhosa. Certa vigilância nos próximos dias pode ser justificada. Torço muitíssimo para que minhas preocupações sejam equivocadas, porque... — ela deu uma mordida delicada no doce — ... estes doces são mesmo excelentes. Boa noite, querida.

Ela assentiu de um jeito elegante, virou-se e saiu com um farfalhar de seda cinza. O homem que estava na rua também desapareceu de vista.

Desconfiada, Tandri ficou observando a saída da mulher, captando o que não havia sido dito. Ela lançou um olhar de compreensão para Viv, que, em resposta, balançou a cabeça com sutileza.

Uma sensação de enjoo lhe revirou o estômago.

Depois de fecharem a cafeteria, Tandri enfim perguntou:
— Era ela? Madrigal?
— Aham.
— Ela te deu um recado.
— Deu. Mas era mais um alerta. Não sei por que ela se deu ao trabalho de me avisar, mas Fennus deve agir em breve.
— E o que a gente vai fazer?
— Bem, matá-lo é sempre uma opção — sugeriu Viv.

Tandri a encarou.
— É brincadeira — murmurou a orc.

Era mesmo?
— O problema é: eu cheguei a considerar essa opção — confessou Tandri. — Ele é tão babaca.
— Depois daquele discurso todo que você fez mês passado?
— É, bem... Ninguém é perfeito.

Viv suspirou.
— Agora estamos de volta à estaca zero — disse Viv. — Tentando adivinhar o que ele vai fazer em seguida.
— Não, não estamos. Porque a gente sabe que ele quer a pedra o suficiente para vir até aqui pessoalmente.
— Não temos como ter certeza de que ele vai tentar a mesma abordagem duas vezes. Na verdade, posso quase garantir que não.
— Bem, uma coisa *é certa*.
— O quê?
— Você não vai ficar aqui sozinha.

— Não sei por que você ainda está discutindo — disse Tandri, verificando as fechaduras.

Com água e sabão até os cotovelos, Viv esfregou a xícara com agressividade.

— É que não faz o menor sentido. Que diferença poderia fazer você estar aqui? — resmungou a orc.

Tandri começou a apagar as lamparinas das paredes, e a luz foi diminuindo.

— Tem razão. Sem a sentinela de Hemington, que diferença *eu* poderia fazer? Sou só um ser dotado de uma sensibilidade excepcional para uma gama incrível de emoções imperceptíveis. *Como* isso poderia ser útil?

Viv colocou a xícara na bancada com mais força do que pretendia, e uma rachadura subiu pela lateral do utensílio. A orc cerrou os dentes.

— Ainda não gosto da ideia.

— Já que você não consegue argumentar, acho que não me importo.

Viv se virou para olhá-la, cruzando os braços, taciturna.

— Não seja infantil — pediu Tandri. — Vamos fazer um pacto. Se um perigo mortal nos ameaçar, prometo me esconder atrás de você. Combinado?

Viv a encarou, sentindo-se cada vez mais tola, até que cedeu com um suspiro.

— Combinado.

Exaustas, as duas pararam juntas no topo da escada.

— Pensei que eu tinha te mandado comprar uma cama — comentou Tandri, dando uma olhada no mezanino.

Debaixo do braço, Viv carregava os cobertores e travesseiros quase nunca usados de Amigona.

— Bem, eu andei um pouco ocupada. Com intrusos na calada da noite e tudo mais.

Tandri revirou os olhos.

— Passa isso pra cá.

A súcubo agarrou a roupa de cama, sacudindo os pelos da gata-gigante do cobertor e dos travesseiros. Em seguida, desdobrou o saco de dormir de Viv e montou um lugar maior para dormirem.

Viv assistia à cena com certa vergonha e apreensão.

— Bem... — começou Tandri, as mãos nos quadris. — Pelo menos com o fogão ligado não deve ficar tão frio aqui. Não acredito que você vive assim.

— Eu vou ficar bem sozinha, sério. Não tem motivo nenhum para você não dormir na própria cama.

— Para com isso. A gente já teve essa discussão.

Depois de uma hesitação momentânea, Tandri se despiu até ficar só de roupas íntimas e se apressou para debaixo do cobertor e se deitou de costas para Viv.

A orc apagou a lamparina e fez o mesmo, tentando não fazer barulho, como se Tandri já estivesse dormindo, e então bufou diante dessa atitude ridícula. Ela puxou o cobertor por cima do ombro; o tecido ainda tinha um cheiro forte da gata-gigante. Mesmo de costas para a súcubo, ainda conseguia sentir seu calor.

— Boa noite, Tandri — disse ela, alto demais.

— Boa noite.

Viv olhou para a frente na escuridão.

— Isso é a sua cauda?

— Só estou me ajeitando aqui — respondeu Tandri, ácida.

Depois de se remexer um pouco, ela ficou imóvel.

Houve um longo silêncio.

225

Viv pigarreou.

— Estou feliz por você ter ficado — falou a orc.

A respiração de Tandri era lenta e regular, e Viv achou que ela já devia estar dormindo. Mas então veio a resposta, baixinha:

— Eu sei.

Depois disso, pela primeira vez em muito tempo, Viv adormeceu quase que de imediato e só acordou pela manhã.

24

Quando abriu os olhos, Viv soube pelo frio ao seu lado que Tandri já havia se levantado. Ficou surpresa por não ter despertado quando a súcubo saiu. Não teria imaginado que isso fosse possível.

Sentiu o cheiro de café fresco e se vestiu devagar, demorando sem necessidade. Então ficou irritada com a própria hesitação. Antes de Tandri, Viv nunca havia hesitado na vida. Iria mesmo começar agora? Ela desceu a escada com grande determinação.

Tandri estava sentada à mesa grande, olhando por cima de uma xícara que soltava uma fumaça suave. Quando Viv se juntou a ela, a súcubo deslizou outra xícara ainda quente em sua direção.

— Obrigada — murmurou Viv.

Tandri assentiu e tomou um gole lento.

A postura da súcubo estava relaxada, e sua cauda fazia movimentos lentos e preguiçosos. A tensão de Viv diminuiu, e ela tomou um pouco da bebida saborosa e quente. O calor se espalhou por todo o seu corpo. O burburinho de Thune despertando, abafado pelas paredes da cafeteria, cercava-as de calma.

Elas aproveitaram o café, devagar e em silêncio. Viv relutou em quebrar o silêncio confortável, mas, depois de ter se demorado feito uma covarde no mezanino, sentiu a necessidade de agir de maneira mais decidida.

— Você dormiu bem? — perguntou ela. Não foi uma das tentativas mais ousadas de puxar assunto.

— Dormi. Apesar do chão duro.

— Qualquer dia desses, vou arrumar uma cama — garantiu Viv, sorrindo.

<hr />

Quando terminaram, a orc foi pegar um queijo no gelador e alguns doces feitos por Tico que estavam embrulhados em um pano de linho na despensa. Tandri se juntou a ela na cozinha e as duas se ocuparam das tarefas da manhã — acender o fogão, as lamparinas e o lustre, encher o reservatório de óleo da máquina, verificar o leite e arrumar as xícaras. As duas comeram alguns doces e se moviam pelo lugar em lenta sincronia.

Viv abriu a porta da cafeteria e o clima tranquilo estourou como uma bolha de sabão.

O barulho do dia derrubou as duas, a ameaça sombria de Fennus foi deixada de lado e aquele outro lugar caloroso em que elas tinham passado a manhã inteira começou a parecer cada vez mais onírico. O aroma das criações de Tico e o tinir alegre dos utensílios de cozinha preenchiam o lugar, e as duas cumprimentavam os clientes já conhecidos. O barulho das conversas vinha da área das mesas, junto do tilintar mais baixo de xícaras e pratos.

Cal apareceu na cafeteria e Viv lhe mostrou o fogão que planejava encomendar para Tico. O hob leu as medidas com todo o cuidado e estreitou os olhos para a parede e o fogão enquanto Tico vasculhava a despensa.

— Hum — começou Cal, acariciando o queixo com o polegar. — Olha, acho que até dá pra fazer caber aí, mas vai ficar bem apertado. Talvez seja melhor vocês se virarem com o que têm. O autocirculador está funcionando bem agora, mas com dois fornos... Capaz de voltar a ser como era antes, todo mundo suando bem mais do que ia gostar. Acho que você devia procurar um lugar maior e deixar isso aqui pra trás, se quiser mesmo aumentar...

Foi uma constatação frustrante e, obviamente, se mudar não era uma opção. Viv olhou na direção da cozinha, de onde Tico ainda não havia saído. Ela não estava muito ansiosa para ver o rosto decepcionado do ratoide quando lhe contasse.

— É uma pena. Mas tenho outra coisa com a qual talvez você possa ajudar. — Viv levou Cal para a área das mesas. — Contratamos um músico para tocar aqui. — Ela gesticulou em direção à parede dos fundos, entre as cabines. — Estava pensando em, talvez, um... fazer um palquinho? Algo só um pouco mais alto, com um degrau.

— Certo, claro — disse Cal, feliz em concordar com algo.

Os dois conversaram sobre os detalhes, e o hob tirou a boina e seguiu seu caminho, levando uma bebida para viagem e um tiquinho.

—◆—

Quando se deram conta, o dia havia chegado ao fim.

— Não vamos discutir de novo sobre eu dormir aqui, né? — perguntou Tandri, travessa.

— Não dá para dizer que eu não aprendo com meus erros.

— Hum — disse Tandri, baixinho.

— Se bem que hoje talvez você possa virar essa sua cauda para lá — brincou Viv, sorrindo, de costas para a súcubo, guardando a última xícara.

Tandri riu baixinho.

— Vamos jantar? — perguntou, como se fosse algo que fizessem com frequência.

Viv olhou para Amigona, encolhida debaixo da mesa grande. Por incrível que parecesse, a fera tinha passado o dia inteiro na loja. Era reconfortante.

— Eu com certeza deveria comer algo além das coisas do Tico — observou Viv, dando um tapinha na barriga. — Minhas roupas estão ficando um pouco apertadas.

Tandri bufou e abriu a porta.

Elas trancaram a cafeteria e caminharam até a rua Principal, onde encontraram um lugar a que nenhuma das duas havia ido antes e jantaram juntas. Lá, conversaram sobre os últimos esforços de Laney para conseguir as receitas de Tico, sobre as más notícias do forno que teriam que dar ao ratoide e sobre Pendry e seus admiradores mais fervorosos.

— A fã número um dele estava lá ontem de novo. Chegou cedo, então conseguiu um bom lugar — comentou Viv.

— Aquela com o cabelo...? — questionou Tandri, gesticulando para indicar os cachos esvoaçantes.

— A própria. Acho que Pendry ainda não reparou.

— Humm. Bem, as pessoas tendem a não perceber o que está bem debaixo do nariz delas.

Viv estava prestes a responder com uma piada, mas algo na expressão da súcubo a fez mudar de ideia.

Por fim, conseguiu dizer:

— É, acho que você tem razão.

A conversa seguiu para outros assuntos.

◄━━◆━►

Depois do jantar, as duas voltaram para a cafeteria e apagaram as lamparinas e as velas. O ronronar estrondoso de Amigona ecoava debaixo da mesa.

— Não acredito que ela continua aqui — comentou Tandri, surpresa.

— Tenho certeza de que ela vai sumir antes do amanhecer.

Apesar do comentário, Viv esperava estar errada.

— Talvez amanhã Cal resolva dormir aqui também. Mas estamos com poucos cobertores.

A orc esperou Tandri subir a escada primeiro.

Elas voltaram ao silêncio sereno e gentil que haviam dividido por um tempinho naquela manhã e se despiram. Viv desviou o olhar de Tandri.

Então adormeceram, viradas de costas uma para a outra, confortáveis, tranquilas e aquecidas.

—◆—

Um miado desafinado e um baque pesado contra sua barriga fizeram Viv acordar assustada. Seus olhos se abriram quando Amigona a atingiu de novo com seu crânio enorme.

— O-o quê? — murmurou Tandri.

— Levanta!

Viv ficou de pé e respirou fundo. Havia um cheiro pungente no ar que ela não conseguia identificar, mas ainda estava fraco.

A gata-gigante chicoteou o rabo e saltou inquieta até a escada. Viv pensou em como aquele movimento devia ter sido impressionante. Então se deu conta de que podia enxergar o animal muito melhor do que deveria. Em um primeiro momento, pensou que a luz fraca era da lua, mas a cor estava totalmente errada.

Era de um verde-pálido cadavérico. E estava ficando mais clara.

— Que cheiro é *esse*? — perguntou Tandri, enquanto pegava suas roupas e as segurava contra o peito.

Viv não se deu ao trabalho de juntar as dela.

— Nada de bom.

Em seguida correu para a escada, e a gata-gigante saltou primeiro. A orc agarrou uma viga e se inclinou para a frente, fazendo uma careta ao ver as chamas de um verde espectral tomando as grandes portas duplas e se espalhando com rapidez. De um jeito estranho, quase não havia fumaça. Então, com um som alto e crepitante, as chamas se alastraram.

— Merda! Rápido! É um incêndio! O maldito colocou *fogo* no prédio!

— Temos que apagar! — gritou Tandri.

Viv tirou a súcubo do chão, que arfou em surpresa e quase deixou as roupas caírem quando a orc passou o outro braço por baixo de suas pernas e saltou para o andar de baixo.

Tandri grunhiu, abalada pelo impacto.

A orc a colocou no chão e foi olhar a cozinha. A porta dali também estava em chamas, e pequenas línguas de fogo subiam pela parede atrás do fogão, em direção à despensa.

Um estalo vindo de cima ressoou bem alto quando a pressão ali dentro mudou, e então o verde se derramou pelo teto como sangue escorrendo por uma lâmina. A orc ouviu estalos quebradiços e agudos, das telhas que estouravam como pipoca.

— Não é um fogo comum — apontou Tandri, levantando a voz para ser ouvida acima do rugido das chamas, os olhos arregalados de pânico.

Um fogo comum soltava fumaça, mas aquele ardia limpo e pungente como incenso.

— Não mesmo. Você tem que sair daqui. Agora.

— *Eu*? Que tal *nós duas* temos que sair daqui?

Amigona miou em um longo lamento, depois sibilou como uma chaleira. O animal estava agachado perto da grande mesa, evitando as faíscas que caíam.

Viv já havia esperado demais. Se demorasse, suas poucas opções se reduziriam a zero. Não havia como saber a que temperatura aquelas chamas incomuns poderiam chegar ou o que poderia extingui-las. Na verdade, não sabia se alguma coisa seria capaz de apagar o incêndio.

Então correu para o barril de água na cozinha, um calor intenso já emanando de onde a parede queimava. O metal no fogão estava começando a pulsar, vermelho. O vapor subia do barril.

Era *muito* mais quente do que uma chama comum.

Viv pegou algumas das tigelas de Tico, encheu uma a uma no barril e jogou a água na direção da porta da frente, agora tomada pelas chamas.

A água não teve absolutamente nenhum efeito. Chiou e evaporou antes mesmo de chegar à madeira, que já estava carbonizada, como uma teia de linhas pulsantes cor de laranja.

— Merda!

Quando se virou, viu que Tandri havia largado suas roupas e trazia várias xícaras nos braços. Ela as arremessou uma a uma na janela da frente, tentando quebrá-la, mas as xícaras explodiram com o impacto e o vidro permaneceu intacto.

Ela se virou para Viv.

— Como a gente vai sair daqui?

— Por aqui.

A orc correu de volta para a área das mesas e as grandes portas duplas, onde a trava pesada de madeira continuava no lugar. Cobras de fogo verde serpenteavam ao longo de todo seu comprimento, com cortinas de chamas descendo para encontrar as labaredas que se erguiam do chão.

Viv passou os braços ao redor de um dos bancos grandes, levantou-o e o levou em direção à porta, estreitando os olhos por causa da intensidade do calor ofuscante. Ela enganchou a ponta do banco sob a trava em chamas e puxou a madeira para cima com força. A trava balançou, mas caiu de volta em seus suportes, derramando no chão faíscas verdes que chiaram como água em uma frigideira. Várias atingiram os pés e braços nus de Viv, picando-a como vespas.

A dor foi abrasadora, e a orc sentiu o cheiro de sua própria carne queimando.

Ela ergueu o banco de novo, uma, duas vezes e, na terceira tentativa, a trava se soltou e caiu nos paralelepípedos, junto de outra cascata de faíscas verdes.

— Pra trás! — gritou Viv.

Então segurou o banco mais ao centro, ergueu-o por completo e avançou, atingindo a porta da direita, que se abriu. Viv continuou andando e saltou por cima da trava caída. Uma lufada de ar fresco da noite a atingiu, e Viv se apressou para sair da cafeteria. Arremessou o banco para longe, e ele rolou e caiu com um estrondo na rua, onde os vizinhos já iam se reunindo.

Viv se virou e viu Tandri emoldurada por uma janela daquele verde infernal, as chamas da trava caída ainda mais altas.

Uma sombra se materializou à direita de Tandri e então se lançou através das chamas. Amigona aterrissou em uma pose nada graciosa sobre as pedras, com os pelos fumegantes, lhes deu um breve olhar aterrorizado e fugiu por um beco.

Viv voltou a encarar Tandri.

A súcubo estendeu o braço com uma careta de dor, as lágrimas escorrendo pelo rosto.

Respirando fundo, a orc correu de volta para o prédio, saltando por entre as chamas que pareciam quase líquidas quando passou, como água fervente. E então ela estava lá dentro. Tomando Tandri nos braços outra vez, Viv atravessou a parede verde de calor.

— Fica aqui — pediu ela, deixando Tandri na rua.

Quando se virou, a cafeteria estava sendo engolida pelas labaredas, o fogo se espalhando com velocidade sobrenatural por todas as superfícies. Ela estremeceu diante dos estampidos agudos de mais telhas explodindo, e houve uma chuva de cacos de argila, salpicando a multidão com lascas e poeira.

— Você não pode voltar pra lá! — gritou Tandri por cima do uivo do incêndio.

Viv respirou fundo e disparou para dentro.

Sentiu o cheiro de seu cabelo queimando, mas ignorou e olhou para aquele ponto debaixo da mesa. Algo parecia errado — será que a pedra estava fora do lugar?

Não tinha tempo para isso. Não naquele momento.

Correu para a cozinha, saltando por cima do balcão. A despensa fervia atrás dela, o calor pressionando-a como uma força física. A orc puxou o cofre e o jogou no balcão. Saltou de novo e colocou-o debaixo do braço em um único movimento, então correu para as portas. Com um rugido, arremessou o cofre na rua, tentando mirar longe do ponto onde achava que Tandri estava. Com um estalo ameaçador, o objeto aterrissou em um dos cantos e caiu no chão, mas felizmente se manteve inteiro.

Ela correu de volta para a cozinha.

Por um instante, Viv olhou para a Sangue-Preto na parede, a guirlanda já transformada em cinzas incandescentes. Então, com as duas mãos, tirou a cafeteira do balcão e caminhou com todo o cuidado de volta até a porta aberta. Faíscas salpicavam seus ombros e cabelos, e ela sentia pequenos relâmpagos de dor. Parte da trança pegou fogo, mas ela não tinha como liberar uma das mãos para apagá-lo. Sendo assim, avançou a passos rígidos, os músculos tensos por causa da máquina volumosa e pesada. Parou em frente à trava e desejou ter tido a presença de espírito de empurrá-la para o lado com o banco para afastar o fogo e abrir caminho.

Mas agora era tarde demais. Tarde demais para qualquer outra coisa.

Ela deu uma passada exagerada por cima da trava em chamas, segurando a máquina à frente. As labaredas lamberam suas coxas, queimando sua pele, uma dor aguda em ambas as pernas, e então Viv estava do lado de fora.

Cambaleando até a rua, ela colocou a máquina no chão com cuidado e gemeu. Suas costas gritavam em agonia, uma dor que não sentia havia semanas.

Quando se virou para a cafeteria, a verga acima dos portões desabou, e a própria madeira se dobrou para dentro em uma onda gigantesca de fogo verde, caindo com um estrondo explosivo. A janela gradeada estourou para fora, soltando lascas e cacos de vidro e fazendo todos protegerem o rosto com os braços.

Viv e Tandri ficaram ali no meio da rua, atordoadas, olhando e assando no calor que vinha do prédio.

O telhado começou a ranger e estalar e, tremendo e afundando, desabou, as telhas se derramando no salão abaixo, onde brilharam em um vermelho-vivo nas grandes poças de chamas verdes.

Vestida apenas com roupas íntimas, de pé ao lado do cofre caído e da cafeteira, Tandri encontrou a mão de Viv e a agarrou com força. A súcubo tossiu, os olhos lacrimejando.

Viv olhou para dentro da cafeteria, o rosto sério. A grande mesa começou a cair para o lado, meio enterrada sob as telhas vermelhas como cerejas, desmoronando em cima do ponto onde ficava a Pedra Scalvert.

Ela apertou a mão da súcubo.

— Pelo menos a gente não perdeu tudo — disse a orc.

Tandri olhou desolada para a máquina e o cofre.

— Você não deveria ter se arriscado assim.

Seguindo seu olhar, Viv se virou para a súcubo e se inclinou até suas testas se encontrarem, os ombros caídos sob o peso da perda, do terror e da exaustão.

Em voz baixa, tão baixa que tinha certeza de que Tandri não ouviria por causa do rugido das chamas, do burburinho crescente da multidão e do toque dos sinos das torres de vigia, ela murmurou:

— Não foi isso o que eu quis dizer.

25

Guardiões de Portões apareceram pouco depois do incêndio se tornar mais visível, com lamparinas em mãos, gritando com a multidão cada vez maior que se juntava na rua. De modo vago, Viv ficou apenas observando até que um deles se aproximou, orientado até ela por algum vizinho. A orc respondeu às perguntas em um estado de torpor e se esqueceu das respostas quase de imediato. Quando o homem desapareceu, Viv voltou a atenção para os destroços.

Ignomantes de Ackers, identificados por túnicas, broches e ares de irritação acadêmica, apagaram as chamas espectrais e impediram que se propagassem para construções vizinhas, mas não havia nada que pudessem fazer pela cafeteria em si, então a deixaram queimar.

As chamas duraram quase até o amanhecer, e Viv e Tandri ficaram na rua, observando a loja ser reduzida a cinzas. As paredes desmoronaram e caíram aos solavancos; com um desmoronamento lento e, em seguida, num movimento súbito, as vigas tombaram para dentro em meio às faíscas.

Tandri se aninhou junto a Viv. Foram atingidas pelo calor seco, como se estivessem sendo varridas por um vento do deserto. A pele do rosto de Viv ardia, as queimaduras em suas coxas eram intensas e latejantes. Em algum momento, Laney foi mancando até as duas e levou cobertores. Estava quente demais, e Viv tirou o dela quase que de imediato, embora Tandri tivesse mantido um deles em volta dos ombros, segurando-o na frente com o punho cerrado.

Aos poucos, Tandri foi se recostando no braço de Viv, exausta. A súcubo não sugeriu que fossem embora, mas em algum momento murmurou:

— Quando você quiser, vamos lá para casa.

A orc não conseguiu se forçar a dizer nada a respeito da oferta.

Apesar do calor em sua pele, um frio se espalhou da cabeça de Viv até a ponta de seus pés, como se cada dia que ela havia passado em Thune estivesse se esvaindo, deixando um vazio crescente, a manifestação mais física de desespero que já tinha sentido.

Era disso que Tandri havia falado antes? Como tinha chamado mesmo...? *Reciprocidade Arcana*? Era essa a sensação daquele efeito? Ou era apenas um desalento comum?

Ela não sabia. E, no fim das contas, não importava.

Tandri tentou mais uma vez, ainda com indiretas:

— Você não está cansada? — perguntou, rouca.

Embora a fumaça das chamas espectrais não fosse tão abundante, mesmo assim tinha irritado suas gargantas.

— Não posso ir embora — contestou Viv. — Ainda não.

Seus olhos permaneceram fixos em um ponto no coração dos escombros fumegantes, onde antes jazia a Pedra Scalvert.

Ela precisava saber se ainda estava lá.

À medida que o dia começou a raiar, as chamas verdes crepitaram e se apagaram, como se a noite fosse um alimento tanto quanto seu combustível comum. No entanto, o calor ainda era intolerável, e não era possível se aproximar das vigas queimadas e do piso chamuscado e incandescente.

Depois de um tempo, Tandri conseguiu convencer Viv a se sentar na varanda de Laney e, juntas, observaram o sol raiar por completo. Àquela altura, a madeira escurecida pelas chamas de fato passou a fumegar de maneira mais natural, como se o fogo arcano a estivesse consumindo até então. Uma nuvem preta e tóxica de fuligem se ergueu e espiralou em direção ao céu, onde foi dissipada por uma brisa vinda do rio.

Laney estava atrás delas, apoiada em sua vassoura.

— Laney, você tem baldes para emprestar? — perguntou Viv, rouca.

A senhora entregou dois baldes e Viv segurou um em cada mão. Ainda descalça e em suas roupas íntimas de linho, a orc caminhou até o poço, encheu os dois e, com um ar sombrio, jogou água nas cinzas do vão onde antes ficavam os portões. Desta vez, sem as chamas verdes para evaporá-la antes que terminasse de cair, a água espirrou e chiou.

Ela levou os baldes de volta ao poço, encheu-os outra vez e repetiu o gesto. E repetiu. E repetiu de novo, avançando aos poucos em direção às ruínas do que outrora era a mesa de cavalete.

Viv não contou as viagens até o poço, e seus pés deixaram pegadas ensanguentadas nas pedras do pavimento. As pernas e as coxas doloridas ficaram cobertas de cinzas secas.

Tandri ficou esperando na varanda e não tentou dissuadi-la. Seria inútil.

O calor ainda era intenso e, às vezes, Viv derramava um balde sobre sua cabeça antes de voltar. A água sempre evaporava logo depois de ela voltar pela trilha que estava abrindo. A cada balde, as cinzas se tornavam lamacentas por um breve momento, até que logo secavam e voltaram a rachar.

Na rua, a multidão diminuiu um pouco, embora as pessoas restantes, que murmuravam entre si, se mantivessem longe de Viv enquanto a orc avançava pelos escombros do incêndio.

Em algum momento durante o torpor daquele processo interminável e repetitivo, Tandri desapareceu e voltou com Cal e uma pequena carroça puxada por um pônei robusto. Eles pediram a ajuda de algumas pessoas próximas e puseram a cafeteira e o cofre na carroça, e o hob as levou embora.

Viv mal deu atenção.

Por fim, chegou ao ponto certo. Quase não restava madeira da mesa, e a que havia sobrado estava queimada e se esfarelando em um padrão de retalhos. O primeiro balde de água que a atingiu a fez murchar e se desfazer como uma escultura de sal.

Viv se ajoelhou e apalpou as ruínas, queimando os dedos nas brasas escondidas ali embaixo. Em seguida se levantou e chutou as cinzas com os pés ensanguentados até que o piso abaixo ficasse exposto.

Com a respiração pesada, inalando fumaça e tossindo com força, Viv encarou aquele ponto. Mais uma viagem com os baldes, e a orc lavou algumas das cinzas acumuladas e esfriou os paralelepípedos. Pegou um pedaço de metal escurecido e alavancou a ponta, lançando o bloco sobre os restos da mesa em uma nuvem de cinzas.

Caindo de joelhos e com os dedos queimados, Viv vasculhou a terra quente além do imaginável.

No entanto, como era de se imaginar, não havia nada ali.

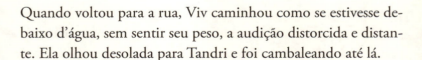

Quando voltou para a rua, Viv caminhou como se estivesse debaixo d'água, sem sentir seu peso, a audição distorcida e distante. Ela olhou desolada para Tandri e foi cambaleando até lá.

Antes de chegar à varanda de Laney, Viv ficou surpresa ao avistar Lack passando pelas pessoas que observavam. Ele trazia roupas dobradas e dois pares de sapatos de pano. O feérico de pedra entregou as vestimentas e os calçados para Viv e Tandri em silêncio, mas, de relance, a orc viu um vestido cinza sofisticado entre algumas das pessoas atrás dele. Madrigal encontrou seus olhos, deu um aceno de cabeça solene e então se afastou pela rua, majestosa e sem pressa.

— Obrigada — disse Tandri, a voz falhando.

O máximo que Viv conseguiu fazer foi estender a mão e aceitar o que Lack lhe oferecia sem deixar nada cair.

Ele murmurou algo que Viv não registrou, e então ela ficou encarando as roupas com apenas uma vaga compreensão.

Depois disso, não se lembrava de ter se sentado, mas devia ter feito isso em algum momento. Olhava para a frente sem piscar, a visão turva e os olhos lacrimejantes por causa da fumaça.

— *Ah, não...* — sussurrou alguém.

Viv piscou em reconhecimento, virou a cabeça e estreitou os olhos para ver a silhueta embaçada de Tico. Tandri se ajoelhou diante do ratoide para uma conversa silenciosa, com o cobertor de Laney cobrindo-a dos ombros até o chão.

A orc fechou os olhos e, quando abriu de novo, Tico havia sumido, e ela não sabia quanto tempo havia se passado.

De repente, Tandri estava ao seu lado de novo.

— Ele chegou.

Com gentileza, ela colocou a mão no ombro de Viv e a virou, e lá vinha Cal outra vez, com o pônei e a carroça. A súcubo a levou até eles e, tomando cuidado, a fez entrar na parte de trás, onde Viv se deitou com os pés para fora, olhando para o céu e para a faixa preta de fumaça que o dividia.

Mal conseguia ouvir a conversa de Cal e Tandri na frente da carroça barulhenta conforme se afastavam sobre as pedras. O cheiro de queimado diminuiu um pouco, mas nunca chegou a desaparecer por completo. Viv fedia a incêndio. As cinzas voaram para longe na brisa do movimento do veículo como neve soprada no ar.

Por fim, a carroça parou e alguém a conduziu por uma escada, e então a orc entrou no apartamento de Tandri. A súcubo a sentou em uma cadeira de madeira, que rangeu sob seu peso, e então desapareceu. Quando voltou, trazia uma toalha molhada, que usou para esfregar Viv com o máximo de delicadeza que pôde, embora a ponta do pano fosse como uma lixa sobre as queimaduras que cobriam quase seu corpo inteiro.

Depois disso, Tandri conseguiu despi-la e vesti-la com as roupas limpas que Lack havia levado, e então a acomodou na única cama do quarto.

Viv resistiu a fechar os olhos, resistiu a perder a consciência, mas no piscar de olhos seguinte mergulhou em uma escuridão sem sonhos.

———◆———

Acordando devagar, Viv se sentiu mais presente em seu próprio corpo, mas a desolação havia se redobrado. Abriu os olhos e o cobertor da cama de Tandri arranhou sua pele, fazendo as queimaduras doerem.

A princípio, ela fechou os olhos de novo, ansiando por voltar a dormir, mas o sono tinha desaparecido.

— Você está acordada — observou Tandri.

Viv virou a cabeça e sentiu os músculos do pescoço doerem.

Seu corpo *todo* doía.

Os pés pareciam arder.

Tandri estava sentada na cadeira com um cobertor puxado até o queixo. Seus olhos pareciam machucados, o cabelo, chamuscado. Ainda havia rastros de lágrimas em suas bochechas sujas.

O cheiro de incêndio preenchia o cômodo. As duas ainda carregavam seu fedor.

— É... — sussurrou Viv. Não achava que poderia dizer mais do que aquilo.

A orc de repente percebeu que estava morrendo de sede, uma sensação tangível.

Precisava de água.

Tandri pareceu sentir a necessidade da outra, então se levantou e se arrastou com o cobertor até a penteadeira, voltando com uma jarra cheia de água.

Viv conseguiu se erguer um pouco e beber tudo, com avidez, em algumas goladas enormes.

— Obrigada — disse, nem mesmo se dando ao trabalho de enxugar as gotas em seu queixo. Eram um alívio refrescante na pele sensível. E então, porque sentiu que precisava ser dito, acrescentou: — Desculpa.

— Por quê? — perguntou Tandri, franzindo a testa com um olhar cansado. — Por me salvar do incêndio? Aquele que eu tão prontamente ajudei a evitar?

— Olha, na verdade, acho que nós duas deveríamos agradecer à Amigona.

Tandri riu em silêncio ao ouvir isso, embora parecesse doer.

— Preciso voltar lá — declarou Viv.

— Agora? Por quê? Seja lá o que for, pode esperar. Não há nada lá para ser recuperado.

— Tem mais uma coisa que preciso ver.

Tandri a olhou, então suspirou e deu de ombros.

— Então vamos lá.

— Você deveria dormir. Eu me apossei da sua cama.

— Mesmo se eu ficasse, não iria conseguir dormir sem saber onde você está — respondeu Tandri. — O sono também pode esperar, suponho.

Viv gemeu ao se sentar completamente ereta, levantou-se e então encontrou e calçou os sapatos de pano que Madrigal havia providenciado. Quando as solas dos pés protestaram, ela sibilou por entre os dentes, mas logo se controlou.

Do lado de fora do apartamento de Tandri, viu que era fim de tarde, perto do anoitecer. Devia ter dormido por sete ou oito horas.

A caminhada até a cafeteria foi lenta, e ela pisava com bastante cuidado.

A dor que havia ignorado horas antes tinha se tornado insistente e aguda. Viv pensou no que Tandri dissera apenas um dia antes, sobre Reciprocidade Arcana. A dor que foi ignorada é ampliada ao voltar.

Devastação absoluta.

O calor havia diminuído bastante ao longo do dia, embora ainda estivesse quente a ponto de ser desconfortável. Não havia nenhuma parede de pé. Montes de cinzas, tocos de vigas queimadas e pedras caídas marcavam o perímetro, e pilhas de material carbonizado pareciam um mapa borrado do que um dia fora o interior da cafeteria.

Viv deixou Tandri na rua e entrou, tomando cuidado ao escolher onde pisar.

Foi até onde antes ficava o balcão e analisou os destroços na parte de trás.

Por fim, encontrou. Viv estendeu a mão com hesitação, tomando cuidado com o possível calor, mas o metal estava mais frio do que imaginara.

Ela tirou a Sangue-Preto dos escombros com dificuldade, e o cascalho escuro escorreu pela lâmina comprida, torcida e torturada. O couro que envolvia o cabo tinha sido completamente queimado. A guarda cruzada estava curvada e derretida; ao longo de sua extensão, a superfície torta tinha desenvolvido um brilho madrepérola que ondulava feito óleo. Uma rachadura ia de um lado até o sulco da lâmina, o aço destruído pelo calor escaldante do fogo nada natural.

245

Viv segurou a espada com ambas as mãos, a cabeça baixa.

Tinha renunciado à antiga vida, cruzado a ponte para uma nova terra, e agora se ajoelhava diante de sua ruína.

Aquela era a ponte que queimava às suas costas, deixando-a na desolação.

Ela jogou a lâmina de volta às cinzas e seguiu o único caminho que lhe restava.

26

Ela dormiu no apartamento de Tandri e acordava de vez em quando para fazer suas necessidades. Viv tinha insistido para dormir no chão, porque, de qualquer maneira, já estava acostumada. Sua noção das idas e vindas de Tandri era, na melhor das hipóteses, vaga.

No que ela achou que poderia ser o terceiro dia depois do incêndio, alguém bateu à porta. Viv ouviu a súcubo abri-la, então alguns sussurros e a pessoa entrou. Viv ouviu os passos nas tábuas do assoalho.

— Hum.

Ao ouvir aquilo, entreabriu os olhos e se virou de lado. Cal a olhou com os braços cruzados, e a orc de repente se sentiu tola... e *furiosa*... por estar deitada ali, expondo sua fraqueza para ele. No passado, teria se martirizado por dar tal vantagem a um inimigo. Tamanho descuido a teria matado umas cem vezes.

Mas Cal não era seu inimigo.

O hob puxou a cadeira e se sentou, as pernas curtas demais para os pés alcançarem o chão. Ele juntou as mãos sobre os joelhos, desviando o olhar e dando a ela um momento para se sentar.

— Cal... — murmurou Viv com a voz rouca, assentindo.

A orc se sentia cansada, como se não tivesse dormido nem um pouco.

— A primeira coisa é limpar tudo — disse o hob, indo direto ao ponto. — Daí material de construção. Daí a gente bota a mão na massa. Dessa vez vai precisar de mais gente do que só eu e você.

— Do que você está falando? — perguntou Viv, com um traço de irritação na voz.

— De reconstruir, oras. As cinzas esfriaram. Vamos tirar aquele entulho todo de lá. Talvez oito, dez viagens ao monturo. Com mais um ou dois ajudantes, vai ser bem rápido.

— Reconstruir? — indagou Viv, erguendo o olhar para ele. — Cal, eu não tenho dinheiro para isso. E, mesmo que tivesse, acho que não faria diferença.

— Hum. Tandri me contou. A pedra. — Ele deu de ombros. — Talvez agora não tenha tanta sorte, mas não achei que você fosse do tipo que foge após um golpe de nada que nem aquele.

Viv lançou um olhar para Tandri, que a encarou de volta, inexpressiva.

— Mas isso não muda as coisas — rebateu a orc.

O cofre surrado estava ao seu lado, onde devia ter sido colocado enquanto ela dormia. Viv estendeu uma das mãos enormes e o arrastou para mais perto, depois tirou a chave do pescoço e o destrancou, abrindo a tampa. Talvez sete soberanos, um punhado de peças de prata e alguns cobres soltos. A platina já tinha acabado havia muito tempo.

— Eu economizei por *anos* — contou ela, fria. — Recompensas que coletei. Trabalhos sujos. A maior parte se foi. — Seus olhos estavam tomados pela raiva. — Que nem a loja e todo o resto. Não sobrou quase nada. É menos do que eu tinha quando comecei. *Bem menos.*

Ela olhou para Tandri, que estremeceu ao ouvir seu tom de voz.

— Como você chamou, mesmo...? *Reciprocidade Arcana?* Bem, *aqui está*, essa é a retaliação.

Viv sabia que seus dentes estavam à mostra, as enormes presas sobressaindo, a pele queimada que mal tinha começado a sarar tensa sobre os ossos, a cabeça latejando.

Parte dela entendia que estava magoando os dois, ferindo seus amigos. Que uma versão mais antiga e cruel de si estava emergindo, rastejando para fora dos destroços de quem ela achava que tinha se tornado. A parte recém-arruinada de seu ser gritava para que parasse, para que não discutisse por enquanto, mas a versão mais cruel estava ganhando, sua oponente fraca e cabisbaixa demais para intervir.

— Merda! Acabou *tudo* — rosnou ela. — Desperdicei minha chance e não tenho como reconquistar tudo que perdi. — Viv encontrou o olhar de Tandri. — É agora que faço o que as pessoas desesperadas fazem. É agora que eu *fujo*.

A súcubo estremeceu como se tivesse levado um tapa.

Uma satisfação selvagem ardeu dentro de Viv, seguida por uma onda de náusea.

— Você só tem que dar tempo ao tempo — aconselhou Cal, em sua voz corajosa e paciente.

— *Que merda de diferença isso vai fazer?* — rugiu Viv em resposta.

Em seguida, os ombros da orc desabaram, e ela olhou para as próprias mãos, caídas em seu colo.

— Você devia ir embora — sussurrou Viv, rouca.

Ela ouviu o hob se levantar em silêncio e sair.

Por um momento, achou que Tandri também tivesse ido embora, mas então Viv sentiu quando a súcubo se aproximou, vindo se agachar à sua frente para acariciar lentamente sua bochecha queimada.

◄ 249 ►

A testa de Tandri tocou a dela, como dias atrás.

— Você se lembra do que me disse lá na rua? Depois do incêndio? — murmurou a súcubo, sua respiração leve no nariz e nos lábios de Viv.

— Não — mentiu a orc.

— Você falou: "Pelo menos a gente não perdeu tudo." — Tandri fez uma pausa. — E eu disse que você não deveria ter se arriscado. — Outra pausa, mais longa, sua respiração lenta e adorável. — Mas eu entendi o que você quis dizer de verdade.

Viv não notou as próprias lágrimas até que os lábios de Tandri roçaram sua bochecha úmida.

Ela abriu os olhos e encarou os de Tandri, tão próximos.

A súcubo sustentou o olhar com firmeza, o rosto impassível, mas os olhos marejados.

Viv sentiu um peso caloroso em seu peito e, por um momento, as duas foram envolvidas mais uma vez por aquela bolha de calmaria que já tinham compartilhado.

Então a versão cruel e mais antiga de Viv abriu caminho, sussurrando: *É por causa de quem ela é. Você já sentiu isso antes. Ela deixa este lado apagado como uma lamparina até precisar dele, e então o acende e você fica enfeitiçada.*

Mas quando esse terrível pensamento começou a tomar sua mente como as chamas espectrais do incêndio, a sensação logo evaporou à luz do amanhecer.

A aura calorosa e pulsante de Tandri, a que a havia se mostrado em poucos momentos fugazes, não estava presente.

Não havia nada arcano, nenhuma força, nenhum truque.

Nenhuma mágica.

Nunca houvera. Nem uma vez sequer.

Viv viu no rosto de Tandri, por mais impassível que estivesse, que a súcubo estava esperando algum julgamento. Preparando-se para ser magoada, ignorada ou aceita.

E apavorada com as três possibilidades.

A mão de Viv se ergueu e, com cautela, colocou uma mecha do cabelo queimado de Tandri atrás da orelha.

Com uma respiração profunda, ela inclinou a cabeça para a frente e roçou os lábios nos de Tandri, com a leveza de um sussurro.

Então passou os braços em volta dela e tentou não apertar com muita força.

Tandri a abraçou de volta.

◆

Cal estava errado. Foram necessárias treze viagens ao monturo para limpar os escombros. Viv não sabia onde o hob havia alugado a carroça e o pônei e estava com vergonha de perguntar. Trabalharam por uma semana para tirar todas as cinzas, as pedras e os tijolos das paredes destruídas com a carroça.

O forno derretido e deformado se desfez quando ela tentou tirá-lo dos escombros. Cal reservou os poucos tijolos e pedras que ainda poderiam ser úteis, empilhando tudo em uma parte limpa do terreno.

Enxugando a testa com o antebraço, Viv olhou para ele.

— Ainda não sei de onde vou tirar dinheiro para o calçamento e a madeira, muito menos para a mão de obra. Será que de fato faz sentido limpar tudo isso? — perguntou, a voz já sem aquele toque ácido, substituído por um tom monótono e estoico.

O hob empurrou a boina para trás e puxou uma das orelhas compridas.

— Hum. O que foi mesmo que você me disse lá nas docas? Que eu faço as coisas "mesmo quando alguns ousam dizer que seria mais sensato ficar de fora", acho? Bem… acho que, vamos dizer… pode ser que eu continue sendo pouco sensato.

Viv não conseguiu pensar em uma resposta, então voltou a encher a carroça e se concentrou no trabalho físico exaustivo.

Ficou surpresa quando Pendry apareceu no segundo dia, sem nenhum instrumento à vista. Com um leve aceno de cabeça nervoso, o músico começou a ajudar. Viv tinha que admitir, suas mãos grandes e ásperas pareciam perfeitas para carregar pedras. Quando fez menção de se oferecer para pagá-lo, ele a deteve.

— Não — disse ele, balançando a cabeça. E não disse mais nada.

Tandri aparecia de vez em quando com água ou sanduíches de queijo, e Viv tentava não ficar encarando-a demais, nem pensar muito naquele único beijo roubado.

◄ ✦ ►

Cal chegou com uma carroça cheia de tijolos e pedras.

— De onde veio isso? — perguntou Viv, estreitando os olhos, ressabiada.

O hob desceu da carroça.

— Bem… Os tijolos vieram lá da pedreira. E as pedras, do rio. Vou ter que deixar vocês dois descarregarem. Não tenho tamanho pra isso.

Viv e Pendry levaram as coisas para o terreno.

Cal empilhou alguns tijolos e tábuas para formar uma mesa improvisada e se debruçou sobre um pergaminho com uma pena e uma régua. Tandri se juntou a ele.

Quando Viv se aproximou dos dois, com a respiração ofegante, Cal ergueu os olhos.

— Achei que, já que vamos ter essa trabalheira toda, é melhor reconstruir pra deixar tudo ainda melhor, que tal? Acho que dois fornos não vão ser problema com uma cozinha maior. Então… Dá uma olhada.

Viv examinou a planta bem-feita.

— O garoto precisa de um copo d'água — comentou Tandri, a mão junto da testa para proteger os olhos do sol. — Já volto.

Quando a súcubo se afastou na direção de Pendry, Viv olhou para Cal e apontou para o pergaminho.

— Este aqui é o mezanino?

— Hum.

— Tem uma coisa que eu queria mudar — disse ela. E então hesitou. — Se... se não se importar.

— Pode falar.

Então ela contou.

—◆—

Quando Cal apareceu com pranchas de madeira e sacos de pregos, Viv o obrigou a aceitar a maior parte do que restava de suas economias. O hob não protestou, mas a orc se perguntou como ele estava pagando por *tudo* aquilo. Em algum momento, ela simplesmente se permitiu não se preocupar com o assunto, o que era ao mesmo tempo inquietante e libertador.

Depois que começaram a construção, Tico passou a se juntar ao grupo por volta do meio-dia, trazendo sacos de comida — pastéis de carne quentinhos feitos com massa folhada, pães inteiros e, uma vez, seus rolinhos de canela. Todos pararam de trabalhar e comeram juntos, sentados na parede de tijolos ainda baixa.

Laney às vezes vinha bamboleando pela rua para oferecer conselhos. Ela dizia algumas palavras de tristeza sobre o incêndio e dava no pé com alguma criação de Tico.

No fim das contas, descobriram que Pendry era um ótimo pedreiro, embora ninguém além de Viv parecesse muito surpreso com a informação.

— Ah, é — comentou ele, com as bochechas vermelhas e esfregando a nuca. — Minha família toda trabalha com isso.

Eles estavam revestindo a meia parede de tijolos com os seixos do rio quando Hemington apareceu. Em vez de livros, ele carregava uma bolsa com ferramentas.

— Boa tarde — cumprimentou ele, parecendo um pouco envergonhado.

— Hem! — exclamou Viv, surpresa ao vê-lo.

— Eu achei... Bem, imaginei que você talvez gostaria que eu colocasse algumas sentinelas na fundação. — Ele riu sem jeito. — Algumas inscrições com proteção contra incêndio talvez não sejam má ideia.

— Não sabia que isso era possível. Se eu negasse, acho que todos aqui achariam idiotice da minha parte — respondeu Viv.

— É verdade — concordou Tandri, levantando-se de onde estivera preparando a argamassa.

A súcubo sorriu para Hemington, depois arqueou uma sobrancelha para Viv. As bochechas de Tandri estavam sujas de cinza por causa da mistura e ela usava uma camisa grossa em vez de seu suéter de sempre. Viv achou que ela parecia radiante.

— Vamos nessa, então — disse Hemington. — Vou dar início aos trabalhos, que tal?

Em seguida, o rapaz pegou uma coleção de instrumentos na bolsa e foi até os quatro cantos da fundação, depois até os pontos médios de cada parede externa, onde gravou e fez inscrições e quaisquer que fossem os seus demais preparativos. Viv imaginou que provavelmente poderia pedir detalhes a Tandri mais tarde.

Se a Pedra Scalvert tivesse *mesmo* atraído alguma energia positiva para aquele lugar, talvez ainda estivesse lá, pensou.

27

Durante a semana seguinte de trabalho, eles colocaram as vigas na cafeteria.

Naquele meio-tempo, uma carroça cheia de telhas de barro se aproximou da loja em construção. Viv olhou para Cal, que deu de ombros.

Ela se aproximou, acenando para o condutor.

— O que é isso?

Era um homem grande, fortão e de barba despenteada. O camarada ao lado dele era esguio, com músculos definidos. Viv teve a impressão de já ter visto os dois antes em algum lugar, mas não conseguia identificá-los.

— Entrega — anunciou o condutor.

— Aham, mas quem mandou?

— Infelizmente não posso dizer — respondeu ele, sem nenhuma animosidade.

— E não preciso pagar?

O homem negou com a cabeça e em seguida desceu junto com o colega.

Os dois começaram a descarregar as telhas de barro na frente do terreno.

Então ela se lembrou. Tinha visto os dois homens entre o grupo encapuzado que acompanhara Lack, várias semanas antes. Viv se permitiu dar um sorriso surpreso, pensando naquele vestido cinza sofisticado. Então, balançando a cabeça em descrença, voltou ao trabalho.

⊷✦⊶

Cobrir o telhado era um trabalho árduo, mas Cal montou um sistema de polias e Viv, obstinada, puxava baldes cheios de telhas. Uma semana se passou até que todas estivessem no lugar e, com isso, puderam começar a trabalhar nas paredes com certa tranquilidade. Pendry vinha dia sim, dia não, e Tandri era boa com martelo e pregos.

Alguns ajudantes apareciam de vez em quando, e Viv nunca sabia com certeza de qual parte da cidade estavam vindo. Se Cal os havia contratado ou se vinham a mando de Madrigal, ou se simplesmente eram pessoas que apareciam para dar uma mãozinha… A orc parou de tentar adivinhar.

Viv conseguia ver o esqueleto da loja ganhando forma em madeira e pedra, inclusive com uma escada de melhor qualidade levando ao mezanino, além da despensa, que tinha sido realocada, e das novas janelas instaladas na parte da frente.

Pendry construiu uma chaminé dupla de verdade ao longo da parede lateral, onde ficariam os novos fogões, e ainda revestiu o novo gelador subterrâneo.

Tico vinha todos os dias com alguma guloseima quentinha, e mais de uma vez Viv o pegou olhando em direção à estrutura da futura cozinha, que era mais espaçosa.

Até mesmo Amigona dava as caras de vez em quando. E, para o alívio de todos, a gata-gigante não parecia ter se ferido, embora fosse difícil saber sob o pelo cor de fuligem. Como um grande fantasma cinzento, ela ia e voltava por entre as colunas de madeira, olhando em volta com um ar territorial antes de voltar a desaparecer.

⊷✦⊷

Passaram-se mais três semanas até as paredes estarem terminadas, rebocadas e caiadas; as escadas e o corrimão, prontos; e o balcão, as cabines com mesas e a mesa grande comunitária, reconstruídos. O verão estava minguando e o vento frio do outono mordia os dedos deles o dia todo.

A madeira e os demais materiais de construção continuaram a surgir, e Viv disse a si mesma que, quando tudo terminasse, arrancaria informações de Cal e devolveria o dinheiro de seus benfeitores assim que fosse possível.

Ela seguia dormindo no chão do quarto de Tandri, embora com um saco de dormir e um travesseiro. Viv se sentia culpada por ficar ali, mas também relutava em ir embora. Fez algumas tentativas de se mudar para um hotel ou alugar um quarto com o pouco dinheiro que lhe restava, mas, toda vez, Tandri lhe dizia que estava sendo boba, e Viv não estava muito interessada em discutir.

⊷✦⊷

Viv estava com Tandri e Cal sob a luz fraca depois de mais um dia de trabalho árduo, olhando para a fachada da cafeteria e as janelas ainda sem vidro. Enquanto pensava se colocaria um pano por cima delas como proteção provisória, sentiu alguém se aproximar.

Quando olhou para baixo, Durias, o senhorzinho enxadrista, cumprimentou-os com um aceno de cabeça. Ela não ficou surpresa quando Amigona apareceu atrás dele e ficou parada como um guarda, mais alta do que o gnomo.

— Fico feliz em ver que você decidiu ficar. — Ele sorriu para Viv. — Teria sido uma pena perder um café tão bom.

⊶ 257 ⊷

— Não foi graças a mim — comentou ela.

Com o braço, a orc gentilmente cutucou Tandri e teve a impressão de que a súcubo se inclinou em sua direção, bem de leve.

— Foi graças a esses dois — completou, indicando os amigos.

Pensativa, Tandri continuou a olhar para a cafeteria.

— Talvez a pedra nunca tenha feito nada — murmurou a súcubo.

— Hum — concordou Cal.

— Pedra? — perguntou Durias, curioso, as sobrancelhas brancas e grossas arqueadas.

Viv achou que não havia mais motivo para fazer mistério.

— Uma Pedra Scalvert. Eu me sinto uma grandessíssima idiota, mas uma vez ouvi dizer...

— Ahh, sim — interrompeu o gnomo, assentindo. — Sei muito bem do que se trata. Existe um motivo para existirem tão poucas hoje em dia... poucas dessas criaturas, quero dizer. Uma pena. A espécie foi caçada até quase ser extinta.

— É mesmo? — perguntou Viv, a atenção completamente capturada.

— Faz muitos anos, mas várias lendas e canções antigas a transformou em algo mitológico. "O elo da boa fortuna" e essas tolices. — Ele balançou a cabeça com pesar. — Feito magnetitas da sorte ou da riqueza, ou é isso que muita gente acreditava.

— Mas elas não fazem nada disso? — perguntou Tandri.

— Bem... — respondeu o gnomo, alisando o bigode. — Não do jeito que o povo esperava.

— Então... foi *mesmo* tudo por nada. — Viv balançou a cabeça com amargura. — Infernos, tudo o que aquela pedra me trouxe foi um incêndio. Se eu não tivesse guardado aquele troço aqui, Fennus teria me deixado em paz. Tudo isso teria sido evitado.

Durias inclinou a cabeça e então beliscou a testa em um gesto pensativo.

— Eu não teria tanta certeza disso.

— Mas você acabou de dizer que...

— Falei que a pedra não funcionava do jeito que o povo esperava. Não disse que a pedra *não* funcionava.

— O que ela faz, então? — perguntou Cal.

— Aquela canção antiga tem alguma pegadinha. As Pedras Scalvert nunca trouxeram fortuna, mas formavam... pontos de encontro, pode-se dizer. Poucas pessoas sabem disso hoje em dia, mas "elo da boa fortuna" é uma antiga expressão dos feéricos do mar. Significa... *um grupo destinado*, de certa forma. Criaturas reunidas, atraídas de acordo com suas semelhanças. O que pode, *sim*, ser considerado certo tipo de sorte, obviamente. Às vezes, sorte grande! Mas não era isso o que a maioria procurava. Embora talvez devessem, não é?

— "Sua boa fortuna é o elo que impele os desejos do coração adiante" — murmurou Viv.

O olhar pensativo do gnomo se aguçou.

— É... Bem... Pelo jeito, parece ter funcionado aqui.

Viv olhou de Tandri para Cal e de volta para a cafeteria.

— Está ficando tarde! — observou Durias, e tirou a boina. — É melhor ir andando, está ficando frio. Meus ossos reclamam se não eu estiver na frente da lareira ao anoitecer. Mas não acho que seja cedo demais para dar os parabéns, certo? Ou talvez seja, eu fico um pouquinho confuso com essas coisas.

— Parabéns? Pela reconstrução?

— Também! Também. Não, eu estava me referindo a... Bem, deixa pra lá. Às vezes não sei direito em que volta estamos. Pode ser que eu esteja polindo a pedra antes do corte! Uma boa noite a todos!

Em seguida o gnomo se virou e desapareceu na rua; depois de um momento, a gata-gigante o seguiu como uma sombra grande demais.

Alguns dias depois, quando as portas e as janelas foram colocadas, duas caixas enormes chegaram em uma grande carroça e, com elas, alguns visitantes inesperados.

Roon e Gallina vinham no transporte, sentados lado a lado.

— Isso é o que estou pensando? — perguntou Viv.

Havia inscrições gnômicas nos cantos e, sem dúvida, as caixas pareciam do tamanho certo para conterem dois fornos novos.

— Depende, acho — respondeu Roon, baixando o corpo aos poucos e pulando no chão.

Viv foi ajudar Gallina, mas a gnoma lhe lançou um olhar cortante e saltou para a rua com toda a graciosidade.

— Sua parceira tem um dedo nisso — explicou Gallina, olhando para Tandri.

A súcubo tinha acabado de sair da cafeteria, ainda longe demais para ouvir a conversa.

— Minha *parceira*? — repetiu Viv, baixinho.

Gallina deu de ombros, com ar presunçoso.

— Vocês trouxeram! — exclamou Tandri.

Quando viu a expressão de Viv, ela vacilou um pouco, os passos de repente incertos.

— Você encomendou essas coisas? — indagou a orc. — Pelos oito infernos, de onde você tirou…

— Foi uma pequena doação da nossa parte — interrompeu Roon, indicando Gallina, e deu um tapinha no flanco de um dos cavalos.

— Tandri mandou uma carta contando o que rolou — disse Gallina.

Viv olhou para a súcubo, pensando na Pedra Scalvert.

— Tudo?

Tandri respirou fundo e falou, com firmeza:

— Tudo.

— Então vocês *dois* sabem sobre a Pedra Scalvert? — perguntou a orc a seus antigos camaradas.

— Quem se importa? — retrucou Gallina, gesticulando como se aquilo fosse irrelevante.

Viv supôs que era mesmo.

— Fennus — rosnou Roon, com súbita irritação.

— Vocês o viram, então? — indagou Viv.

— Não nas últimas semanas — respondeu Gallina. — Ele não foi embora nos melhores termos. O cara sempre foi meio babaca, mas isso...

A gnoma balançou a cabeça, com raiva.

— Não suporto gente trambiqueira — completou Roon. — Mas, enfim, me ajuda a carregar isso aqui?

Viv e Roon descarregaram as duas caixas e as deixaram de lado para que Cal abrisse pela manhã.

Roon saiu para estacionar a carroça em uma estrebaria e Viv não pôde deixar de achar graça, já que estavam diante de um lugar que costumava ser um estábulo.

— Então... — começou Gallina.

As três se recostaram nas caixas enquanto Viv tentava recuperar o fôlego. A pequena gnoma tirou uma adaga de um dos seus inúmeros esconderijos e brincou com ela distraidamente.

— Fennus... — continuou a gnoma. — Sei que você não queria sujar as mãos e, *admito*, parece ter dado certo. Ou coisa do tipo. Tirando essa droga de incêndio. Mas, enfim. — Ela se inclinou para olhar além de Viv e balançou a lâmina para Tandri.

— Sei que você é toda... *pacifista*, mas não dá pra dizer que não seria uma boa ideia arrancar um ou três dedos do maldito. Né?

Tandri bufou e fingiu esticar as costas.

— É melhor nem perguntar — declarou a súcubo. — Estou com raiva demais para ser objetiva.

Viv acariciou o queixo.

— Sabe, se aquele senhor estiver certo, talvez a gente nem precise fazer nada.

— Que senhor? — perguntou Gallina, franzindo a testa.

— Um gnomo com jeitinho de avô. Daquele jeito, sabe? Muito misterioso. Ele disse que a Pedra Scalvert não funciona como eu imaginava. O que foi mesmo que ele disse?

— Que ela atrai semelhantes — relembrou Tandri.

— Sim. Bem, talvez isso também aconteça com Fennus, se ele ficar com a pedra.

— Mais de um Fennus num lugar só? — disse Gallina, fazendo uma careta.

— Talvez seja como prender um bando de lobos famintos juntos. — Viv deu de ombros. — Mais cedo ou mais tarde, um deles vai comer o mais fraco. E talvez, no fim, todos se matem.

— Mas preciso dizer que fico decepcionada em saber que não vamos arrancar os dedos dele — confessou Gallina.

— Vou ver se posso fazer você se sentir melhor quando a cafeteria voltar a abrir.

— Talvez com um daqueles rolinhos de canela — refletiu a gnoma, em voz alta.

Viv bateu com o nó do dedo na tampa de uma caixa.

— Gallina, acho que posso arrumar um saco inteiro de rolinhos de canela para você.

28

O outono foi ficando cada vez mais frio, e o dia da reinauguração se aproximava, embora as duas últimas semanas tenham se arrastado. Os dias eram lotados de pequenas tarefas que demoravam mais do que parecia ser possível — instalar as lamparinas, pendurar um lustre, pintar e envernizar as mesas e o balcão, instalar os fornos e montar dois novos autocirculadores.

Viv também fez algumas encomendas especiais com um empréstimo que pegou com Gallina. Ela arrancou uma promessa meio brincalhona de que a gnoma viria atrás dela com facas na mão caso Viv não devolvesse o dinheiro em dois meses. A orc sentiu que, àquela altura, havia passado dos limites da amizade em todas as direções possíveis com todos que conhecia, embora tivesse algumas ideias de como poderia corrigir essa situação.

Quando Tico contemplou os novos fornos, a despensa e o gelador maiores, além da área de trabalho expandida nos fundos, ficou maravilhado. Corria de um lado a outro da cozinha, inspecionando todos os novos utensílios que Tandri havia preparado, espiando as portas do forno e acarinhando os fogões.

Ele se pôs diante de Viv, as mãos cruzadas na frente do corpo, e fez uma pequena reverência.

— *É perfeito* — sussurrou, e seus olhos brilhantes ficaram marejados.

A orc se agachou diante do ratoide.

— Eu disse, Tico. Os melhores merecem o melhor.

Tico envolveu o bíceps dela com os dois braços e lhe deu um abraço breve e surpreendente, e então desapareceu na despensa.

Viv sentiu um nó na garganta, mas não sabia explicar por quê.

—◄+►—

Na manhã da véspera da reinauguração, Tandri já havia saído do apartamento quando Viv acordou, o que não era comum. Seu coração ficou apertado, mas a preocupação diminuiu quando viu o bilhete que a súcubo havia deixado na penteadeira.

> *Saí para resolver algumas coisas.*
> *Vejo você na cafeteria mais tarde.*

Na verdade, não poderia ter sido mais oportuno, já que Viv queria receber algumas encomendas sem os outros por perto.

—◄+►—

Quando a orc destrancou a porta da Cafés & Lendas, a cafeteria estava vazia e silenciosa, o cheiro da tinta e do verniz de madeira ainda forte. O frio do outono havia se intensificado, então Viv acendeu um dos fogões e ficou olhando os autocirculadores iniciarem suas voltas vagarosas. A antiga cafeteira reluzia no balcão, marcada apenas por alguns arranhões e amassados depois do resgate de meses antes.

Viv subiu a escada, a mão deslizando pelo corrimão. Andou pelos novos cômodos, ainda frios, mas podia sentir o calor começando a se espalhar pelo chão. Um novo conjunto de janelas deixava a luz da manhã entrar, iluminando um canto do lugar. Cal, de fato, tinha se superado.

Alguém bateu à porta, e quando ela desceu, encontrou dois anões mais jovens, ainda com barbas curtinhas, batendo os pés e esfregando as mãos em meio ao ar frio.

— Entrega — informou o mais alto deles, puxando um papel dobrado do bolso da capa. — E... montagem.

— Estava esperando vocês — disse Viv. — Vou abrir as portas maiores.

Então escancarou os portões em frente à mesa comunitária e ajudou a descarregar e subir a carga pela escada estreita, soltando alguns palavrões e grunhidos.

Com as ferramentas em mãos, os anões fizeram uma montagem rápida e eficiente. Viv assinou o recibo de entrega e se despediu, pedindo para que eles andassem agasalhados, por causa do frio.

Ela passou mais uma hora lá em cima, arrumando e mexendo em tudo, até que decidiu que acabaria quebrando alguma coisa se não parasse.

No térreo, Viv prendeu uma corda para bloquear a escada. Em seguida, pegou um saco de grãos na despensa e uma xícara de cerâmica. Ela se perdeu nos gestos contemplativos de preparar a cafeteira, de moer e passar o café. O assobio do vapor e o aroma de café fresco tomaram conta da loja, e, com o calor do fogão e a fina camada de gelo nos cantos das janelas da frente, a tensão vigilante de Viv relaxou pela primeira vez desde o incêndio.

Debruçou-se sobre o balcão com um livro novo, bebeu um gole de café, olhou para as figuras borradas que passavam na rua e se deliciou em um momento feliz.

A magia foi quebrada quando a porta se abriu, deixando entrar o vento gelado e revelando Cal parado à soleira. O hob estava bem agasalhado com um sobretudo e luvas. Atrás dele, Viv via os primeiros flocos de neve caindo.

— Hum. Você tá aqui. Que bom.

Antes que a orc pudesse responder, Cal saiu de novo.

— Tô segurando — disse ele para alguém na rua.

Quando reapareceu, ele e Tandri, um tanto desajeitados, carregavam um objeto grande, embalado em papel de embrulho e barbante.

Eles encostaram o volume no balcão e recuaram.

O rosto de Tandri estava corado por causa do frio, e ela correu para fechar a porta.

— Fiquem perto do fogão. Parece que o inverno chegou mais cedo.

Viv deu a volta no balcão e olhou para o pacote imenso, as mãos nos quadris.

— O que é isso? — perguntou.

— Bem… — começou Tandri, esfregando as mãos com força. — Algo sem o qual você não pode abrir a cafeteria. — Ela sorriu para Viv de um jeito um pouco ansioso. — Você devia… você devia dar uma olhadinha.

Cal assentiu, tirou as luvas e guardou-as no bolso.

Viv se ajoelhou e, depois de se atrapalhar com os nós de barbante por alguns segundos, cortou-os com o canivete. O papel áspero do embrulho foi rasgado para revelar o que estava por baixo.

Era a placa da loja.

— Achei que tivesse queimado no incêndio — sussurrou Viv.

— Eu recuperei — contou Cal. — Pelo menos a maior parte, acho.

— Espera… Isso é…?

Na diagonal, onde antes havia a silhueta em relevo de uma espada, estava uma lâmina de metal. De aço. Havia um brilho de madrepérola único que ela logo reconheceu.

— É, sim — confirmou Tandri, se aproximando para ficar atrás da orc. Estava com os braços cruzados em uma atitude tensa. — Eu... peguei depois que você... Bem, achei que... talvez você não precisasse se livrar totalmente dela. Pelo menos por enquanto. — Depressa, acrescentou: — Só pensei que você não precisa esquecer quem já foi um dia ... Porque foi isso que trouxe você até *aqui*.

Viv passou o dedo sobre a nova forma da Sangue-Preto, reduzida a um ícone de seu antigo eu. Ficou apenas olhando para a espada.

— Você... gostou? — perguntou Tandri. — Se não gostou, podemos tirar...

— É perfeito — disse Viv. — Não acredito que vocês guardaram isso.

Ela se levantou e abraçou os dois, piscando para conter as lágrimas.

◄+►

No dia da reinauguração, a neve persistiu, envolvendo Thune em gelo do campanário ao calçamento. O céu cinzento amanheceu em um tom rosado que delineou as nuvens, prometendo mais neve antes do inverno.

A placa reformada pendia com orgulho dos ganchos acima da porta, a neve cobrindo as reentrâncias.

Viv e Tandri chegaram primeiro, para acender os fogões e encher os novos barris de água. Depois que acenderam as lamparinas e as velas, a loja ganhou um brilho acolhedor. Quando Tico entrou, o leiteiro já havia entregado o leite, a manteiga e os ovos. O ratoide começou a misturar e a sovar, deixando a massa descansar antes de juntar os ingredientes para os recheios, cantarolando em voz baixa o tempo todo.

Cal apareceu, batendo a neve das botas e bufando por conta do frio, então Tandri preparou um café fresco para ele. O hob levou a bebida para a nova mesa grande e, agradecido, curvou os dedos ao redor da xícara quente enquanto especulavam acerca da quantidade de clientes que a reinauguração traria e faziam apostas brincalhonas sobre quanto tempo durariam os rolinhos de canela.

Examinando a cozinha em busca de algo fora do lugar, Viv avistou o corrimão que tinham construído ao longo da parede dos fundos.

— Ah, infernos! Quase esqueci!

Em seguida, foi para a despensa e voltou com uma imensa lousa de ardósia quadrada, que apoiou no balcão, e depois ofereceu a Tandri novos gizes coloridos.

Após alguns momentos pensando em algo, a súcubo começou a escrever.

Viv e Cal se aproximaram para observá-la, até que Tandri olhou para eles de soslaio, e os dois logo encontraram outras tarefas com que se ocuparem.

Tandri se endireitou e recuou para examinar a obra.

— Me ajuda a pendurar na parede — pediu.

Viv obedeceu.

⌐ CAFÉS & LENDAS ⌐
noveno de 1386
GRANDE REINAUGURAÇÃO

~ CARDÁPIO ~

Café ~ aroma exótico e torrefação saborosa e encorpada — ½ tostão

Latte ~ uma variação sofisticada e cremosa — 1 tostão

Qualquer bebida GELADA *~ uma alternativa chique — adicional de ½ tostão*
Rolinho de canela ~ doce divino com recheio de canela — 4 tostões
Tiquinho ~ iguaria crocante de frutas e nozes — 2 tostões
Crescente da meia-noite ~ pão doce amanteigado com recheio
pecaminoso — 4 tostões
Temos xícaras para viagem

❈

O QUE AS CHAMAS NÃO CONSUMIRAM
JAMAIS SERÁ DESTRUÍDO

Quando abriram as portas, já havia uma grande fila na rua, apesar do frio. Elas chamaram todos para dentro e deixaram a fila seguir na direção da área das mesas, e em pouco tempo a loja ficou aquecida. As conversas alegres abafavam o barulho da cafeteira, e clientes ansiosos com bochechas coradas e casacos abertos parabenizavam as duas e, muito gratos, pegavam suas bebidas quentes e iam encontrar um lugar para se sentar.

— Aparecendo cedo, hein? — cumprimentou Viv.

Hemington se aproximou do balcão.

— Pois é — respondeu ele, apreciando a cafeteria. — É tudo muito emocionante, não acha? Não vou negar que senti falta daqui.

— Não só da sua pesquisa, então?

Ele suspirou.

— Seja lá qual fosse o fenômeno que estava acontecendo aqui, já passou. As linhas de ley agora estão flutuando com normalidade. Me pergunto se o incêndio teve algo a ver com isso. Eles encontraram o culpado?

— Infelizmente não — disse Viv.

— Uma pena. Mesmo assim, aqui está muito mais confortável.

Viv assentiu.

— Um café gelado, então?

O rapaz pensou por um momento e então, envergonhado, falou:

— Sabe, considerando o clima... talvez eu queira... um quente.

— *Você*, Hemington? — questionou Viv, provocativa e arqueando uma sobrancelha.

Ele tossiu.

— Ah... E um daqueles rolinhos de canela.

A orc sorriu e não implicou mais com ele.

◄━◆━►

— Nossa, que frio! — exclamou Pendry, fechando a porta.

Ele usava luvas sem dedos e o alaúde embrulhado em tecido vinha debaixo do braço. Um aparelho quadrado e preto pendia de seus dedos por uma alça.

— Vamos arrumar algo quente para você beber — disse Tandri, já começando a preparar um latte.

— Sim, por favor!

O músico deu um passo para a direita e vislumbrou pela primeira vez o palco no fundo da área das mesas. Um banquinho alto o aguardava, e uma cortina escura cobria a parede atrás do palco.

— Ah, uau! — exclamou ele, admirado. — Para mim?

— Não tropeça no degrau, hein? — brincou Viv. — Mas, antes de você ir até lá, preciso perguntar. O que é isso?

A orc apontou para o dispositivo que ele carregava.

— Ah... Isso! Bem, é um, há... chamam de... amplificador arcano. É, há... Deixa...

— Deixa os sons mais altos? — completou Viv.

— Às vezes... — respondeu ele, parecendo aflito.

— Só não quebra o vidro das janelas, é tudo o que peço. A gente acabou de colocar este lugar de pé de novo.

Pendry assentiu, meio sem jeito, pegou a bebida e foi até o palco.

Assim que conseguiu, Viv deu uma conferida nele e sorriu ao avistar o bardo perto da parede de pedra que havia erguido com as próprias mãos.

Pendry fez um aquecimento com um dedilhado cativante. O amplificador estava a alguns metros de distância, e sua música ressoava pela cafeteria de uma maneira que se tornava *presente* sem ser uma intromissão — envolvia as pessoas, em vez de invadir seus espaços. Quando Pendry começou a cantar com sua voz melancólica e doce, a orc sorriu e se afastou.

Ao se virar, deu de cara com Madrigal, desta vez vestida com uma capa vermelha de inverno elegante com gola de pele.

Viv foi pega desprevenida por um momento e então ficou sem palavras.

— Parabéns — disse Madrigal, inclinando a cabeça de leve. — Fico feliz em ver o progresso por aqui. Seu estabelecimento é uma verdadeira joia na Pedra Vermelha. Teria sido uma pena se a cafeteria desaparecesse depois de um início tão bem-sucedido e promissor.

A orc se recuperou o suficiente para gaguejar:

— Há, o-obrigada, senhora.

Então, pensando em todas as entregas e na mão de obra inesperada, Viv chegou um pouco mais perto.

— E estou sendo muito sincera. *Muito obrigada.*

Madrigal lançou um olhar significativo para a cafeteira e as pilhas de doces nas bandejas de três andares, e Viv foi para trás do balcão para começar a preparar uma xícara para ela.

Tandri se virou, sobressaltou-se ao ver Madrigal e no mesmo instante começou a pegar alguns rolinhos de canela e tiquinhos.

— Uma pena que o incendiário não foi pego — comentou Madrigal. — Espero que não volte.

271

— Duvido muito que volte aqui — declarou Viv.

Madrigal a encarou, e a orc comprimiu os lábios.

— Acho que já conseguiu o que queria — explicou Viv. — Não tem por que voltar.

A senhora assentiu ao pegar a bebida e um saco cheio de doces e foi embora.

Madrigal não se ofereceu para pagar, o que foi um verdadeiro alívio.

◄─◆─►

Naquela tarde, quando Durias apareceu com as bochechas rosadas de frio e a barba branca e bem-cuidada salpicada de neve, estava sem o tabuleiro de xadrez.

— Bem... — disse ele, as mãos enfiadas no casaco. — Está igual a como me lembrava.

— Ficou mesmo bem parecido — concordou Viv. — Fizemos algumas melhorias.

Ele pareceu se sobressaltar.

— Ah, sim, deve ser verdade, do seu ponto de vista.

— Gostaria de algo para beber?

— Ah, nossa, sim, por favor. E um desses também — pediu ele, ficando na ponta dos pés e apontando para os crescentes da meia-noite.

— Você viu a gata por aí? — perguntou Viv, preparando a bebida.

— Ela aparece quando bem entende — respondeu o gnomo. — Mas ouso dizer que você vai vê-la em breve.

Viv lhe entregou a xícara e o doce.

— Vai dar tudo certo, sabe — completou ele.

Viv olhou para a loja movimentada e então abriu um pequeno sorriso.

— Até agora, sim. Parece que vai mesmo.

— Ah, a loja com certeza — concordou o gnomo. — Mas o resto também.

— O resto?

— Isso mesmo.

O gnomo pegou seu pedido e foi até a mesa compartilhada.

Tandri se inclinou para observá-lo se afastar pelo outro lado de Viv.

— Você acha que ele é enigmático de propósito?

Viv deu de ombros, pensando no jogo de xadrez e em seus preparativos no mezanino.

— Não sei. Mas acho que eu é que não ia querer jogar cartas com ele.

29

No fim do dia, com delicadeza, Viv expulsou o último cliente porta afora para o frio cortante. Em seguida, trancou a cafeteria e olhou para seus amigos, que estavam espalhados pela loja.

Tico estava arrumando uma grade com doces que esfriavam, Tandri limpava a cafeteira e Cal examinava as dobradiças das portas maiores.

A orc observou os três por um momento, os murmúrios contrastando com a cacofonia do dia. As chaminés zumbiam e o vento gelado cantava sob os beirais.

Em silêncio, ela soltou a corda da escada e subiu para pegar um estojo de pergaminhos de couro, que levou até o balcão.

Tandri parou de esfregar uma xícara para olhá-la de soslaio.

— Pode me emprestar o tinteiro? — perguntou Viv.

— Claro — disse a súcubo, secando as mãos.

Tandri pegou um tinteiro de debaixo do balcão e lançou um olhar curioso em direção aos pergaminhos.

Viv pigarreou, nervosa de repente.

— Vocês podem vir aqui um minuto? — chamou, em voz alta.

Todos se reuniram, olhando-a com curiosidade.

A orc respirou fundo.

— Eu... não sou muito boa com discursos. Então não vou tentar falar nada muito complicado. Mas queria agradecer a todos vocês. — Seus olhos de repente arderam com lágrimas. — Tudo... tudo isso... Foi um presente que vocês me deram. E eu... — Ela fez uma careta para Cal e depois para Tandri. — Eu não merecia. As coisas que fiz na vida... Não tenho direito nenhum a uma sorte grande dessas. Mais do que tudo, porém, eu não mereço a sua amizade. Se houvesse alguma justiça no mundo, eu jamais teria conhecido vocês, muito menos teria recebido um pingo da sua atenção. E por um tempo... achei que talvez tivesse enganado o destino para tê-los perto de mim. Achei que estava quebrando as regras, forçando uma sorte impossível, e que a qualquer momento vocês descobririam quem eu sou de verdade e iriam embora.

Devagar, Viv soltou o ar.

— Mas que coisa mais idiota de se pensar — continuou. — É injusto com vocês. Como pude pensar tão pouco dos três? Será que achava mesmo que vocês não *viam* quem eu era de verdade? Fui tola o suficiente para acreditar que poderia fazê-los verem algo diferente do que estava bem na cara? — A orc olhou para as próprias mãos por um momento. — Então... Talvez eu não mereça vocês. E talvez vocês tenham perdoado demais. Mas estou muito feliz por tê-los aqui.

Todos ficaram quietos, e ela encontrou seus olhares, um de cada vez.

O silêncio se estendeu além do esperado, e Viv foi ficando cada vez mais desconfortável.

— Hum — murmurou Cal. — Pra um discurso... não foi nada mau.

Tandri deu uma risada contida e a tensão de Viv evaporou como se nunca tivesse existido.

— Há. Bem, agora que cuidamos disso... — Viv abriu o estojo de pergaminhos. — Isso aqui são escrituras de sociedade. Uma para cada um de vocês. Esta loja não é minha. É de vocês também. Vocês a construíram, a fizeram funcionar, e não seria nada sem vocês. Tudo o que precisam fazer é assinar.

Tandri pegou uma das folhas e a leu em silêncio.

— É uma sociedade igualitária. Quando você preparou isso?

— Semana passada — contou Viv, coçando a nuca. — Quer dizer... o anúncio que coloquei mencionava "oportunidades de crescimento", então...

— Não é certo eu assinar uma coisa dessas — contestou Cal.

— Lógico que é! — rebateu Viv, surpresa. — Como assim?

— Eu não trabalho aqui — continuou ele. — Não faz sentido. Não é justo com os outros.

— Cal — chamou Viv, deslizando um pergaminho para ele. — Quando digo que vocês construíram este lugar, no seu caso foi *literalmente*. Não há ninguém que mereça mais.

— Assina — ordenou Tandri. — E, já que você quer ficar fazendo tempestade em copo d'água por causa disso, já sei quem procurar quando alguma coisa quebrar.

— Ou também quando Tico decidir que esta cozinha é pequena demais — acrescentou Viv.

O ratoide concordou com um guincho.

E, com muitos resmungos por parte de Cal e muita insistência de todos... depois de algum tempo, ele assinou.

——◆——

— Só mais uma coisinha — disse Viv, e foi à despensa pegar uma pequena garrafa de conhaque e quatro copos elegantes.

A orc os colocou lado a lado e serviu uma dose cuidadosa em cada um.

— Um brinde. A todos vocês.

— *Ao que as chamas não consumiram* — murmurou Tandri.

Todos assentiram, solenes.

Eles beberam... e Tico engasgou, tossiu e precisou de vários tapinhas nas costas para se recuperar.

Então, em silêncio, juntaram as coisas para sair.

— Tandri — chamou Viv, baixinho. — Você pode ficar mais um minutinho?

Cal olhou para elas, então assentiu consigo mesmo e foi embora atrás de Tico.

◄►

As duas ficaram juntas, no meio da cafeteria aquecida, com o inverno dando um jeito de se aproximar, o conhaque incandescente dentro delas.

— Tem... uma coisa que eu queria te mostrar — disse Viv, em um murmúrio quase baixo de mais para ser ouvido.

Em seguida, se virou com um movimento brusco e foi para as escadas, gesticulando para que Tandri a seguisse.

Lá em cima, um corredor dividia o andar superior, com uma porta à esquerda e outra à direita. Viv caminhou até a da esquerda e a abriu, entrando.

Tandri deu uma olhadinha e arfou de surpresa.

— Você comprou uma cama!

— Aham.

O quarto também tinha sido mobiliado com uma pequena cômoda, uma escrivaninha e um guarda-roupa.

— Tem até um tapete! — apontou Tandri, assentindo. — Bem, não tem como não ser melhor do que o chão do meu quarto.

Viv fechou os olhos e respirou fundo.

— Tem mais uma coisa que quero mostrar — disse Viv, sentindo uma onda de terror.

Tandri lhe lançou um sorriso brincalhão.

— Você não fez um quarto para a gata, fez? — perguntou, o que não ajudou em nada a acalmar os nervos da orc. Muito pelo contrário, na verdade.

Viv achava que não seria capaz de responder, então simplesmente foi até a porta do outro lado do corredor e a abriu também. A súcubo franziu o cenho em surpresa ao entrar no cômodo. O quarto também era mobiliado com uma cama, uma penteadeira e um guarda-roupa. Alguns materiais de arte — tinta, giz, estênceis e pergaminho — estavam em cima da penteadeira.

Tandri foi até o meio do quarto, onde ficou parada.

No silêncio que se seguiu, Viv não conseguia respirar.

— Para quem é este quarto, Viv? — murmurou.

A cauda da súcubo formava um S cauteloso e trêmulo.

— É seu. Se você quiser.

Houve uma pulsação daquela sensação calorosa, daquela versão escondida que só brilhava quando Tandri estava em seu estado mais vulnerável.

Ela se virou para olhar a orc.

Tandri não respondeu e, em vez disso, diminuiu a distância entre as duas. Abraçando Viv, com a bochecha colada no peito dela, deixou de lado suas muralhas.

Pela primeira vez, a orc se viu diante de Tandri por completo e ficou impressionada com a eloquência e delicadeza que lhe foram reveladas.

Era fácil ver como alguém poderia confundir sua natureza com algo puramente sensual, como alguém poderia captar apenas o que mais desejava daquela trama densa de sentimentos entrelaçados.

Tandri possuía uma gama poderosa de emoções, rica em significados, compreensível apenas para aqueles intimamente conscientes de suas sutilezas.

Tandri não precisou dizer "sim".

Sua linguagem foi compreendida.

E, quando seus lábios encontraram os de Viv, não havia como restar qualquer dúvida.

EPÍLOGO

Com a capa cobrindo o rosto, Fennus percorreu as ruelas ao sul de Thune. A neve caía em espirais delicadas dos telhados.

Ele estava furioso e com muito frio.

Havia mantido distância da cidade desde o incêndio — um preparado táumico do qual se orgulhava bastante. Ficou até um pouco aliviado por Viv ter sobrevivido ilesa. Não queria necessariamente ferir a orc. Ou, pelo menos, não *muito*.

Roon, Taivus e Gallina não tinham reagido muito bem ao acontecimento, mas ele tinha certeza de que, com o tempo, a indignação equivocada do grupo passaria. E, se isso não acontecesse, talvez não fosse uma tragédia, no fim das contas, levando tudo em consideração.

Rumores a respeito da reinauguração da loja atraíram o elfo de volta à cidade, com as dúvidas que nutria desde que obtivera a Pedra Scalvert cada vez mais insistentes. Fennus simplesmente *tinha* que investigar.

A cafeteria de fato havia sido reconstruída e parecia no mínimo tão bem-sucedida quanto antes, se não mais. O que levantava a questão: será que a pedra tinha mesmo algum valor? Se aquele artefato mágico não era responsável pela grande sorte de Viv, o que *ele* poderia esperar dela?

Será que tudo havia sido em vão?

Se Viv tinha sido idiota por depositar suas esperanças na Pedra Scalvert, então o que isso fazia de Fennus? Um idiota ao quadrado?

De fato, era muito irritante.

Ele guardava a pedra em um pequeno medalhão enfiado sob a túnica, junto à pele. A prata do pingente era fria contra seu peito.

O feérico dobrou uma esquina, indo em direção às docas, quando a luz ao fim da rua foi bloqueada. Outra pessoa havia entrado na ruela estreita e sinuosa.

Seu pescoço se arrepiou ao sentir outra presença aparecendo às costas.

— Ouvi dizer que você talvez estivesse de volta à cidade — falou uma voz da qual Fennus se lembrava vagamente.

Virando-se, ele logo o reconheceu. Aquele lacaio de Madrigal chamado... *Lack*. O enorme chapéu era mesmo de muito mau gosto.

Fennus abriu um leve sorriso.

— Só dando uma passadinha. Eu perguntaria se posso ajudá-lo, só por educação, mas infelizmente minha agenda não permite. Também não estou me sentindo lá muito educado no momento.

— Ah, não vamos tomar muito do seu tempo — declarou Lack. — Mas Madrigal tem bastante interesse naquela pedra que você foi bondoso o suficiente para mencionar. E ouvi dizer que ela pode ter um novo dono. E este seria você, não é mesmo, senhor?

Fennus estreitou os olhos.

— Se vocês são tudo o que Madrigal mandou atrás de mim, ela é menos perspicaz do que supus.

E, mais rápido do que um pensamento, puxou da bainha na cintura uma rapieira branca e fina, com ornamentos de folhas azuis e reluzindo com seu brilho táumico.

Lack deu de ombros, sem se incomodar.

— Temos mais alguns homens aqui e ali. E *talvez* você possa vencer todos nós. Não que eu goste desse cenário, obviamente. Tenho apego à vida, entende? No entanto, me permita fazer uma observação. Você pode até achar que Madrigal não é *perspicaz*, mas posso garantir, senhor, que ela é *persistente*.

Fennus ergueu a ponta da rapieira, o braço firme enquanto o inclinava em direção à garganta de Lack. Então parou por um momento e pensou.

Depois, suspirou e, com um movimento rápido, saltou em direção à parede à esquerda, pousando a bota na superfície, e saltou para o outro lado da viela estreita, indo cada vez mais alto a cada impulso, até alcançar um beiral com a mão delicada e pular para o telhado.

Ele sacudiu a capa com irritação, empurrou o capuz para trás e embainhou a lâmina, avançando ágil pelas telhas até o topo. Ouviu uma comoção nas ruas abaixo, os capangas de Madrigal cercando o lugar, esperando que ele fosse para o telhado ao lado ou descesse.

Não havia uma maneira fácil de alcançá-lo, então Fennus fez tudo sem pressa, olhando a paisagem urbana em direção às docas e ao mastro do navio que ele pegaria em uma hora.

Na melhor das hipóteses, aquilo não passava de um pequeno inconveniente. Era de dar pena, na verdade. No entanto, aquela confusão não melhorou em nada seu humor.

Então o elfo ouviu um impacto pesado e um barulho nas telhas aos fundos, seguidos por um ronco crescente e gutural, como uma avalanche se aproximando.

Ao dar meia-volta, encontrou a enorme criatura cor de fuligem, os pelos eriçados, as presas enormes, os olhos verdes cheios de astúcia.

Só teve uma fração de segundo para pensar, um tanto incrédulo: *Essa coisa é aquela gata-gigante dos infernos?*

Amigona pulou para o ataque.

AGRADECIMENTOS

Este livro não teria sido possível sem a ajuda de um monte de gente, meu próprio "elo da boa fortuna", especialmente a versão que você tem em mãos no momento. Na verdade, os agradecimentos precisaram ser ampliados devido à jornada que este livro percorreu para chegar até você deste jeito.

Originalmente, *Cafés & Lendas* foi um livro autopublicado e largado no mundo sem expectativas, e então, graças ao entusiasmo e aos esforços de um número surpreendente de pessoas, agora se transformou nesta nova encarnação.

A todos aqueles que tornaram isso possível (e como diria Viv): "Talvez vocês tenham perdoado demais. Mas estou muito feliz por tê-los aqui."

Nem preciso dizer que sou muitíssimo grato à minha esposa e a meus filhos por tornarem minha vida plena e por aguentarem minhas bobagens. Mas vou dizer mesmo assim: eu amo vocês! Kate, muito obrigado por ser minha esposa, minha parceira e maior incentivadora.

Também não sou capaz de agradecer o suficiente a Aven Shore-Kind, minha amiga do NaNoWriMo 2021, por me convencer a trabalhar neste livro e por escrever ao meu lado durante todo o mês de novembro. Nós dois terminamos nossos desafios, e seria justo dizer que este livro não existiria sem a ajuda, o entusiasmo e o incentivo dela.

Também quero agradecer a Forthright — cujos livros tenho o prazer de narrar há anos —, que teve a tarefa intimidadora de editar este livro. Sua atenção aos detalhes em todos os aspectos é incomparável, e fico muito grato por ela ter concordado em me salvar de parecer um idiota. A versão original do livro estava boa devido a seus esforços incansáveis.

E agora preciso acrescentar vários outros agradecimentos aqui, porque muita coisa aconteceu desde que apertei o botão "publicar" no Kindle Direct Publishing, no site da Amazon, em fevereiro de 2022.

Em primeiro lugar, um enorme obrigado a Seanan McGuire, que é sem dúvida a maior responsável pela existência desta edição. Por meio do Twitter, ela despertou o interesse de um público gigantesco por *Cafés & Lendas* quando viu a capa pela primeira vez e, mais tarde, com sua recomendação muito gentil do romance. Nunca poderei agradecê-la o suficiente e nunca vou me esquecer disso.

Em segundo lugar, meu humilde obrigado a todos os livreiros que encomendaram e venderam em mãos este livro autopublicado, impresso sob demanda. Devo mencionar Kel e Gideon Ariel, grandes defensores iniciais da minha história. Eu lhes devo muito. Não consigo citar todos os livreiros que colocaram este livro em suas prateleiras e o indicaram a possíveis leitores, mas bem que gostaria. Continuo chocado.

Nas redes sociais, no TikTok, no Twitter e no Instagram, cada um de vocês que defenderam Viv e seus amigos… vocês têm meus agradecimentos eternos. Sou muito grato por sua energia, seu tempo e sua dedicação. A reação foi impressionante e gentil, e uma grande parte do motivo pelo qual esta edição existe.

Recebi uma quantidade surpreendente de *fan arts*. Fiquei maravilhado com cada uma delas. Guardo todas em uma pasta, a qual abro para admirar com bastante frequência. Vocês nunca saberão o quanto cada uma significa para mim. Meu coração fica quentinho.

Um agradecimento especial a Rudee Rossignol da fantasy-cookery.com por criar uma receita de tiquinhos que é uma verdadeira delícia. Cada vez que fazemos uma fornada, eles desaparecem no mesmo instante.

Ao meu agente, Stevie Finegan, que entrou em contato para levantar a possibilidade de fazer isso acontecer e que trabalhou com tanto afinco para que de fato acontecesse. A ele e à equipe da Zeno, um enorme obrigado! Tenho muita sorte por ter vocês!

Uma grande rodada de obrigados a meus novos editores. O tanto de trabalho necessário para fazer o projeto acontecer com tanta rapidez, com um cronograma tão apertado, deve ter sido hercúlea. Quero que todos saibam o quanto aprecio seus esforços. Espero agradecer a cada um de vocês pessoalmente.

Na Tor do Reino Unido, minha eterna gratidão a Georgia Summers, Bella Pagan, Rebecca Needes, Eleanor Bailey, Jamie-Lee Nardone, Holly Sheldrake, Siân Chilvers e Lloyd Jones. Agradeço muito por terem dado uma chance ao livro e por serem tão acolhedores.

Na Tor dos Estados Unidos, sou profundamente grato a Lindsey Hall, Rachel Bass, Peter Lutjen, Jim Kapp, Michelle Foytek, Rafal Gibek, Jeff LaSala, Heather Saunders, Andrew King, Rachel Taylor, Eileen Lawrence, Sarah Reidy, Aislyn Fredsall e Angie Rao. Vocês são pessoas maravilhosas e generosas com seu tempo e atenção.

Por último, mas não menos importante, quero agradecer a todos os meus leitores betas e conselheiros, que me ajudaram muitíssimo e cujos comentários foram muito úteis. Todos vocês fizeram isso acontecer. Sem qualquer ordem particular, muito obrigado a Will Wight, Billy Wight, Kim Wood Wight, Rebecca Wight, Sam Wight, Patrick Foster, Chris Dagny, Ibra

Bordsen, John Bierce, Rob Billiau, Jennifer Cook, Stephanie Nemeth Parker, Laura Hobbs, Ri Paige, Howard Day, Steve Beaulieu, Ian Welke, Roberto Scarlato, Crownfall, Aletheia Simonson, Suzanne Barbetta, Eugene Libster, Ezben Gerardo, Eric Asher e Kyle Kirrin.

PÁGINAS EM BRANCO

UM CONTO DO UNIVERSO DE
CAFÉS & LENDAS

—C uidado! — gritou Roon.

Viv se jogou para o lado quando duas adagas voaram em sua direção. No entanto, a rua era estreita, já que dificilmente orcs tinham sido considerados na época da construção. Seu ombro bateu com força na parede de tijolos, e ela não conseguiu se esquivar o suficiente para desviar das lâminas. Uma delas passou zunindo, inofensiva, mas a outra fez um corte fino em seu braço. Viv sibilou de dor e pôs a mão por cima do ferimento, mostrando os dentes.

Roon olhou para trás por um instante para garantir que Viv ainda estivesse respirando, e logo retomou a perseguição. Que os deuses o abençoassem, mas ele já estava ficando debilitado. Nunca iria alcançar o alvo.

Empurrando a parede e já voltando a correr aos tropeços, Viv avistava o alvo, uma elfa alta que corria depressa, aumentando a distância entre eles pela rua sinuosa. Arremessar aquelas adagas não a atrasara nem um pouco. Em questão de segundos, a elfa sumiria na curva, e perdê-la de vista seria desastroso. Viv tomou impulso, disparando ensandecida, e ultrapassou Roon em poucos instantes.

Gnomos saíram do caminho ao ouvirem seus passos trovejantes se aproximando, e Viv se sentiu como uma gigante aterrorizando uma vila indefesa. Uma risada selvagem escapou de seus lábios, sua respiração ofegante.

— Fennus! — gritou Viv. — Precisamos ficar de olho nela!

Viu o elfo saltar com graciosidade pelos telhados de metal inclinados. Ele não respondeu — ela não conseguia imaginar Fennus se submetendo à indignidade de levantar a voz —, mas a orc imaginou que ele ficaria de olho na fugitiva.

Pela primeira vez desde que chegara a Azimute, se sentiu grata por sua espada de duas mãos ser ameaçadora demais para ser carregada pela cidade. Sem o peso da Sangue-Preto, Viv diminuiu a distância entre ela e o alvo.

A elfa continuou em sua fuga incansável, a trança comprida balançando conforme atravessava a multidão.

Um cruzamento surgiu à frente, e Viv exigiu mais de suas pernas. Se a mulher conseguisse entrar em um beco...

Então Taivus surgiu na rua como uma névoa se espalhando, as mãos erguidas e envolvidas por uma luz dourada. Os sigilos do dedo mínimo brilharam em ambas as palmas, e a elfa vacilou, as pernas se juntando como se estivessem amarradas. Ela voou para a frente no que deveria ter sido uma queda violenta, mas se recuperou e aterrissou de joelhos com certa graça, mesmo com os tornozelos grudados.

Com uma faca em cada mão, Gallina apareceu atrás de Taivus, aproximando-se com cautela da elfa ajoelhada.

Por apenas um momento, pareceu que os músculos da fugitiva ferveram sob as roupas. Seu corpo inteiro se contraiu e sua pele mudou de tom, como se uma nuvem tivesse passado acima dela.

Viv a alcançou primeiro e sacou a espada curta. A essa altura, a elfa tinha o mesmo aspecto de quando a encontraram no mercado a algumas quadras de distância. Ela se encolheu, agarrando a lateral do corpo, como se estivesse ferida.

Considerando quem era, Viv não duvidava que tivesse mais algumas adagas escondidas na manga, ou algo muito mais vil.

— Bodkin? — perguntou Viv, a voz baixa e firme.

A mulher enrijeceu e olhou por cima do ombro, em sua direção. Por um segundo, a orc podia jurar que suas pupilas se tornaram fendas horizontais, como as de uma cabra.

Fennus desceu do telhado e aterrissou com suavidade, jogando o cabelo por cima do ombro e sacando a rapieira branca em um só movimento. A multidão de gnomos trocava murmúrios ansiosos no cruzamento. Não demoraria muito até que os guardas aparecessem e seu grupo acabasse envolvido em uma situação inconveniente.

— Você sabe por que estamos aqui — disse Viv, paciente e razoável. Se queriam lidar com aquilo do jeito fácil, era melhor ela do que Fennus. A orc segurou a espada inclinada para baixo, mas continuou pronta para o ataque. — Meu amigo Taivus vai amarrar suas mãos, e nós vamos colocar você de pé. Todos nós chegamos ao fim da linha em algum momento. Hoje é o fim da sua. Mas não precisa ser o fim de tudo. A lei é justa em Azimute.

A elfa deu uma risada, e sua voz era mais grave do que o esperado, melodiosa.

— Você fala como se soubesse quem eu sou — começou ela —, mas está claro feito o rio que não faz ideia.

Ela afastou a mão que agarrava a lateral do corpo e jogou algo para cima, depois inclinou a cabeça e se cobriu com os braços.

Viv teve um vislumbre de três pedrinhas prateadas minúsculas envoltas em linhas verdes. Elas atingiram a altura máxima e começaram a descer.

— Merda — disse Gallina, em tom inexpressivo.

Taivus estava em movimento, as mãos mais uma vez erguidas e brilhando. Fennus puxou a capa para cobrir o rosto e se agachou, então Viv se lançou para a frente com a mão livre estendida. Se conseguisse agarrar Bodkin antes que aquelas pedras caíssem...

Então as pedras atingiram a rua e um lampejo forte explodiu em fumaça escura e fedorenta.

A orc fechou os olhos, ainda caindo, os dedos estendidos.

As pedras encontraram o chão de paralelepípedos.

Prendendo a respiração e mantendo os olhos bem fechados, Viv largou a espada curta e, agachada, avançou às pressas pela fumaça, na esperança de agarrar a elfa.

Em vez disso, encontrou um braço.

Ouviu um guincho, e em seguida:

— Sou eu! — disse Gallina, segurando os ombros de Viv.

A orc sentiu uma lufada de ar frio e abriu os olhos, a fumaça já se dissipando. Taivus estava de olhos fechados, os dedos em movimentos que lembravam os de uma aranha. Fennus surgiu com uma fúria fria no rosto. Viv olhou ao redor, procurando na multidão por qualquer sinal da elfa, mas infelizmente seus medos se confirmaram.

Bodkin tinha desaparecido.

Mas, onde antes estivera a mulher, havia então uma bolsinha de couro entreaberta.

Viv a pegou.

— Bem... — falou Roon, que resfolegou até eles e colocou as mãos nos joelhos, soprando os bigodes trançados. — Pelo menos a gente sabe que era mesmo Bodkin.

Viv não conseguia acreditar que uma cidade planejada com tanta precisão pudesse ser tão desorientadora. Azimute era organizada em círculos concêntricos, com ruas numeradas se expandindo a partir do centro como engrenagens cada vez maiores. Era linda, organizada e, na maioria das vezes, Viv não conseguia diferenciar um lugar do outro. Teria dado qualquer coisa por um pouco de desordem ou por uma rua que não fosse pavimentada com perfeição, só para ter alguns pontos de referência dos quais pudesse se lembrar.

A orc já havia passado tempo demais em túneis, tocas ou lugares parecidos para sofrer de claustrofobia. Mesmo assim, a escala diminuta da cidade gnômica a deixava um pouco sem ar. A maioria das estruturas tinha vários níveis, mas em geral Viv conseguia espiar pelas janelas do segundo andar.

Eles haviam se afastado depressa do local onde Bodkin havia desaparecido. Não fazia sentido esperar por guardas desconfiados e ter que aguentar um monte de perguntas. Não que fossem ter dificuldades em localizar uma orc de pouco mais de dois metros sangrando.

O grupo seguiu Gallina de volta para seus quartos alugados na estrada do sétimo círculo. A pequena gnoma, obviamente, parecia em casa.

Conforme subiam a escada, o dono do hotel os olhou com cautela, e Viv ficou grata por seu braço ferido estar virado para o outro lado. Manteve a mão pressionada contra o ferimento, fazendo o possível para não deixar sangue pingar no chão.

Os tetos eram baixos a ponto de serem desconfortáveis. Embora o distrito dos Pináculos tivesse construções mais apropriadas para sua altura, hotéis eram raros por lá e nenhum atendia aos requisitos mínimos de luxo de Fennus. Viv não havia reclamado na hora, mas naquele momento sentia uma pontada de irritação. Por outro lado, precisava admitir que o piso aquecido e as lamparinas automáticas eram agradáveis.

A orc se abaixou e seguiu Gallina até o quarto que dividiam, e os outros se amontoaram atrás delas. A espada de Viv, Sangue-Preto, reluzia em uma das camas ao lado de suas mochilas empilhadas.

Fennus parecia estar prestes a falar, sem rodeios, mas Roon o interrompeu:

— Senta aí e me deixa dar uma olhada nisso — disse o anão, dando um tapinha na perna de Viv.

Roon pegou bandagens e um pouco de álcool de sua bolsa, e Viv deslizou para o chão, estremecendo quando suas costas protestaram. Para dizer a verdade, a dor cada vez mais intensa naquela região era uma preocupação maior do que o corte. Fennus não conseguia esperar mais.

— Hoje foi um dia menos do que satisfatório — começou ele, seu rosto lindamente esculpido estava rígido. — Acho que todos podemos concordar. Eu e Taivus não vamos conseguir encontrá-la com a mesma facilidade da próxima vez. E sem dúvida não podemos confiar que vamos reconhecê-la à primeira vista.

Viv grunhiu quando Roon esfregou o corte profundo ao longo de seu tríceps e começou a envolvê-lo em gaze.

— Não aperta muito — disse ela.

— Apertado é melhor — rebateu ele.

— Se eu flexionar meu braço, vai arrebentar.

— Então não flexiona o braço — retrucou Roon. — Já pensou nisso?

Fennus tinha um jeito de ficar em silêncio absoluto que era mais barulhento do que qualquer coisa que poderia ter dito. O anão suspirou baixinho e os dois voltaram a atenção para o elfo.

Seu olhar sério percorreu o quarto. Gallina estava sentada de pernas cruzadas em uma das camas minúsculas, girando uma adaga na mão, e Taivus estava de pé com um ar misterioso em um canto mais distante.

Por fim, Fennus disse:

— Se queremos nosso pagamento, não podemos cometer mais erros.

— A gente está falando de *Bodkin* — falou Gallina, bufando. — Todos já ouvimos as histórias. Nunca ia ser fácil. Há um motivo pra ela ser uma lenda... e ainda por cima uma metamorfa!

— Ela pegou uma ilustração do alvo da mesa de cabeceira e torceu o nariz para a imagem. Pelo menos as semelhanças tinham sido representadas de modo cuidadoso. — Por que se deram ao trabalho? Ela nunca mais vai ter essa aparência. Nem mesmo usava este rosto hoje.

— Mais um motivo para estarmos em nossa melhor forma — comentou Fennus, lançando um olhar significativo para o braço de Viv.

Uma centelha minúscula de raiva começou a desabrochar nela, mas logo foi extinta por uma onda de cansaço. Engolindo a resposta, Viv pegou a bolsa de couro que havia recuperado e a sacudiu. O objeto tiniu baixinho.

— Não saímos com as mãos totalmente vazias — comentou a orc, abrindo a bolsa para examinar o conteúdo.

— No fim das contas, pode ser o que aqueles artífices queriam — sugeriu Gallina, esticando o pescoço para ver.

— Nada disso — respondeu Viv, pegando alguns frasquinhos de vidro, tampados com rolhas e cera. Eles brilhavam com líquidos em cores variadas. — Não tem nenhum projeto aqui.

— Parece tinta — observou Roon.

Viv quebrou o selo de cera de um dos frascos, removeu a rolha e sentiu o cheiro.

— É tinta mesmo. Mas é tão pouquinho. Ela dificilmente vai pintar estábulos com isso.

— Maravilha! — exclamou Fennus. — Pelo menos a gente pode se entreter com um pouco de artesanato.

— Mas pode ser uma pista, vai saber — retrucou Viv, tampando o frasco.

A luz alaranjada do entardecer entrava pela janela.

Fennus parecia estar preparando uma réplica, mas Taivus o interrompeu:

— Uma observação...

Todos se sobressaltaram e olharam para ele. O feérico de pedra era tão discreto e silencioso que muitas vezes era fácil esquecer que ele estava presente.

— Raio e Tangente nos contrataram para capturar Bodkin e recuperar sua propriedade roubada — continuou ele, como se não tivesse notado as reações. — A gente pode ter mais sucesso com a segunda parte. Talvez paguem por isso, mesmo sem a elfa?

— Não pagariam muito — disse Gallina. — Mas é mais do que nada. Somos bem práticos. — Ela ergueu o polegar em sua direção, indicando todo o reino dos gnomos. — Eles estão mais preocupados em impedir que ela venda o projeto para seus rivais do que com qualquer outra coisa.

— Talvez valha a pena considerar, então — falou Taivus.

— Encontrá-la ou encontrar o projeto... — Fennus apertou os lábios. — Uma coisa leva à outra. Está aberto à discussão. E eu não vejo razão para me contentar com coisas feitas pela metade. Caçar com sucesso uma figura com o renome de Bodkin vale mais para nós do que a própria recompensa.

Viv pensou em argumentar, mas o esforço não valia a pena.

— Beleza, então a gente precisa cuidar disso amanhã. A cidade é grande e duvido que ela vá embora. Por que iria? Ela é uma metamorfa. Quem sabe que rosto está usando agora? Acham que ainda conseguem rastreá-la por meios táumicos?

Ela olhou de Fennus para Taivus.

— Com algum tempo — respondeu Taivus.

— Com bastante tempo, mas sim — acrescentou Fennus. — Ela estará alerta, e conhece nossos rostos agora. Não podemos bater perna pela cidade na frente de todos, lançando luz arcana por aí.

— Bem, não tem por que a gente ficar sentado de braços cruzados — apontou Gallina.

Fennus arqueou uma sobrancelha para ela em reprovação.

— Pois é. — Viv ergueu um dos frascos de tinta. — A gente deveria se dividir e conquistar espaço. Parece que nós vamos precisar dar uma de detetives.

E, como um belo bônus, a orc poderia ter alguns momentos de paz longe dos comentários ácidos de Fennus.

<hr />

Viv teve um sono agitado, deitada no chão por cima do saco de dormir, o braço latejando. Para seu sofrimento, o lado com o ferimento era o único sobre o qual queria se deitar. A luz das lamparinas da rua iluminava Gallina e a ponta da faca que segurava em uma das mãos enquanto dormia. Seus roncos altos e agudos em geral embalavam Viv, mas naquele dia eram um incômodo.

Por alguns instantes, pensou em relaxar a mente e ir amolar a Sangue-Preto, mas não queria acordar a amiga. Em vez disso, levantou-se em silêncio e vasculhou sua bolsa. Pegando um caderno, se encostou na parede sob a janela e deixou a luz suave iluminar as folhas. Abriu no pedaço de papel que servia de marcador de página e olhou de relance para o que havia escrito.

Quase na linha táumica descansa
a Pedra Scalvert fulgurante,

Ela passou o dedo pelas anotações na página ao lado. Rumores nas terras altas ao norte de Cardus. Um rastro em uma estrada agrícola bem conhecida no Território Leste. Uma criatura com muitos olhos avistada perto da entrada de uma mina de ferro abandonada.

Ainda não era o suficiente. A impaciência cresceu dentro de seu corpo, a necessidade de agir... mas tinha que ter certeza. Era a Rainha Scalvert ou nada. Nunca convenceria Fennus a fazer uma segunda tentativa.

E se tivessem sucesso? Bem, o futuro se estendia adiante, em branco e vazio. Ela encontraria algo para preenchê-lo. Claro que sim.

A orc olhou para a amiga adormecida, e seu coração se apertou com a dor de uma verdade não dita.

Então se arrastou de volta para o saco de dormir e olhou para o teto, apertando o caderno contra o peito até enfim acabar adormecendo.

◄━━►

— Boa sorte — disse Roon ao cumprimentar Viv e Gallina, e depois saiu apressado atrás de Fennus e Taivus.

O elfo insistira em ter a companhia do anão, caso precisassem de músculos.

— Olho vivo! — exclamou Viv, erguendo a mão.

Fennus não respondeu, mas Taivus retribuiu o gesto.

Gallina comeu uma grande garfada de seu café da manhã.

— Me passa um desses frascos aí — murmurou ela, de boca cheia.

Para liberar as mãos, Viv terminou seu café da manhã — um sanduíche espesso e cremoso de ovo e presunto que o hotel servia quente no saguão. O lugar subiu mais um pouco em seu conceito. Ela limpou os dedos nas calças e pescou um dos frascos de tinta da mochila. O corte no braço ardeu quando ela se esticou para entregar.

Gallina jogou o frasco para cima e o apanhou no ar.

— Estava pensando que a gente podia passar no ateneu.

Viv franziu a testa, confusa.

— Uma biblioteca? Achei que deveríamos perguntar em um mercado ou algo assim. A gente já sabe que é tinta. Por que precisamos pesquisar?

Gallina abriu um sorriso.

— Você nunca foi num ateneu gnômico, né?

— Bem, não, mas...

— Confia em mim.

Elas foram naquela direção. Mais uma vez, Viv ficou feliz em deixar Gallina ir na frente, porque Azimute era enorme. Passaram por estátuas titânicas de abstrações geométricas, que a deixavam tonta quando tentava acompanhá-las com o olhar. Por todo lado, extensas mangueiras de vapor percorriam as ruas, cuidadosamente presas às paredes. Quando Viv passava por baixo delas, conseguia ouvir sibilos. Havia guirlandas enroscadas em muitas delas, e paredes de hera bem-cuidadas se estendiam pelas ruas, cada vista quadriculada com folhagem verde. Parecia demais, pelo menos para Viv.

Embora provavelmente fosse inútil, a orc examinou a multidão em busca de sinais de Bodkin. Azimute podia até ser uma metrópole gnômica, mas outros povos estavam bem representados ali. A orc viu humanos e elfos, feéricos de pedra e do mar, anões, um ou dois hobs e até mesmo uma pequena multidão de ratoides passou correndo, usando algum tipo de vestimenta religiosa.

Como Bodkin era uma ladra, seria difícil encontrá-la dando sopa na rua. Dado seu talento inato para furtividade, era ainda menos provável. Mas não fazia mal se manter alerta.

Gallina era uma ótima guia turística e não parou de tecer comentários enquanto ziguezagueavam pela cidade. Viv tomou cuidado para não tropeçar em ninguém e assentiu e concordou nos momentos certos conforme a amiga apontava para os pontos de interesse.

Viv avistou o ateneu muito antes de chegarem lá, um círculo de sete torres interligadas por passarelas cercadas. A maravilhosa façanha arquitetônica era embelezada por promontórios angulosos e estampas complexas que decoravam as superfícies. O prédio tinha sido construído em uma escala diferente da maioria dos edifícios da cidade. Dava para ver que Viv não teria que se abaixar para passar por nenhuma porta.

— Eles têm tantos livros *assim*? — perguntou Viv, sem fôlego, muito impressionada.

— Aham — respondeu Gallina, os olhos brilhando. — Mas eles têm muito mais do que livros. Como falei, confia em mim.

Elas subiram os degraus que levavam a uma das torres e passaram por duas portas de metal grandes que se abriram ao toque de um botão. Entrando em um corredor cavernoso imenso, Viv arfou em surpresa ao ver o tamanho do lugar. Cada parede abrigava enormes prateleiras embutidas, repletas de livros. Passagens estreitas formavam círculos torre acima em intervalos, e uma variedade de escadas os conectava. Havia mesas e bancadas para estudo espalhadas pelo espaço. Janelas altas e tingidas deixavam entrar apenas uma luz suave, mas as lamparinas lançavam um brilho amarelo por todo o ambiente.

— Como se *encontra* alguma coisa aqui? — indagou Viv, ainda sem fôlego.

Gallina apontou para as placas de metal nas prateleiras próximas, com dizeres como ORGANELA, OVA e OVIÁRIO. Abaixo de cada uma havia uma série de pontos pretos agrupados.

— Eles têm um sistema — explicou. — Mas a gente não está aqui pelos livros.

Viv sentiu uma pontada de decepção. Poderia passar dias ali, se tivesse uma brechinha. Semanas, até.

— Você vai me obrigar a perguntar, não é?

— Se quiser saber alguma coisa, e quiser saber rápido, é só falar com um dos Eruditos das Sete Facetas — respondeu Gallina, abrindo um sorriso travesso para Viv. — Você conhece as Sete Facetas, certo?

Viv lhe deu um olhar inexpressivo.

302

— Você sabe que não.

— Quer que eu explique?

— Olha, quero... mas talvez não agora.

Gallina tirou o frasco do bolso e a ergueu.

— Imagino que esta fique na Terceira Faceta, ou seja, na terceira torre. Vamos até lá ver o que o Terceiro Erudito pode contar pra gente. As pessoas consultam os livros para descobrir o que se *costumava* saber. E consultam o Erudito para descobrir o que se sabe *agora*.

Viv olhou em volta mais uma vez e avistou uma plataforma elevada no centro da torre, com uma escadinha em espiral ao redor. Moradores locais e alguns indivíduos mais altos estavam na fila para falar com um gnomo parado no centro da plataforma. Ela apontou para ele e ergueu as sobrancelhas, interessada.

— Primeiro Erudito — explicou Gallina, assentindo. — Organismos. Seres vivos. Quer vir comigo para terceira torre ou...?

A gnoma esperou, sorrindo um pouco ao ver a expressão de Viv.

— Você se importaria se eu desse uma olhadinha? Não vou demorar — falou Viv, ansiosa e morrendo de vontade de ficar, mas sentindo-se culpada. — Quer dizer, se eu puder ajudar em alguma coisa, é claro que eu posso...

Gallina riu, interrompendo-a.

— Eu conheço esse seu olhar. Pode ficar. Divirta-se aí. Só precisa lembrar Fennus de como sou inteligente da próxima vez que a gente se encontrar.

— Eu vou exaltar a sua genialidade — garantiu Viv, em tom sério, então deu um sorriso.

A gnoma ainda estava rindo quando saiu, deixando Viv se virar sozinha.

Sozinha no que parecia ser um lugar repleto de livros, Viv sentiu uma onda de empolgação se espalhar por seu corpo. Olhou de relance para a lenta fila de consulta ao Primeiro Erudito, então decidiu que preferia encontrar as próprias respostas. Não conhecia o protocolo e, além disso, aquela parecia ser a torre certa para o assunto de seu interesse. Era quase um sinal, não?

Uma vozinha irritante disse a Viv que estava perdendo um tempo que poderia ser dedicado ao trabalho, mas a orc a calou. Gallina iria cuidar dessa parte.

Viv deu uma voltinha pelo salão, observando a disposição alfabética das placas em cada prateleira. Também havia um tipo de organização baseada em tópicos. Era provável que os pequenos pontinhos pretos esclarecessem isso, mas ela decidiu improvisar.

Foi até uma das escadas, sentindo-se lenta até demais ao subir os degraus baixos que seguiam a proporção dos gnomos. Então, passando os dedos pelas lombadas de volumes de cores diferentes, inalou os perfumes de papel e tinta.

Os primeiros livros que Viv consultou eram abrangentes demais, sobre a fauna do Território Oeste em geral. Viv precisava de algo mais exótico e provavelmente mais antigo. Franziu a testa e olhou para as prateleiras mais altas. Não fazia ideia de quanto tempo tinha até Gallina retornar.

Por fim, decidiu que poderia pedir ajuda. Aproximando-se de um gnomo idoso que estava recolocando uma série de fólios encadernados em couro em uma das prateleiras, ela se curvou e pigarreou.

— Há, com licença?

Ele olhou para cima e piscou com surpresa acima dos óculos sem aro.

— Posso ajudar?

— Sim, estou, há, procurando algo sobre... — Ela hesitou, então resolveu ser o mais específica possível. — ... Scalvert.

Viv se sentiu infantil, como se estivesse pedindo um livro de fábulas.

O gnomo a olhou de cima a baixo, então franziu os lábios.

— História ou informações práticas?

— As duas coisas, acho.

O gnomo assentiu e saiu andando em direção a uma escada ali perto.

Surpresa, Viv o seguiu.

Ele a conduziu até três prateleiras diferentes e indicou sete exemplares diferentes. A orc ficou aliviada por ter perguntado, porque, mesmo com horas explorando sozinha, ela não os teria encontrado sem ajuda.

Ela agradeceu e levou a pilha de livros para uma mesa próxima. Era baixa demais para ser usada da maneira correta, e Viv duvidava de que a cadeira fosse aguentar seu peso, então apoiou uma das mãos no tampo da mesa e começou a folheá-los. Depois de alguns minutos, pegou o caderno e a pena. Cada vez mais absorta, Viv encheu as páginas com sua pesquisa mais recente.

A dor no braço sumiu e, mentalmente, ela desviou os olhos de seu caminho já trilhado em direção a um horizonte indistinto, mas promissor.

◄━✦━►

— Aí está você!

O barulho do frasco tocando a mesa distraiu Viv da leitura. Por instinto, fechou as anotações, rápido demais para não parecer suspeita.

Gallina olhou de soslaio para o caderno de Viv, a mão cobrindo-o em um gesto protetor. Seu sorriso vacilou em uma estranheza momentânea, mas então voltou maior do que antes.

— Sabia que você ia se divertir — disse ela, alegre, como se não tivesse notado.

Viv forçou uma risada, mas não achou que de fato soou muito convincente.

— Então, o que o Terceiro Erudito disse? Me deixa adivinhar, você entregou o frasco e ele te disse o endereço de Bodkin e como ela gosta de comer ovos no café da manhã?

A gnoma mostrou a língua para Viv.

— Ah, você é tão engraçada. Não, mas eu sei exatamente o que é. E... — Ela pegou o frasco e o balançou. — Agora sei exatamente de onde veio.

— Achei que todo mundo tinha concordado que era tinta, não?

— Bem, é, mas o tipo de tinta é importante. É uma tinta a óleo com lascas de metal, acho. Usada para coisas bem detalhadas, pincéis minúsculos, algo a ver com a composição. É mais adequada pra tipos muito específicos de madeira. Como você disse, ninguém vai pintar estábulos com isso.

— Ah... Então Bodkin é uma artista em segredo? Tudo bem, talvez isso nos ajude em alguma coisa no futuro. Quantos lugares em Azimute vendem isso, então?

— Essa é a melhor parte. — O sorriso de Gallina se alargou. — Só um.

◄━┿━►

O interior da loja era um contraste surpreendente com a rua. O cheiro de óleo de linhaça e terebintina sufocava os sentidos. Estantes abarrotadas cobriam a parede do fundo, cheias de frascos de vidro com uma profusão de tons diferentes. Havia tecidos e telas pendurados em alguns fios amarrados de uma viga à outra, como roupas lavadas em um varal. Em um dos cantos, cavaletes estavam espalhados de forma confusa, e um conjunto de mesas de alturas diferentes transbordava com caixas de pincéis de todos os tamanhos.

Viv teve que levantar com a mão os tecidos pendurados para conseguir passar.

Atrás do balcão, uma gnoma com ar meio avícola usava uma linha para amarrar as cerdas de um pincel de zibelina, então, com uma tesourinha, aparou as pontas com cuidado, a língua entre os dentes.

Ela tirou a linha da ponta do pincel e examinou o resultado com expressão crítica, aparando um fio fora do lugar antes de olhar para Viv e Gallina.

— Posso ajudar, queridas? — perguntou ela, a voz tão fina quanto os dedos delicados.

— Pode, sim! — Gallina colocou um frasco no balcão, a tinta azul brilhando sob uma das lamparinas suspensas mais abaixo. — Uma pessoa que a gente conhece está precisando de mais material e nos mandou aqui pra tentar comprar pra ela.

A mulher atrás do balcão avaliou Viv, a testa franzida com o que parecia surpresa. Ela se perguntou se deveria ter esperado do lado de fora.

Para seu alívio, a mulher voltou a atenção para o frasco, pegando-o e segurando-o mais perto. Sua língua apareceu entre os dentes outra vez.

— Hum. Flocos de metal. Azul cobalto quarenta e sete.

— Parece ser isso aí — concordou Gallina, alegre. — Parece que é um grande projeto. Com certeza vai precisar de mais.

— Leyton devia saber que preciso de tempo para preparar essa tinta — respondeu a mulher, franzindo a testa. — É óbvio que não tenho para pronta entrega.

Viv e Gallina trocaram um olhar rápido ao ouvirem o nome *Leyton*, e a orc sentiu uma explosão de euforia por apenas uma cliente ter comprado aquela tinta específica.

— Sabe como são os elfos — disse Gallina, forçando uma risada. — Têm todo o tempo do mundo, então acham que a gente também tem. Ainda mais quando ficam fixados em alguma coisa.

— Humm, sim, os relógios são meio... — A lojista piscou, confusa. — *Elfos?*

— Ah, bem, essa gente com *jeito* de elfo, é o que quis dizer.

— Então Gallina acrescentou, depressa: — Bem, de qualquer maneira, a gente pode deixar o frasco aqui até que você consiga preparar mais. Precisa do pagamento agora?

Gallina começou a pegar algumas moedas no bolso. Nada apagava um deslize daqueles como a promessa de dinheiro.

— Não, não. — A lojista voltou para o banquinho, franzindo a testa. — Mas vou precisar da tarde de hoje. Melhor passar aqui amanhã de manhã.

Deslizando algumas moedas de prata sobre o balcão, Gallina insistiu:

— Só pra você saber que voltaremos pra buscar.

A mulher arregalou os olhos diante das moedas, e Viv achou que Gallina tinha oferecido um pouco *demais*, mas, antes que qualquer outra pergunta pudesse ser feita, elas se viraram e saíram às pressas pela porta.

⬤

— Então... Bodkin saiu por aí usando o nome Leyton ou roubou aquele saco de tinta, e isso é um beco sem saída. Mas preciso dizer que minha primeira impressão é que Bodkin não parece ser do tipo artístico.

Gallina conduziu-as sob um toldo longo — e alto, felizmente — a algumas dezenas de metros da loja, para se proteger do sol do meio-dia. A gnoma fez uma careta azeda.

— Mas não gosto muito da ideia de Fennus estar certo — disse, por fim.

Viv deu de ombros, estremecendo com a pontada de dor no braço.

— Ainda é nossa melhor pista. Não há nada de estranho em ter um passatempo. Relojoaria, eu acho? Ou pintura de relógios, no mínimo. Nunca dá para saber o que alguém faz nas horas vagas.

— Aham — respondeu Gallina, encostada na parede sob a sombra, lançando um olhar astuto.

Viv fingiu não perceber.

— De qualquer forma, temos um nome — falou a orc. — E quantas relojoeiras não gnômicas esta cidade pode ter?

— É melhor irmos para os Pináculos. — Gallina abriu um sorriso travesso. — *Com certeza* vou achar ela antes de Fennus.

— Talvez seja mais inteligente esperar pelos outros — refletiu Viv, em voz alta, preocupada com as ataduras. — Bodkin escapuliu da última vez e agora está em alerta. Sem falar que Roon vai se sentir excluído.

— Vai me fazer listar todos os motivos pelos quais não devemos esperar?

— Está dizendo que há motivos? — perguntou Viv, sorrindo.

— Posso inventar alguns.

Viv pensou em Fennus.

— Não. Que se dane, vamos lá.

◆

Atravessar a fronteira entre o centro de Azimute e o distrito conhecido como Pináculos foi surreal. O tamanho dos prédios mudou de repente e, quando Viv olhou para trás, tudo parecia um truque feito com espelhos. A rua não era maior, mas ver portas acima do nível dos olhos a fez sentir como se de repente um músculo com câimbra tivesse relaxado.

Pináculos ocupava apenas três seções do círculo de ruas e uma parcela relativamente pequena de Azimute como um todo.

Mesmo assim, devido às curvas das ruas, quando se andava um pouco e os prédios menores sumiam de vista, era fácil imaginar que estava em qualquer outra cidade do Território, ainda que houvesse mais gnomos do que a média.

Conforme se aproximavam, o risco de serem vistas e de o alvo delas fugir era muito maior. Dadas as circunstâncias, não havia muito que pudessem fazer, exceto esperar que a sorte as favorecesse. Viv fez o possível para não chamar a atenção, mas tinha visto, talvez, quatro orcs durante toda a estadia em Azimute. As ruas eram muito menos movimentadas do que em outros pontos, e era difícil passar despercebida — ela era como um porco em uma granja.

Mencionar Leyton, fazer perguntas educadas e oferecer alguns cobres lhes permitiram encontrar o caminho até a oficina certa, e Gallina e Viv se viram em um beco surpreendentemente limpo, diante de uma escada de ferro.

— Parece a placa de um relojoeiro para mim. Meio escondido, mas deve ser aqui — murmurou Viv.

Atrás da grade de uma varanda estreita havia uma porta vermelha, na qual um conjunto de engrenagens de metal finas e dois ponteiros de relógio haviam sido pendurados com um toque artístico.

A orc esperou dois anões carregando caixas de ferramentas passarem e virou a esquina para a rua. Então o lugar ficou silencioso e vazio, exceto pela duas.

— Vamos ver se não há ninguém em casa e então tentar abrir a porta? — perguntou Viv.

— Olha, ela é uma ladra, então deve estar trancado — respondeu Gallina.

— Bem, quando digo "tentar", na verdade quero dizer...

— Viv fez alguns gestos vagos com as mãos para indicar um arrombamento.

Gallina bufou.

— Espera aqui, grandalhona. Tenta parecer pequena.

A gnoma subiu as escadas e espiou por uma janelinha ao lado da porta.

— Não tem ninguém — avisou, em um sussurro alto. — A menos que gostem de ficar no escuro. As persianas do outro lado estão fechadas.

Então Gallina pegou uma chave inglesa minúscula e uma ferramenta comprida e foi mexer na maçaneta.

Viv ficou surpresa quando, alguns momentos depois, a gnoma desceu, guardando as ferramentas de volta em uma bolsa.

— Algum problema?

— Não, acabei de destrancar. Mas olha, não tem ninguém lá. Uma de nós precisa revistar o local e esperar aqui caso Bodkin volte. A outra devia explorar a vizinhança e fazer mais algumas perguntas. Não quero julgar com base na altura ou qualquer coisa assim, mas se uma de nós vai sair por aí...

— É, é, já entendi. Toma cuidado, tudo bem? E, se for entrar pela porta, bate duas vezes na janela primeiro. Não quero te machucar.

Gallina riu e jogou uma de suas adagas para pegá-la pela lâmina entre o indicador e o polegar.

— Morrendo de vontade de entrar direto só pra ver se você é tão rápida quanto pensa que é.

Acenaram uma para a outra e, então, Viv subiu as escadas, entrou pela porta e a trancou sem fazer barulho.

—◆—

O interior do lugar estava escuro, e os passos de Viv ecoaram. O vidro das lamparinas refletia fracamente a pouca luz do ambiente e, à medida que seus olhos se ajustavam, a mobília ganhava contornos irregulares.

Ela soltou um suspiro, surpresa. Devia haver três ou quatro cômodos no lugar, mas o centro daquele ali estava completamente vazio. À primeira vista, quase achou que estava desocupado, mas não. Objetos gigantescos estavam aglomerados nos cantos.

Viv olhou para a janela ao lado da porta e decidiu correr o risco. Era melhor ter uma imagem mais definida de seus arredores. Sendo assim, girou o pequeno botão na base de uma das lamparinas oscilantes até ouvir um clique agudo. Um silvo e um estalo precederam uma pequena chama azul, e ela ajustou a lamparina até que emitisse o mínimo de luz que lhe possibilitasse enxergar.

Em uma parede que dividia dois ambientes, uma passagem arqueada permitia uma visão fraca de outra área com janelas fechadas. Uma longa bancada ficava junto da parede, com poucas ferramentas muito organizadas e um banquinho resistente embaixo. Um relógio ornamentado, pela metade, aguardava junto de rodas dentadas, engrenagens e eixos, dispostos ordenadamente. O revestimento era de madeira esculpida com precisão, a pintura de elementos da natureza ainda incompleta. Pincéis finos e frascos de tinta estavam dispostos ao lado.

Havia pilhas altas de caixotes em cada canto, e um tapete estava enrolado e encostado em uma delas. As paredes estavam vazias.

Sem fazer barulho, a orc atravessou a passagem e entrou na pequena cozinha, que também estava quase vazia. Alguns pratos tinham sido empilhados perto de uma pia, e uma mesa e duas cadeiras solitárias pareciam pequenas considerando o tamanho do aposento.

Pela fresta de uma porta, Viv viu de relance uma cama e uma cômoda. Uma escada descia para o que deveria ser a porta principal. A orc se perguntou mais uma vez por que a entrada principal da relojoaria era pelo beco, mas supôs que o lugar não fosse exatamente uma loja.

Abalada, colocou as mãos nos quadris e olhou em volta.

— Pelos oito infernos. Esse é o esconderijo de uma grande ladra? — murmurou.

Estava começando a ter uma suspeita desagradável de que ela e Gallina foram bobas. Mas, como já tinha chegado até ali...

Viv não gostava do risco de duas possíveis entradas. Então levou uma das cadeiras escada abaixo e a inclinou para descansar entre o degrau mais baixo e a porta, impedindo que fosse aberta.

De volta ao andar de cima, e sem qualquer projeto à vista, ela pegou um cinzel fino de cima da bancada e abriu a tampa de alguns caixotes. Vários continham bandejinhas de madeira cheias de ferramentas de relojoaria e alguns relógios aninhados com todo o cuidado entre flocos de serragem de madeira.

Viv balançou a cabeça. Parecia mais do que um mero passatempo, sem dúvida. Era uma atividade mecânica que exigia muita prática e detalhismo de uma gênia do roubo tão renomada. Embora, supunha a orc, Bodkin tivesse a habilidade manual para o ofício.

Os demais caixotes estavam cheios de roupas dobradas e capas, talheres e bugigangas.

— Alguém está deixando a cidade — sussurrou Viv.

Obviamente, se aquele era mesmo o esconderijo de Bodkin, então a metamorfa não deixaria seu prêmio à mostra.

Depressa, Viv investigou a bancada em busca de algum esconderijo e vasculhou a cozinha, batendo nas paredes dos armários e verificando a parte inferior de cada superfície. Testou as tábuas do assoalho pisando firme para tentar identificar rangidos ou espaços ocultos.

Depois de um tempo, foi revirar o quarto, levantando o colchão com uma das mãos e espiando o conteúdo das gavetas da cômoda. Por fim, Viv se aproximou da pequena penteadeira. Depois de verificar que estava vazia, bateu na base e sorriu ao ouvir um clique revelador.

Ora, ora. Um ponto positivo para sua investigação.

Quando ergueu o fundo falso, Viv encontrou um pedaço de pergaminho dobrado.

A orc endireitou a coluna e abriu o pergaminho, segurando-o contra a luz fraca que entrava pela janela fechada. Linhas elaboradas preenchiam cada página, cobertas por medições, anotações e mais daqueles pontos enigmáticos que havia no ateneu.

— Ah, aqui está! — exclamou Viv, maravilhada com o valor que algumas ideias registradas em papel podiam ter. Ela olhou por cima do ombro, contemplando os cômodos aos fundos. — Vou ter que admitir que Fennus estava certo. Não há motivo para se contentar com acordos pela metade.

Ela voltou para a sala da relojoaria, apagou a lamparina e arrastou o banquinho para um canto e esperou.

—◆—

Viv ficou impressionada. Não ouviu sequer um rangido das escadas do lado de fora.

Não conseguia enxergar a janela de onde estava sentada, mas uma breve sombra no chão vazio de repente deixou a orc em alerta.

Depois de um estalo quase inaudível, a porta foi aberta aos poucos e a luz do entardecer se espalhou pelo aposento. Nenhuma silhueta.

A porta não foi fechada.

Os dedos de Viv coçavam com a vontade de sacar a espada curta da bainha que pendurara no canto da bancada, mas resistiu ao impulso.

Então Bodkin saiu de uma sombra e encarou a orc.

— Cadê seus amigos?

Viv reconheceu a voz logo de cara, ronronante e grave.

— É melhor acender a lamparina para você conseguir me ver dando de ombros.

— Eu enxergo bem no escuro.

— Bem, eu, não, e tenho algo para te mostrar antes de qualquer coisa. Então faça o que pedi para eu não mostrar de cabeça para baixo e acabar parecendo uma idiota.

Bodkin permaneceu imóvel por um segundo, mas deu um passo para trás e acendeu uma das lamparinas. Então deu outro passo para o lado e fechou a porta com calma.

Viv semicerrou os olhos por conta da claridade repentina e ficou tensa com a possibilidade de Bodkin decidir fazer mais alguma coisa. Mas a metamorfa não se moveu.

Quando seus olhos se ajustaram, Viv percebeu que Bodkin tinha quase a mesma aparência do dia anterior, o que era uma surpresa. Dadas as circunstâncias, teria apostado em um novo disfarce. Estranho.

Belas feições élficas, roupas confortáveis, cabelo preso em uma longa trança… e três daquelas adagas ameaçadoras em uma das mãos.

Viv ergueu o projeto com dois dedos e continuou sentada no banquinho com uma postura relaxada, as pernas cruzadas.

— Você pode acertar as três em mim, mas, devo dizer, eu provavelmente vou continuar me mexendo. E vou ficar de péssimo humor.

Bodkin soltou um muxoxo enojado, arrancou um amuleto do pescoço com um puxão e o atirou no chão.

— Lixo inútil! Eu vou *acabar* com a raça dele.

— Ah, seja lá o que for, esse amuleto deve estar funcionando. Não rastreei você com magia. Foi a tinta. — Viv gesticulou com o pedaço de pergaminho para os frascos na bancada. — Um passatempo infeliz. Então você é *Leyton*, né?

Pela primeira vez, a metamorfa esboçou uma expressão diferente de fúria gélida e impaciente. Em vez disso, seu rosto exibiu uma careta quase cômica de choque e um breve traço de preocupação.

315

A metamorfa logo se recuperou, no entanto, e a orc reconheceu o olhar especulativo dividido entre a espada curta, o pedaço de pergaminho e Viv. Ela mesma havia pesado as probabilidades vezes o suficiente para reconhecer aquela cara.

— Enfim — continuou Viv. — Fiquei um pouco surpresa por você ainda não ter encontrado um receptador para esse negócio aqui. Imagino que seja mais seguro fazer isso quando já tiver deixado a cidade.

Viv deu um tapinha no caixote mais próximo.

— Você fala pelos cotovelos e ninguém está sangrando ainda — comentou Bodkin. — Eles me querem com vida, então?

— "A critério do grupo", foi o que disseram.

Bodkin assentiu.

— Então — disse a orc. — Se não faz diferença, eu prefiro...

Mas Bodkin já estava se movendo e Viv não desperdiçou fôlego em um xingamento. Com a mão esquerda, enfiou a papelada dentro da camisa enquanto desembainhava a espada curta com um sussurro de aço sobre couro.

As adagas voaram, mas, no tempo em que a lâmina era desembainhada, Viv chutou o banquinho e rolou, apoiando-se com agilidade em um dos joelhos. As adagas acertaram o gesso e levantaram uma nuvem de poeira.

Os músculos da elfa se flexionaram e ondularam sob as roupas, e ela pareceu se expandir quando a pele ficou preto-azulada, como tinta encharcando um tecido limpo. Ao mesmo tempo, a trança e suas íris se tornaram um branco opaco, as pupilas se afinaram e os dedos pareciam garras pálidas.

Então essa é a aparência de uma metamorfa, pensou Viv. *Pelo jeito, chega de papo furado.* Ela se ergueu com um rápido golpe transversal da espada para manter a distância entre as duas.

— Não quero machucar você, mas posso fazer isso. E acho que você ficou sem suas adagas — disse Viv, em tom sombrio, a ponta da lâmina mirando o queixo de Bodkin.

— Vá se ferrar.

Viv suspirou. Mesmo sem a Sangue-Preto e com o braço machucado, ela devia ter uns trinta quilos a mais do que a oponente. Em uma disputa puramente física...

Com uma rapidez admirável, Bodkin deu um tapa na lateral da espada curta de Viv com a mão, esquivou-se sob sua guarda, passou um braço por trás do cotovelo da orc e a *arremessou* para o outro lado do aposento.

A perna de Viv atingiu a bancada, interrompendo seu movimento e fazendo sua coluna atingir a extremidade oposta. As costas dela se arquearam com uma dor excruciante, e ela caiu com força batendo os ombros e o pescoço. Ferramentas e tintas foram lançadas ao ar, os frascos se espatifaram no chão. A orc se virou depressa e ficou de pé, enjoada e desorientada com a torção no pescoço. Havia perdido a espada curta.

A metamorfa não interrompeu o ataque e avançou pelo cômodo, sem paciência para comentários espirituosos. Suas garras eram afiadas e deixaram diversos cortes profundos ao longo dos antebraços de Viv, que se defendia de uma rajada de golpes.

A mente da orc ficou fria, submersa em águas geladas que só permitiam pensamentos a respeito de sua sobrevivência.

Conseguiu agarrar um dos pulsos de Bodkin e a puxou para mais perto, então se curvou, enganchou o outro braço ao redor da cintura da metamorfa e a levantou, tirando seus pés do chão. A respiração das duas estava pesada, ofegante nos ouvidos uma da outra.

Bodkin conseguiu acertar alguns golpes desajeitados nas costas de Viv, rasgando sua camisa, mas a orc já se virava e disparava em direção a uma das paredes. Ela empurrou as costas de

Bodkin contra o gesso, e o impacto estraçalhou a parede. Viv continuou avançando, quebrando duas vigas que lançaram uma chuva de poeira, madeira e fragmentos esbranquiçados. Em seguida, tombaram no chão da cozinha com força.

O peso de Viv desabou em cima de Bodkin e a deixou sem fôlego. Desesperada, a metamorfa lutou por ar e, em vez disso, inalou uma nuvem de pó de gesso. Começou a tossir, os olhos lacrimejantes, a pele cinzenta de poeira.

Respirando fundo, Viv conseguiu se apoiar em um dos cotovelos e agarrar os pulsos de Bodkin.

Viv cuspiu a poeira para o lado e rosnou, rouca:

— Não me faça demonstrar como o crânio de um orc é duro, beleza? Já estou com dor de cabeça.

Bodkin conseguiu respirar um pouco, piscando depressa para limpar a visão.

A orc conseguia sentir o corpo da metamorfa tensionar abaixo do seu. *Oito infernos, ela ainda não desistiu*, pensou Viv, cansada.

A metamorfa mostrou dentes afiados e perolados.

— Não tem como... — disse Viv, mas foi interrompida.

Viv hesitou para escutar melhor.

Bodkin também tinha ouvido, e em seguida ela olhou para o lado rapidamente.

Um barulho vindo da escada interna. A cadeira que travava a porta bateu no degrau inferior quando alguém tentou entrar.

— Valeya? — chamou um homem, a voz abafada pela porta entreaberta.

Confusa, Viv piscou para a ladra e afastou a cabeça. *Valeya? Quantos pseudônimos ela tem?*

Mas uma expressão inconfundível de medo e pânico surgiu no rosto da metamorfa. Com esforço, ela disfarçou, debatendo--se com fúria contra Viv.

— Valeya, querida, está aí em cima? Estou com os braços cheios aqui e uma ajudinha seria bem-vinda!

A porta bateu contra a cadeira de novo, então elas ouviram alguns murmúrios frustrados.

— *Querida?* — sussurrou Viv. E de repente várias peças se encaixaram. — Ei, olha pra mim — murmurou, com urgência.

— *Aquele* é Leyton, não é?

Bodkin se debateu sob Viv, os lábios se contorcendo em uma frustração agonizante. Desta vez, a orc não achou que as lágrimas nos cantos dos olhos da ladra pudessem ser culpa da poeira.

A metamorfa parou de resistir e encontrou o olhar de Viv. Mostrou as presas uma última vez, então assentiu de leve.

Viv ficou em silêncio por vários segundos, olhando para cima, em meio à poeira, para as janelas fechadas e a luz que entrava por elas. A respiração pesada de Bodkin pressionava seu peito, mas elas não estavam mais lutando.

Olhou para a metamorfa, que rapidamente examinou o rosto de Viv em uma tentativa de decifrar suas intenções.

— Por favor — sussurrou Bodkin, por fim.

— Você tem uma chance — avisou Viv, baixinho. — Vou soltar seus pulsos, um de cada vez. Não faça nenhuma gracinha.

Bem devagar, a orc soltou a mão esquerda, depois a direita, e se afastou, ficando de joelhos com uma perna de cada lado da cintura da metamorfa.

Houve um momento de silêncio em que as duas se encararam.

— Ah, infernos — murmurou o homem, da escada, batendo a porta uma última vez contra a cadeira. Então houve o barulho de algo caindo e rolando. — Ah, *infernos!* — repetiu.

Elas escutaram o barulho de metal caindo e o tilintar de vidro se partindo, e alguns xingamentos mais severos soaram enquanto Leyton, ela imaginava, atrapalhava-se com os objetos que carregava.

Em qualquer outro dia, Viv poderia ter estremecido de pena. Mas, naquele momento, não sentiu nada além de alívio. O azar dele poderia ter lhes dado um pouco mais de tempo.

Viv se afastou de Bodkin, e a metamorfa se arrastou para trás até esbarrar em uma das pernas da mesa. A ladra fechou os olhos e respirou devagar conforme a pele preto-azulada voltava ao tom pálido dos elfos, embora houvesse hematomas nos pulsos. Suas orelhas ficaram mais curtas e o tom dourado se espalhou de volta pelo cabelo. Quando tornou a abrir os olhos, eram castanhos, embora estivessem irritados pela poeira, e as pupilas haviam voltado a ser círculos perfeitos.

A metamorfa continuou respirando fundo, estudando Viv e esperando que a orc fizesse algum movimento.

Viv suspirou e caiu de bunda na poeira e nos detritos no chão.

— Ele é o relojoeiro?

— É.

— Vocês dois estão…?

— Sim.

Uma pausa.

— Ele sabe? — perguntou a orc, cansada.

Silêncio.

Bodkin ficou sentada com os olhos fechados, a boca se mexendo, sem emitir som. Viv tinha a sensação de que a qualquer momento Leyton subiria pela outra escada e o tempo delas acabaria. A orc abriu a boca para falar, mas Bodkin foi mais rápida.

— Um último roubo — disse ela, baixinho, em um tom de divertimento sombrio. — É uma piada. Todo trabalho é sempre o último. — Deu uma risada seca. — E pela primeira vez de fato *foi*. Leyton me deu um motivo para enfim *querer* largar essa vida. E quase consegui.

Viv encarou as próprias mãos, cobertas de poeira. Pensou nas noites em claro, na pesquisa em momentos roubados, em seu caderno e nas páginas em branco que não sabia como preencher.

Depois de alguns segundos, assentiu e se levantou, gemendo quando os cortes e hematomas nas costas arderam de dor, como uma fogueira recebendo uma nova rajada de vento.

Viv deu um tapinha no peito, onde o pedaço de pergaminho estava guardado.

— Não posso deixar você ficar com isso — disse. — E não posso fazer nada a respeito disso. — Ela gesticulou para as paredes destruídas e todo o restante. — Mas posso te deixar para que encontre uma saída. Entendeu?

Bodkin conseguiu se levantar, estremecendo. A pele ao redor de seus olhos ficou tensa, mas ela assentiu.

— Beleza, então. Até desejaria boa sorte, mas não estou no clima.

Viv se virou para a escada interna, porque parecia que Leyton havia desistido de tentar entrar pela porta bloqueada e devia estar contornando para entrar pelos fundos.

Bodkin juntou as mãos e, com toda a força, golpeou o ferimento no antebraço de Viv, que engoliu um grito e caiu para o lado, tentando agarrar o corrimão e não conseguindo segurá-lo, o que a fez bater no chão com força.

— Não posso começar do zero de novo — falou Bodkin de pé, sem fôlego, encarando Viv com uma faca ao contrário em uma das mãos.

Sua pele ainda estava pálida, mas seus olhos tinham se tornado fendas escuras outra vez, e a pele tremia como água antes de ferver.

— Então vai ser o seu fim — interrompeu uma voz aguda e mordaz.

Gallina entrou na cozinha, a poeira flutuando ao seu redor como uma névoa.

— Há quanto tempo você estava *aí*? — indagou Viv do chão, rouca.

— Bem, vocês estavam tendo um momento muito tocante, e eu não queria estragar. — Seu olhar endureceu quando se voltou para Bodkin, duas facas em cada mão. — Mas vai ser um prazer acabar com ela agora.

Viv conseguiu se apoiar no corrimão e se ergueu, gemendo.

— Você poderia ter escolhido um momento melhor.

— Se você dá as costas pra alguém com uma faca, não tem o direito de fazer piadas.

— Não sabia que ela ainda tinha uma faca.

— Além disso, você ia deixar ela ir embora.

Viv olhou para Gallina e sentiu um cansaço indescritível.

— Ainda vou.

A tensão se esvaiu de Bodkin rapidamente e a metamorfa largou a faca, se deixando cair no chão ao seu lado.

— Pelos oito infernos, Viv. *Nem pensa.* — A exasperação de Gallina era séria, furiosa.

— O marido dela, amante, sei lá... vai entrar por aquela porta a qualquer segundo.

— Não estou nem aí — respondeu Gallina, trincando os dentes.

— Gallina. Se eu tiver que pedir como favor, é o que vou fazer.

— Por *ela*?

Viv encontrou o olhar de Gallina.

— Não por ela. Por mim.

Passos soaram na escada de metal dos fundos.

Gallina rosnou e pegou a faca que Bodkin tinha largado no chão. Ela nem olhou para a metamorfa.

— Vamos nessa, então? — indagou a gnoma, gesticulando para a escada com a faca.

As duas desceram depressa. Viv agarrou a cadeira e a jogou escada acima, onde caiu e rolou com um estrondo.

Então foram embora.

━━◆━━

Mancando de volta até o hotel em um silêncio tenso, Viv refletiu que em pouquíssimo tempo havia perdido muito sangue nas ruas de Azimute.

Não havia como esconder seus ferimentos da dona do lugar, e ficou grata por subir e fugir de seu olhar de desaprovação. Havia grandes chances de que precisassem de novas acomodações no dia seguinte, se não antes.

No quarto que dividiam, a orc pegou o projeto e o guardou na bolsa. Então tirou a camisa esfarrapada e ficou sentada em silêncio, de cabeça baixa, enquanto Gallina abria a caixa de medicamentos com movimentos bruscos e raivosos.

Ainda assim, a gnoma foi gentil ao limpar as feridas de Viv e enfaixar tudo o que podia. Com uma camisa relativamente limpa, a orc não conseguiu conter um pequeno gemido quando os cortes em suas costas se tensionaram e esticaram. O roxo intenso na área que havia acertado a bancada latejava em ondas nauseantes a cada batida de seu coração.

— Bem feito — sussurrou Gallina, falando pela primeira vez desde que deixaram a casa destruída de Bodkin.

— Obrigada — murmurou Viv, torcendo um pano sobre a bacia na mesa de cabeceira para limpar a poeira do rosto.

Quando terminou, elas se encararam por um momento, Gallina mordendo o lábio com raiva.

E então, à maneira das velhas amizades, a tensão se dissipou, o que deixou as duas contentes.

— Não sei você — disse Gallina —, mas não quero ficar sentada neste quarto te olhando sofrer até eles voltarem.

Viv assentiu.

Gallina a estudou por mais um segundo, então marchou até a porta e a abriu.

— Vamos lá, vamos pegar um arzinho.

◄━♦━►

A noite se derramou das sombras em uma onda fria. Com um estalo e um silvo curto, os postes de luz ganharam vida de uma vez só. As duas caminharam sem rumo pelas ruas, embora Viv não conseguisse disfarçar que mancava. Estava consciente dos olhares que atraía, seus braços quase mumificados pelas bandagens e fedendo a destilaria.

Gallina pigarreou.

— Então… — começou ela. — Estou pensando em dizer ao grupo que ela te pegou de surpresa e depois escapou. — Ela gesticulou para os ferimentos de Viv. — E acho que o visual apoia essa versão, hein?

A orc bufou.

— Também casa direitinho com a opinião que Fennus tem de mim. Levei uma surra e o alvo escapou? Ele nem vai parecer surpreso.

— Mas vai estar errado — disse Gallina, baixinho.

— Aham. Mas, pela primeira vez, será útil.

— Pelo menos a gente conseguiu o projeto. — Ela sorriu de repente. — E ainda por cima a encontramos primeiro.

Viv riu um pouco.

— Encontramos mesmo.

Então a orc parou de andar. Gallina continuou até perceber que a amiga ficou para trás, virando-se para ela com uma expressão interrogativa.

— O que é *isso*? — perguntou Viv.

— Isso o quê?

— Esse... cheiro.

Não demorou muito para descobrirem a origem. Mais adiante, uma luz amarela saía de um pequeno estabelecimento espremido entre paredes de hera. Havia mesinhas espalhadas sob as duas grandes janelas envidraçadas. Dava para ouvir o murmúrio de conversas e o tilintar de talheres lá dentro.

— Ah! — exclamou Gallina, franzindo o nariz. — Pois é, é uma espécie de novidade. Café. Surgiram alguns lugares como esse agora.

O cheiro não se parecia com nada que Viv já tivesse sentido antes. Respirou fundo, e havia um calor secreto e um aroma terroso, de madeira antiga, nozes torradas e... paz.

— Espera aí — murmurou ela. — Vou levar só um segundinho.

Então entrou na loja, de repente parando de mancar, e se encontrou nas profundezas entre o sono e a vigília descansada.

Um longo balcão de mármore dividia a pequena loja. Azulejos gnômicos intricados em branco e azul-centáurea decoravam o interior. Havia uma lousa de ardósia enorme pendurada na parede dos fundos exibindo uma lista em letras maiúsculas, metade das palavras indecifráveis para Viv.

Sibilando com o vapor e com algo borbulhando dentro dos tubos, duas máquinas reluzentes descansavam em cima do balcão. Uma bebida escura e fumegante escorria para xícaras de porcelana.

Os fregueses se aglomeravam em torno das mesinhas, imersos na conversa do início da noite, tomando bebidas quentes que misturavam com colheres minúsculas.

Quando Viv se aproximou do balcão, um dos gnomos que operava a máquina esticou o pescoço para encará-la, erguendo as sobrancelhas.

— Posso ajudar, senhorita?

Se aproximando dele, grande demais para a delicadeza daquele lugar, mas ainda assim confortável em seu clima sonhador, Viv disse:

— Gostaria de um café.

— Algo mais específico?

O gnomo apontou para a lousa aos fundos.

— O que você achar melhor — respondeu Viv.

Ela esperou perto de uma das janelas, observando o movimento, completamente imóvel, como se temesse que um movimento repentino pudesse espatifar o mundo ao seu redor. Estava vagamente consciente da presença de Gallina quando a amiga entrou e lhe lançou um olhar avaliador. A gnoma deve ter visto algo em seu rosto e decidiu permanecer em silêncio.

Quando o funcionário atrás do balcão lhe ofereceu a pequena xícara, Viv a aceitou com todo o cuidado que as mãos enormes permitiam e deu um passo para trás, segurando-a junto ao rosto para inalar bem fundo.

Não havia lugar ali para acomodá-la, mas a orc não se importou com isso.

Fechou os olhos, levou a xícara aos lábios e tomou um gole hesitante.

O calor a preencheu como sangue vindo do coração.

— Ah… — disse, sem fôlego.

Em sua mente, Viv visualizou aquele horizonte distante e indistinto.

Uma paisagem começou a entrar em foco, e ela lamentou não ter trazido o caderno.

Havia páginas em branco a serem preenchidas.

Uma página do livro de receitas de Tico...

TIQUINHOS

INGREDIENTES
300g de farinha de trigo
150g de açúcar de confeiteiro
50g de açúcar mascavo
2 ovos
3 colheres de sopa de óleo vegetal
1 ½ colher de chá de fermento em pó
½ colher de chá de cardamomo triturado
1 colher de chá de noz-moscada ralada
200g de amêndoas fatiadas
2 colheres de chá de extrato de baunilha
3 colheres de sopa de água

MODO DE PREPARO
1. Pré-aqueça o forno a 180°C e forre uma forma com papel-manteiga.
2. Misture a farinha de trigo, o açúcar de confeiteiro, o açúcar mascavo e o fermento em uma tigela grande.
3. Adicione o cardamomo triturado, a noz-moscada e as amêndoas fatiadas.
4. Em outra tigela, misture os ovos, o óleo vegetal, o extrato de baunilha e a água até ficar homogêneo. Em seguida, despeje o conteúdo na tigela maior e misture aos poucos.

5. Divida a massa em dois rolos e leve ao forno por 25 a 30 minutos.
6. Retire do forno, espere 10 minutos para que esfriem um pouco e corte os dois rolos em ovais pequenas o suficiente para mergulhá-las em sua bebida.
7. Disponha a massa cortada na fôrma e coloque para assar novamente por mais 15 a 20 minutos. Deixe esfriar.
8. Aproveite seus tiquinhos!

QUER PROVAR OUTRAS VERSÕES DOS TIQUINHOS?
Experimente cobri-los com chocolate, substituir as amêndoas por pistache ou o extrato de baunilha por água de rosas!

ENTREVISTA COM TRAVIS BALDREE

De onde surgiu a ideia para escrever *Cafés & Lendas*?
Eu sou narrador de audiolivros e narro várias fantasias, em geral com protagonistas masculinos (por causa da minha voz). São histórias que costumam trazer ameaças de fim de mundo, muito drama e personagens com emoções que combinam com esse tipo de narrativa.

Em meio à pandemia de Covid-19, eu disse a alguns amigos que gostaria de ler uma história água com açúcar ambientada nos Reinos Esquecidos. Algo com um enredo não muito dramático e que estivesse mais para uma canja de galinha do que comida de bar.

Na época, eu também estava com saudade de uma boa cafeteria da vizinhança — de ver outros seres humanos —, e conversar tomando uma xícara de café parecia o auge da fantasia escapista para mim.

Então, para ser sincero, tudo começou como uma piada, e imaginei que a história teria várias referências e gracinhas. Mas quando o NaNoWriMo começou e eu me pus a escrever de verdade, a trama se transformou em algo completamente diferente, e só consegui fazer do jeito certo.

A história acabou se mostrando sincera e pessoal de uma maneira que eu não tinha esperado.

Suas descrições maravilhosas da cafeteria de Viv deixaram os leitores morrendo de vontade de visitar o lugar e tomar um café! Você se inspirou em alguma cafeteria da vida real?

Minha cafeteria preferida de todos os tempos era El Diablo, um café cubano em Seattle que minha família e eu visitávamos quase todos os dias. Infelizmente, o estabelecimento fechou, mas era o refúgio do nosso bairro, e temos muitas lembranças boas do lugar e das pessoas que conhecemos lá. Essa cafeteria com certeza inspirou a loja de Viv.

A equipe da cafeteria de Viv é MUITO adorável — desde Tico, que é tímido, até Cal, que é rabugento. Você tem algum integrante favorito?

É uma pergunta bem difícil de responder, porque amo todos os personagens juntos. Acho que é parte do charme deles — funcionam ainda melhor como grupo. Gosto de todos individualmente, mas essa pequena comunidade é o que me deixa mais feliz. Mas, se me obrigar a escolher um só, acho que eu diria Tandri. (Mas amanhã terei uma resposta diferente.)

Após décadas de aventuras com seu grupo, Viv decide embarcar em uma grande mudança de carreira. Isso foi influenciado por algum evento da sua vida?

Com certeza. Trabalhei com videogames por várias décadas e era muito bom nisso — e então, aos quarenta anos, decidi que era algo que eu não queria mais fazer. Já vinha narrando audiolivros havia alguns anos, só porque gostava, e meus filhos não precisavam mais que eu lesse para eles. Eu gostava MUITO de narrar livros.

Cheguei à conclusão de que não precisava viver apenas um tipo de vida ou ser um tipo de pessoa, então mudei completamente de carreira. Uma das coisas que mais gostei no trabalho com narração foi a diversidade e a comunidade de narradores e autores.

Foi uma grande revelação para mim depois de passar tanto tempo em uma indústria que, embora tenha muitas pessoas maravilhosas, não é lá muito diversa, como é sabido. As pessoas do meio literário são as melhores.

E agora parece que estou aqui fazendo algo diferente de novo. Com certeza existe muito de mim em Viv.

Qual foi o maior desafio de escrever *Cafés & Lendas*?
Sentar e colocar as palavras na página. Ainda é trabalhoso para mim, e estabelecer uma rotina para fazer progressos diários é fundamental. Como sempre escrevo depois de um dia inteiro do meu trabalho de narrador (que envolve interpretar a ficção de outra pessoa), preciso de certa dose de resistência. Em retrospecto, com certeza é bem divertido, mas, no grosso do processo, é uma palavra após a outra até chegar ao fim do capítulo.

A fantasia aconchegante é um subgênero que está crescendo na ficção. Por que você acha que esse tipo de narrativa atrai tantos leitores no momento?
Acho que existem respostas óbvias relacionadas ao isolamento e a ausência de comunidade nos últimos anos devido à pandemia global de Covid-19 e a alguns outros eventos terríveis que enfrentamos. Também acho que existe uma geração de pessoas que cresceu consumindo fantasias, que ama o gênero, mas que tem interesse em outras coisas além de matar dragões, encontrar tesouros e travar guerras. Acho que Terry Pratchett entendia isso muito bem, e talvez agora estamos encontrando mais narrativas assim.

Como narrador de audiolivros, você deve prestar muita atenção a cada frase. Isso teve algum impacto em sua escrita? Se sim, de que maneira?

Acho que narrar audiolivros trouxe enormes benefícios para mim como escritor. Quando se lê em voz alta, o objetivo é entender e transmitir o peso emocional ou a intenção narrativa de cada frase. Não há como pular nada. Cada livro é diferente e cada um tem diferentes lições para ensinar, e o narrador de audiolivros é obrigado a internalizar essas lições com muita rapidez e em uma ampla variedade de estilos de prosa. Em pouco tempo é possível isolar o que faz sentido — e, talvez mais importante, o que não faz sentido —, e acredito que isso ajude muito a solidificar a voz autoral. Não acho que este livro seria o que é hoje se eu não tivesse narrado milhares de horas de ficção.

Qual é o melhor conselho de escrita que você já recebeu?

Use palavras que você conhece usando sua própria voz.

Você tem algum ritual de escrita?

Nenhum que seja interessante, embora eu escreva na minha cabine de som. É silencioso, confortável e isolado. Coloco os fones de ouvido e começo a escrever.

Você pode contar alguma coisa sobre o próximo livro?

Posso contar que se passa no mesmo universo, na cidade de Thune, e tem alguns novos personagens principais. Não é uma sequência, mas alguns personagens familiares podem aparecer. Gosto muito de séries em que os livros funcionam sozinhos e podem ser lidos em qualquer ordem, e nas quais conhecemos mais daquele mundo à medida que lemos outros volumes. É uma experiência muito diferente da que foi escrever este, agora que há a expectativa de que alguém vá ler, mas estou tentando ao máximo me lembrar das lições que aprendi da primeira vez.

E, por fim, precisamos perguntar! Qual é o seu tipo de café preferido?
Mezzo-mezzo, só que um pouco diferente. É basicamente metade café americano, metade latte. Um pouco de açúcar no fundo da xícara, uma dose de café americano, outra de café *espresso* e um pouco de leite vaporizado para finalizar. O melhor.

intrinseca.com.br

@intrinseca

editoraintrinseca

@intrinseca

@editoraintrinseca

editoraintrinseca

1ª edição	MARÇO DE 2024
impressão	CROMOSETE
papel de miolo	LUX CREM 60G/M²
papel de capa	CARTÃO SUPREMO ALTA ALVURA 250G/M²
tipografia	ADOBE GARAMOND PRO